新典社選書 112

『源氏物語』の時間表現

吉海直人 著

新典社

目　次

第二部　平安時代の時間表現（午前三時は日付変更時点）

序章　時間表現の落とし穴

はじめに（問題提起）

かつて高校の非常勤講師をしていた折、古文の授業で時間表現の不思議さというか、複雑さに触れたことがある。たとえば「明く」を普通の古語辞典で引くと、

①夜が明ける。明るくなる。
②年・月・日があらたまる。

（三省堂『全訳読解古語辞典第五版』）

と出ており、異なる二つの意味があることは承知していた。ところが②については、正月に「明けましておめでとう」といっているし、「明くる日」「明日」などと使っているにもかかわらず、「翌日になる」という意味で考えたことはほとんどなかった。というのも「明く」の視覚的なニュアンスに幻惑されて、「夜が明ける」だけしか頭に浮かばなかったからである。

加えて『伊勢物語』第四段の「夜のほのぼのと明くる」など、「ほのぼのと」の語感に引き

ずられて、視覚的に明るくなると勝手に思い込んでしまい、それ以外の解釈は受入れられなかった。ところが小林賢章氏の説に触れ、古典では暗い時間帯の「明く」の用例が案外多いことにようやく気付かされた。

要するに「明く」には「夜が明ける」だけでなく、「翌日になる」つまり「日付が変わって午前三時になる」意味があることを考えなくてはならないということである。こういった常識の幻想というか勘違いを放置していていいはずがない。それが私の研究の反省でもあり出発点でもあった。もちろん①を否定して②にしたいわけではない。①か②かを吟味すべきだということである。

一、「こよひ」の問題点

それは何も「明く」に限ったことではない。「有明」の時間にしても、古語辞典では、

空に月が残っているままで夜が明けること。

（『全訳読解古語辞典第五版』）

と説明されている。それが「有明の月」になると、

夜が明けても空に残っている月。

（『全訳読解古語辞典第五版』）

となっている。必ずしも辞書の説明が間違っているわけではないのだが、この説明だとどうしても夜明け以降の時間が中心になってしまいかねない。しかしながら「有明の月」は、暁の暗

い時間帯に明るく照っているからこそ、「後朝の別れ・有明の別れ・暁の別れ」にふさわしい小道具（照明）なのではないだろうか。夜明け過ぎだと、むしろ月は光を失ってしまうはずである。(1)

もう一つ、頻出語「こよひ」を辞書で調べてみると、

①今夜。今晩。

②昨夜。昨晩。夜が明けてから、前の夜をさしていう。

（『全訳読解古語辞典第五版』）

とある。これを見て、「こよひ」に「今夜」の意味だけでなく、「昨夜」の意味があることに驚いた人はいないだろうか。そもそも通行している「今宵」という漢字表記は、「今日の宵」もしくは「此の宵」（午後七時から九時）を想定するものである。それにもかかわらず、「宵」を通り越して「夜」全般に亘っている例が少なくない。それなら「宵」という漢字を使わない方がいい。「今宵」は「今夜」あるいは「此夜」と表記すべきであろう。その方が「宵」という漢字に惑わされなくて済むからである。

なお「こよひ」の②には、「夜が明けてから、前の夜をさしていう。」というコメントが付いている。これは何故「昨夜」の意味になるのかを説明したものであるが、これを読んですんなり納得できるだろうか。ここは「夜が明けてから」（視覚）ではなく、やはり「午前三時を過ぎて翌日になってから」（日付変更）とすべきではないだろうか。日付が変われば、たとえ少し

前（丑の刻）のことであっても、厳密には「昨夜」（昨日）になるからである。もちろん正式な時間区分ではなく、心的時間であれば大雑把でもかまわないのかもしれない。それでも「昨夜」の意味になるのは日付が変わるからであって、「夜明け」とは何の関係もないことを主張したい。

二、「つとめて」の問題点

「今宵」のついでに「つとめて」についても調べてみると、

①翌朝。

②早朝。

（『全訳読解古語辞典第五版』）

と、やはり二つの意味が辞書に掲載されていた。最近の辞書は親切になったもので、この違いについてわざわざ「読解のために」が設けられ、

早朝を表す語には、「つとめて」「あした」があるが、いずれも夜の時間帯からの連続した早朝、すなわち、翌朝の意で用いられる場合がある。これは、前日・前夜に何か事が行われたとき、まさにその翌早朝、という意味で使われる語で、特に②の例文のように、男女が会った夜の早朝の場合などには、男が朝に帰る習慣とも対応して「翌朝」と訳すのが適切である。

と詳しく解説が施されていた。これなら納得できそうだ。「つとめて」は『枕草子』初段に用いられているので、丁寧な説明が必要とされたのかもしれない。

こうなると、解説にある「朝」が次の問題になってくる。「朝」のやっかいさは、読みが「あさ」と「あした」の二種類あることである。まず「あさ」を引いてみると、

・夜が明けてからのしばらくの間。あさ。↓「あした」　　　（『全訳読解古語辞典第五版』）

と出ていた。意味は一つしか記されていない。もう一方の「あした」は「あさ」と違って、

①夜が明けてから、日が高くのぼるまでの間。朝。「ゆふべ」の対。

②（何か事の行われた）翌朝。あくる朝。　　　（『全訳読解古語辞典第五版』）

とあって、こちらは「つとめて」と同じく二つの意味が掲載されていた。

さらにややこしいことに、「関連語」の説明の中に、

中古では、昼と夜のそれぞれを中心にした時間の分けかたがあり、「あさ・ひる・ゆふ」と続く昼を中心とした区分での「あさ（昼の始まり）」と、「ゆふべ・よひ・よなか・あかつき・あした」と続く夜を中心とした区分での「あした（＝夜の終わり）」は、同じ時間帯をさす。

と説明されているではないか。昼に属する「あさ」と、「夜」から続く「あした」が同じ時間帯という説明も、なかなか理解しがたい。というのも「夜」から続く「あした」は、「暁」の

後ではなく、「暁」と同じく午前三時以降とすべきだからである。というのも、まだ明るくなっていない（真暗な）「朝」があるからである。「朝」のとらえ方に関しては、今もって不統一といえよう。私もうまく説明する自信がない。

三、「夜明け」の問題点

こうしてみると古語辞典の説明では、視覚的な「夜明け」が基準となっていることが見えてきた。だから「暁」にしても「朝」にしても、明るくなった時間とばかり見ているのであろう。しかしそれでは「つとめて」（本当に明るくなった時間）との区別はつくまい。これを厳密に時刻に置き換えれば、丑の刻までが夜で、寅の刻（午前三時から五時）が暁、それに続く卯の刻（午前五時）以降が「つとめて」と区別できそうである。

この説明ですっきりしたように思えるが、まだ「朝」の時間帯が解決できていない。本書でしばしば引用している小林賢章氏は、午前三時を過ぎた時間を「あした」としておられる。(2)「明く」の②の用法の「明くる日」は、確かに翌日になった午前三時以降のことである。そのため類語「今朝《けさ》」には「今暁」も含まれる。その根拠として、「今朝寅剋」という表現が『中右記』嘉承元年（一一〇六年）一月八日条や『殿略』天永元年（一一一〇年）十一月二日条に見られるとのことである。これなど寅の刻が「今朝」に含まれる好例であろう。また「後朝」にしても、男女は午前五時を過ぎて（夜明けに）別れるのではなく、まだ真っ暗な午前三時に別れるのが「暁の別れ」の基本的時間であった。この点をきちんと認識していただきたい。

どうやら「朝」の始発は、今のところ辞書でも明確に把握されていないようである。というより、まだ確固たる研究がなされていないのだ。そのため「朝」を午前五時以降とすべきか、午前三時以降とすべきかは未だに明確になっていない。辞書の説明がこれでは、高校古文できちんと時間を教えることなどできそうもない。

それもあって『枕草子』初段の「あけぼの」にしても、これだけ有名な箇所なのにきちんとした時間の説明はなされていない。高校の授業どころか大学の研究者までも、視覚的な時間区分に惑わされている。最近になって、ようやく視覚的な「夜が明ける・明るくなる」が再検討されつつあるが、そうなると常識とされていた「朝」についても徹底的に議論されてしかるべきだろう。本書が古典の時間表現を再検討する契機になれば幸いである。というより、もっと時間表現の面白さに気付いていただきたい。

実は、研究用のテキストとして重宝している小学館の新編全集でさえ、「明く」や「暁」などは一律に「夜が明ける・明るくなる」と現代語訳されている。新編全集が刊行された頃には、まだ時間表現についての意識が希薄だったからであろう。しかしこの訳からは、時間表現の重要性（問題点）は見えてこないので、利用に際してその点は注意してほしい。

それは散文のみならず、和歌においても同様である。「暁」題で詠まれているにもかかわらず、平気で「夜明け」と訳している注や現代語訳が少なくない。そのことを警告するために、百人一首歌の「暁」について論じたことがある。(3) もちろん「夜明け」と訳せる「暁」の後半もあるが、その多くは暗い「暁」前半の例なのである。「暁」の時間帯について和歌の研究者は、今後も徹底的な検証を通して判断していただきたい。

まとめ

『源氏物語』には『源氏物語』固有の時間が流れている。ただし物語中の体内時計はあまり機能していないように思える。たとえば旧暦には閏月があるが、『源氏物語』にはそれが認められない。また宮中では漏刻を使った「時奏」が行われているが、少し離れた宇治や源氏が流謫した須磨・明石では自然時法に頼らざるをえまい。

しかしながら『源氏物語』では、それを積極的に描き分けようとはしていないようである。かろうじて宇治では寺の鐘の音が時刻を告げているくらいである。また月の運行にしても、物語は夜の時間を舞台としているのだから、もっと月の重要性が主張されてもいいのではないだろうか。

本書で一番訴えたいことは、不遜かもしれないが、古典文学研究者は時間表現にもっと厳密になるべきだということである。そのためにこうして時間表現についての論文をまとめた次第である。しかしながら本書の呼びかけくらいでは、従来の常識が見直される（覆される）ことなど望めそうもない。せめて安易な時間の理解への警告となればと願っている。

というより、時間表現の重要性に気付けば、そこからより深い文学の世界へ分け入ることができる。本書をお読みいただければ、『源氏物語』における時間表現の大事さ・奥深さがおわかりいただけるであろう。それは『源氏物語』に限ったことではないのだから、古典文学全般にまで各自応用していただければ幸いである。もちろん私の説明が拙いことも承知している。また独りよがりの意見もあるかと思うが、それでも従来の時間のとらえ方に問題があることだけはご理解いただきたい。

なお本書における本文の引用は、小学館新編日本古典文学全集によって頁数を示した。新編全集以外はその旨示している。

注

（1）吉海直人『『源氏物語』「後朝の別れ」を読む―音と香りにみちびかれて―』（笠間選書）平成28年12月

（2）小林賢章氏『アカツキの研究―平安人の時間』（和泉選書）平成15年2月、同『「暁」の謎を

解く―平安人の時間表現』（角川選書）平成25年3月
（3）吉海直人「『百人一首』の「暁」考」同志社女子大学大学院文学研究科紀要13・平成25年3月
（『百人一首を読み直す2―言語遊戯に注目して―』（新典社選書）令和2年9月所収）

第一部　平安時代の時計（平安時代にも時計はあった）

第一章　『源氏物語』の「時奏《ときのそう》」を読む

はじめに（「時奏」について）

このところ、『源氏物語』の時間表現に興味を抱いて研究を続けている。その過程で、時間表現と密接な関連を有する「時奏」のことが気になってきた。そこで「時奏」について考えてみることにした次第である。まず『国史大辞典』（吉川弘文館）で調べてみると、「時奏」として、

宮中で行われた報時のこと。令制では陰陽寮に所属する漏刻博士と守辰丁《しゅしんちょう》によって、一日十二時の各自にその数（子・午九ツ、丑・未八ツなど）の鼓を打ち、各刻にその刻数の鐘を鳴らした。宮中では内豎《ないじゅ》が分番して各時各刻ごとに時を奏した。時奏の内豎は午の時を奏した者は子の時というように昼夜各一時を分担した（『延喜式』雑式）。また時奏を怠ったときには厳しい罰則が定められていた（『侍中群要』二、日中行事）。また亥の一刻から子

の四刻までは左近衛夜行官人が、丑の一刻から寅の四刻までは右近衛夜行官人が時を奏すとされている（同書）。『枕草子』時奏するにも奏者が氏名を名乗り、時を奏し、時杙《ときのくい》をさしたことなどが記されており、平安時代中ごろから夜間の時奏が警衛の者によって行われるようになったことがわかる。さらに鎌倉時代初期には蔵人が指計《さしはからい》で時を奏することが記録され（『禁秘抄』上）、この制度に変化のあったことが知られる。（岡田芳朗）と説明されていた。その関連語として、「時簡《ときのふだ》」「時杙《ときのくい》（杭）」「時鼓《ときのつづみ》」「時鐘《ときのかね》」などもあげられる。その他『万葉集』には一例のみながら、

時守《ときもり》の打ち鳴らす鼓よみ見れば時にはなりぬ逢はなくも怪し　（二六四一番）

と「時守」が「鼓」を打っている例が出ている。これは『国史大辞典』にある「守辰丁」のことであろう。なお「内豎《ないじゅ》」は古い時代のもので、平安時代には左右の近衛府が担当することになっている。

ここまで調べてきて、『源氏物語』に「時奏」関係語がほとんど用いられていないことに気付いた。かろうじて「宿直奏」（3例）と「名対面」（1例）が用いられている程度である。これは『源氏物語』に限ったことではなく、平安朝の物語文学に用例が少ないことがわかった。それは宮廷外を恋物語の主要舞台とするからであろう。そういった中にあって、『国史大辞典』にも引用されていた『枕草子』は、宮中を主要舞台としているので、自ずから「時奏」関係語

の使用が多くなっている。要するに「時奏」の資料として『枕草子』は必須だということである。

一、「時奏」の具体例

ところで前掲の『国史大辞典』の記述は、案外淡白なように思われる。それは資料不足で不明なところが存するからであろう。そういった中で、橋本万平氏の『日本の時刻制度　増補版』(塙選書)が、しばしば参考書として引用されていた。

そこで次に橋本万平氏の著書(1)にあたってみたところ、「時奏」の資料として、『大和物語』・『大鏡』・『枕草子』の例を出しておられたので、その検証から始めてみたい。

まず『大和物語』一六八段には、

深草の帝と申しける御時、良少将といふ人、いみじき時にてありける。いと色好みになむありける。しのびてときどきあひける女、おなじ内にありけり。「今宵かならずあはむ」とちぎりたる夜ありけり。女いたう化粧して待つに、音もせず。目をさまして、夜や更けぬらむと思ふほどに、時申す音のしければ、聞くに、「丑三つ」と申しけるを聞きて、男のもとに、ふといひやりける、

人心うしみつ今は頼まじよ

といひやりたりけるに、おどろきて、

夢に見ゆやとねぞすぎにける

とぞつけてやりける。しばしと思ひて、うちやすみけるほどに、寝過ぎにたるになむありける。（403頁）

とあり、「時奏」のことが「時申す音」「申しける」と記されている。これは「おなじ内にありけり」（402頁）とあるので、宮中のできごとである。通って来ると約束した男（良少将）を待っていた女は、「丑三つ」（午前二時）の「時奏」を聞き、「丑三つ」に「憂し、（男のつれなさを）見つ」を掛けて上の句を送ったところ、男から「子ぞ過ぎ」（子の刻が過ぎたに寝過ぎたを掛ける）と洒落た下の句が送られてきたというものである。ここでの「丑三つ」は、夜が更けてもはや男の通って来る時間が過ぎたことを意味していることになりそうだ。(2)

なお『大和物語』ではまず「時申す音」がした後で、さらに「丑三つ」と申したのを聞いたとある。最初の音が鐘の音（三刻は鐘三つ）で、次が右近衛の官人の声であろう。音と声の二つで「時奏」が成り立っていることになる。

次に『大鏡』「肝試し」の例を見てみよう。

「子四つ」と奏して、かく仰せられ議するほどに、丑にもなりにけむ。（319頁）

ここにも「時奏」という言葉はないが、宮中でのできごとなので、「子四つ」（午前零時半）

と「奏し」たとあるのが「時奏」であろう。その後、相談しているうちに三十分が経過し、「丑」（午前一時）になったということである。もちろんこの「丑」も、「丑一つ」という「時奏」によって知りえたと思われる。なおこの肝試しでは、兼家の子供の中での道長の豪胆さが強調されている。平安京内裏の中でさえ、真夜中には闇に包まれていたのである。

三つ目の『枕草子』からは2例あげられている。一つは『枕草子』二九三段に、

例の、夜いたく更けぬれば、御前なる人々、一人二人づつ失せて、御屛風、御几帳のうしろなどに、みな隠れ臥しぬれば、ただ一人、ねぶたきを念じて候に、「丑四つ」と奏すなり。「明けはべりぬなり」とひとりごつを、大納言殿、「いまさらにな大殿籠りおはしましそ」とて、寝べきものともおぼいたらぬを、「うたて、何しにさ申しつらむ」と思へど、（446頁）

とある。これも「時奏」とは書かれていないが、「丑四つ」と「奏す」とあるので、「時奏」の例にあげられている。その声に清少納言が反応して、「明けはべりぬ」と口にしている。「丑四つ」は午前二時半であり、日付が変わる（寅になる）三十分前なので、「夜が明けた」という完了の意味にはならない。この「ぬ」は確述の助動詞であり、「もうすぐ午前三時（日付が変わる）になりそうだ」ということであろう。

類似した例が『狭衣物語』巻四に、

いとど御殿籠るべくもなければ、「燕子楼の中」と独りごたせたまひつつ、丑四つと申すまでもなりにけり。（357頁）

とある。これも「丑四つと申す」とあるので、宮中の「時奏」であることがわかる。「御殿籠るべくもなければ」とあるのは、『枕草子』と同様、間もなく「寅」になる（翌日になる）からであろう。

二つ目の例として『枕草子』二七二段があげられる。

時奏《ときそう》するいみじうをかし。いみじう寒き夜中ばかりなど、こほこほとこほめき、沓すり来て、弦打ち鳴らして「何の某。時丑三つ、子四つ」など、はるかなる声に言ひて、時の杭《くひ》さす音など、いみじうをかし。「子九つ、丑八つ」などぞ、里びたる人は言ふ。すべて、何も何も、ただ四つのみぞ杭にはさしける。（422頁）

ここにはちゃんと「時奏」という言葉が用いられている。この「時奏」について頭注一では、宮中で左右近衛の夜警の者が殿上の小庭で時刻を奏上すること。一時を四刻に分ち、亥の一刻から寅の一刻まで一刻（約三十分）ごとに行う。

とあるが、「寅の一刻まで」は「寅の四刻まで」の誤りではないだろうか。また「弦打ち鳴らし」というのは、滝口の武士らしい所作である。なおここにある「時の杭」については後述する。

以上のように、平安朝文学における用例はわずか（『枕草子』1例と『讃岐典侍日記』1例）であるが、平安時代の宮中で「時奏」が行われていたことは確認できた。

二、「鼓」と「鐘」について

ところで前述『枕草子』二七二段の後半に、「里びたる人」の言として、「子九つ、丑八つ」とある。これは宮中の「時奏」とは別に、宮廷外で「子（午）九つ・丑（未）八つ・寅（申）七つ・卯（酉）六つ・辰（戌）五つ・巳（亥）四つ」と鼓の数で時刻を知らせていたことを示しているのであろう。これについて頭注九には、

『延喜式』によると、鼓で時を報ずるのに、子午は各九つ、丑未には八つ、寅申には七つ、卯酉には六つ、辰戌には五つ、巳亥には四つ打つとある。これによって、子の終りを子九つ、丑の終わりを丑八つといった俗称があったのであろう。（422頁）

と説明されている。太鼓の数と四刻の時奏を混同してはならないということであろう。

二七二段の記述によれば、「時奏」が宮廷内と宮廷外の二種類あることになる。もちろん宮中が三十分単位で行われているのに対して、宮廷外では二時間単位のようなので、精度は異なることになる。ただし「九つ・八つ」と称した宮廷外の「時奏」の例がこれ以外に見当たらないということで、橋本氏は『枕草子』の記述そのものを疑っておられる。(3) また新編全集の頭注

には、

宮中において実際に時奏の声や音を聞いた作者の感慨。そこには「里びたる人」であった時とは異なる発見もあった。（423頁）

とあり、「里びたる人」をかつての作者自身と見ている。

ここで気になるのは、鼓と鐘が使い分けられているかどうかである。それに関して『枕草子』一五五段には、

時司《ときづかさ》などは、ただかたはらにて、鼓(4)の音も例のには似ずぞ聞ゆるをゆかしがりて、若き人々二十人ばかりそなたに行きて、階より高き屋にのぼりたるを、（283頁）

と陰陽寮の「時司」が鼓を打っていたことが記されている（「時司」は前の「時守」と同義語であろう）。この「鼓」の音は、当然宮廷外にも聞こえたであろう。それに対して近衛の「時奏」は、宮中でしか聞くことはできない。とすればこの陰陽寮の「鼓」が、「里びたる人」の聞いたものという可能性もある。

それとは別に『万葉集』には、

皆人を寝よとの鐘は打つなれど君をし思へば寝ねかてぬかも（六一〇番）

という歌に「寝よとの鐘」が出ている。この歌は大伴家持の訪れを待つ笠女郎が詠んだものである。就寝を告げる鐘は亥の刻（午後九時）と注されていることが多いが、その根拠は示され

ていない。これが鼓ではなく「鐘」だとすると、宮廷の「時奏」ではなく宮廷外の寺院の初夜の鐘とも考えられる。もしそうなら初夜は戌の刻（午後七時）のこととなる。奈良時代は不定時法なので揺れもあるが、当時はかなり早く寝ていたはずである。

それはさておき、「鐘の音」は『後拾遺集』小一条院の、

暁の鐘の声こそ聞こゆなれこれを入相《いりあひ》と思はましかば　（九一八番）

をはじめとして歌にも詠まれているが、「鼓の音」はほとんど歌に詠まれていない（多くは音楽用である）。そのため資料不足で解釈が決定できないのである。

それ以外に、『大斎院御集』一六九番の詞書に「とらのときまでおきてみる」とあり、それに続く一七一番に、

まことにとらのかひふくほどに、お前にまいりて、かかる事なんさぶらひつると聞こえさすれば、明け方になりぬるかとのたまはすれば、

やすらひて見るほどもなき五月夜をなにをあかすとたたくくひなぞ　（一七一番）

と「とらのかひふく」が出ている。これは「寅の貝吹く」であろうから、「鼓」や「鐘」以外に「法螺貝」のようなものを吹いて、時を告げていたことになる。斎院も特別な場所なので、「時奏」に準じる例と見ていいのではないだろうか。

それに類するものとして、『蜻蛉日記』天禄二年（九七一年）六月には、

初夜行なふとて、法師ばらそそけば、戸おし開けて念誦するほどに、時は山寺わざの、貝四つ吹くほどになりにたり。（229頁）

とあって、「貝四つ」が吹かれている。「時は山寺わざの」とあるのは、「鼓」でも「鐘」でもなく「法螺貝」だからであろうか。また「貝四つ」は四刻というのではなく、亥の刻（午後九時）のことであろう。これこそ『枕草子』二七二段の記述に合致する例といえそうである。

もう一例、『千載集』には、

山寺に詣でたりける時、貝吹きけるを聞きて詠める　　赤染衛門

今日もまた午《うま》の貝こそ吹きつなれ羊の歩み近付きぬらん（一二〇〇番）

という俳諧歌がある（『発心集』にも所収）。干支で午の次は未なので、羊の歩み（死）が近付いたと洒落ているのであろう。わずかな例ではあるものの、これによって山寺では鐘以外に法螺貝を吹いて時刻（修業の時間）を知らせていたことがわかる。

三、「時簡《ときのふだ》」と「時杙《ときのくい》」について

次に『枕草子』二七二段の後半に「時の杙さす」とあることについて、頭注八には、

清涼殿の殿上の小庭に時の簡《ふだ》があり、一昼夜十二時四刻ごとに時の杭と称する木釘をさすという。（422頁）

という説明がある。「時の杙」について『国史大辞典』を調べてみると、

平安時代に宮中で時を知らすために用いた杙。時杭とも書く。宮中の清涼殿の殿上の間の小庭に立てた時簡に差し込んだものである。『枕草子』時奏するに「何のなにがし、時丑三つ、子四つなど、はるかなる声にいひて、時の杙さす音など、いみじうをかし。〈中略〉すべて、なにもなにも、ただ四つのみぞ、杭にはさしける」とあり、また『讃岐典侍日記』滝口の名たいめむに「時のふだにくひさす音す」とあるように、時奏の際一刻ごとに時簡に差し込まれたものである。その形状ははらかでないが、『三代実録』には、貞観十四年（八七二）十月七日条をはじめとして、鳥がくわえ抜き去った記事が散見しており、また『左経記』寛仁元年（一〇一七）十一月十九日には時杭二枚以上が狐によって抜き去られたと記している。(5) これによって、時杙が複数で用いられたことと、軽量で薄い板状に近いものであったことが推測できる。（岡田芳朗）

と出ていた。また「時の簡」については、

平安時代に宮中で時を知らせるために用いられた簡のこと。清涼殿の殿上の間の小庭に立てて、時杙を差して時刻を知らせた。『枕草子』時奏するや『讃岐典侍日記』滝口の名たいめむによって、時杙を差すものであること、その際音をたてることが知られるが、それ以外は不明である。（岡田芳朗）

と説明してある。「時奏」関係用語はすべて岡田芳朗氏が担当されているようだ。(6)

これも詳細は未詳のようだが、橋本万平氏は具体例として、『枕草子』以外に『讃岐典侍日記』・『新六帖』・『弁内侍日記』・『左経記』の例をあげておられる。時代はやや下るが、『讃岐典侍日記』には鳥羽天皇の側に召された長子が、かつての堀河天皇のことを思い出している場面に、

滝口の名対面、御湯殿のはさま、殿上の口にて申す声ぞ聞こゆるほど、おぼえざりしかどなど、耳に立ちて聞こゆ。左の府生、時奏して「尋ぬべし。心みねば」といひて、時の簡に杙さす音す。（456頁）

と記してある。ここでは「時奏」を「滝口の名対面」としている。頭注一八を見ると、近衛府の役人が、警護のために夜回りをして、時刻を告げること。左近衛府が亥の一刻（午後九時）から子の四刻（午前一時）まで、右近衛府が丑の一刻（午前一時）から寅の四刻（午前五時）までを受け持った。時を奏するごとに、殿上の間の南の小庭にある時簡に杭をさす。（457頁）

と説明されているが、肝心の滝口についての説明はなかった。

続く『新六帖』は『新撰六帖』のことのようだが、そこに藤原信実の、

うしのくゐさすがに月のかげ出て心すむ夜の時のふだかな

という歌が出ている。この歌には「うしのくゐ」と「時のふだ」が詠み込まれており、資料的価値は高い（「さす」は掛詞）。最後の『弁内侍日記』には、

「夜は更けぬるか、丑の杙の程か」と問はせ給ふを、誰も何とも申さざりしを、少納言、「心のうちに御返し定めてありつらん、いかが」と聞こゆれば、弁内侍、

うたたねにねやすぎなましさ夜中の丑のくひともさして知らずは（165頁）

とあって、前出の『大和物語』と同様の言語遊戯になっている。また「さす」の掛詞は、『新撰六帖』とも共通している。「時の杙」が「丑の杙」となっているのは、具体的な時刻を示すためであろう。

なお、「夜は更けぬるか、丑の杙の程か」「さ夜中の丑のくひ」とある点、小林賢章氏によれば、

「さ夜更けて」は、「丑の杭刺す」や「丑二つ」、「丑三つ」の時間と共起していた。（210頁）

とのことである。(7) また「さ夜更けて」と「夜更け」・「さ夜中」は同時間帯とのことである。これに前述の『枕草子』二九三段の「夜いたく更けぬれば」も加えることができそうだ。

四、「名対面」・「宿直奏《とのいもうし》」について

前の『讃岐典侍日記』にあった「滝口の名対面」について、ここであらためて考えてみたい。「名対面」については、『枕草子』五四段に「殿上の名対面こそなほをかしけれ。」（111頁）と記されている。その中に、

果てぬなりと聞くほどに、滝口の弓鳴らし、沓の音しそめき出づると、蔵人のいみじく高く踏みこほめかして、丑寅の隅の高欄に高膝まづきといふゐずまひに、御前の方に向ひて、うしろざまに、「誰々か侍る」と問ふこそをかしけれ。高くほそく名のり、また、人々候はねば、名対面つかうまつらぬよし奏するも、「いかに」と問へば、さはる事ども奏するに、（111頁）

と、その次第が述べられている。これによれば、かなり騒々しい儀式だったようだ。

『源氏物語』にも「名対面」が一例だけ認められる。それは夕顔巻の、

名対面は過ぎぬらん。滝口の宿直奏こそ、と推しはかりたまふは、まだいたう更けぬにこそは、（166頁）

である。ここは六条某院で夕顔が物の怪に取り殺された場面である。そこに「滝口の宿直奏」とあるが、これについて頭注三には、

滝口の武士が点呼を受けて名のること。官人の名対面の後に行われるので、九時半すぎになるであろう。

と記されている。先の『枕草子』五四段を参考にすると、まず近衛の官人の宿直奏があり、その後で滝口の武士の「名対面」があったことになる（二重構造）。

そもそも夕顔巻で源氏が「名対面」を連想したのは、

このかう申す者は、滝口なりければ、弓弦いとつきづきしくうち鳴らして、「火危し」と言ふ言ふ、預りが曹司の方に去ぬなり。（163頁）

と、滝口の武士の「鳴弦」を耳にしたからである。これは『枕草子』五四段の「滝口の弓鳴らし」や二七二段の「弦打ち鳴らし」に相当するものであろう。

二つ目の「宿直奏」については桐壺巻に、

右近の司の宿直奏の声聞こゆるは、丑になりぬるなるべし。（36頁）

とある。ここに「右近の司」とあることで、「丑」になっている（午前一時を過ぎた）ことがわかる。おそらく「宿直奏」の中に「右近」という言葉が入っていたのであろう。また三つ目は賢木巻に、

ほどなく明けゆくにやとおぼゆるに、ただここにしも、「宿直奏《とのゐまうし》さぶらふ」と声づくるなり。またこのわたりに隠ろへたる近衛官ぞあるべき、腹ぎたなきかたへの教へおこするぞ

かし、と大将は聞きたまふ。をかしきものからわづらはし。ここかしこ尋ね歩きて、「寅一つ」と申すなり。女君、

心からかたがた袖をぬらすかなあくとをしふる声につけても

とのたまふさま、はかなだちていとをかし。

嘆きつつわがよはかくて過ぐせとや胸のあくべき時ぞともなく

静心なくて出でたまひぬ。夜深き暁月夜のえもいはず霧りわたれるに、いといたうやつれてふるまひなしたまへるしも、似るものなき御ありさまにて、（105頁）

とある。これは源氏と朧月夜が弘徽殿で密会している場面である。「ほどなく明けゆくにや」の後に、宿直奏が「寅一つ」（午前三時）と「時奏」している。その「寅一つ」という声を聞いて、明けた（日付変更時点を越えた）ことを知ったのである。それは自ずから後朝の別れの時間が来たことも告げている。それが「夜深き暁月夜」の時間帯であった（この月は「有明の月」）。

その声を聞いた朧月夜は、即座に「あく（明く・飽く）とをしふる」としゃれた和歌を詠じている。それに対して源氏は、「明く」を「胸が開く」に変えて歌を返し、立ち去っている。ここは宮中での密会なので、ゆっくりしているわけにはいかないのであろう。これらは「寅一つ」から展開した「後朝の別れ」であった。

五、時刻の例（亥・子）

以上が平安朝文学に描かれた「時奏」の具体例である。最後に実際の時刻が出ている例をあげてみたい。(8) ただし物語において重要なのは夜から暁にかけてであるから、「亥・子・丑・寅」を対象とする。まず「亥」であるが、「時奏」の例として『うつほ物語』国譲下巻が見つかった。

亥四つと申すに、時なりぬとて騒ぐに、「静心なくいへば。さはとく参りたまへ。宮にかく聞こえこしらへたまへ」とて出でたまふに、（402頁）

これは嵯峨の院大后のもとを今上帝が行幸された折の描写である。「亥四つと申す」とあるので「時奏」と見てよかろう。それを合図に帝はお帰りになっている。下って『弁内侍日記』には、

権大納言、夜番に参りて、萩の戸にて御遊侍りしに、「只今は何の時ぞ」と御尋ねあれば、「起きてゐの時」と申し給へど、夜の御殿には内侍も寝なんとせしかば、「亥よりは更けぬらむ」とて、弁内侍、

只今は起きてゐぞとは言ふめれど衣かたしき誰もねななん（181頁）

と出ている。これは「亥」を「起きて居る」、「子」を「寝る」に掛けた言葉遊びであった。そ

れはさておき、概して「亥」の例は少ないようである。

次に「子」だが、これは前の『枕草子』二七二段に「子四つ」「子九つ」とあった。また『大鏡』にも「子四つ」と出ていた。それに前の『弁内侍日記』の「子」も加えておきたい。また『有明の別れ』にも、

子ひとつと奏すなるに、いとふけにけりと、いまぞおどろかせたまひて、いらせたまひぬれば、（創英版314頁）

と出ている。これは帝の側なので時奏の例であろう。

それ以外に「子」は『竹取物語』に、

かかるほどに、宵うちすぎて、子の時ばかりに、家のあたり、昼の明さにも過ぎて、光りたり。（70頁）

と見えている。また『伊勢物語』六九段「伊勢斎宮譚」にも、

女、人をしづめて、子一つばかりに、男のもとに来りけり。男はた、寝られざりければ、外の方を見いだしてふせるに、月のおぼろなるに、小さき童をさきに立てて人立てり。男、いとうれしくて、わが寝る所に率て入りて、子一つより丑三つまであるに、まだ何ごとも語らはぬにかへりけり。（172頁）

とあって、「子一つより丑三つまで」、つまり午後十一時から午前二時半まで逢瀬を重ねている

（密会）。これだけの時間があるのだから、物足りなさはあっても「まだ何ごとも語らはぬに」ではあるまい。

というのも『源氏物語』浮舟巻に、

夕つ方出でさせおはしまして、亥子の刻におはしまし着きなむ。さて暁にこそは帰らせたまはめ。（117頁）

とあって、匂宮は「亥・子」から暁（寅）まで浮舟に逢う算段になっており、逢瀬としてはこれで十分だからである。ただし『伊勢物語』は伊勢斎宮の居所が舞台であり、宮中のような「時奏」は行われていなかったはずなので、ここには京都の視点がそのまま持ち込まれているとも考えられる。あるいは伊勢斎宮独自の「時奏」が存するのであろうか。

それとは別に『源氏物語』梅枝巻には、明石姫君の裳着が盛大に行われる中に、時刻表記がなされている。まず「かくて、西の殿に戌の刻に渡りたまふ」（412頁）から始まり、「子の刻に御裳奉る」（413頁）と儀式次第に沿って挙行されている。こういった儀式には時刻表記が付きものなのであろう（有職故実）。ただし場所は六条院なので、やはり「時奏」の例とは異なっている。

六、時刻の例（丑・寅）

それに対して「丑」の例は多い。前に「丑三つ」（『大和物語』・『枕草子』）・「丑四つ」（『枕草子』）・『狭衣物語』）・「丑八つ」（『枕草子』）、『新撰六帖』に「うしのくゐ」、『弁内侍日記』に「丑の杙」とあったし、『源氏物語』桐壺巻や『大鏡』にも「丑」と出ていた。さらに『うつほ物語』にも、

・この丑三つは、嫗、夢に見たてまつりたり。（俊蔭巻68頁）

・「丑二つ」と申せば、「夜更けにけり。しばしうち休みてこそ」とのたまひて、入らせたまひぬ。（蔵開中巻454頁）

・まだ大殿籠らぬに、丑二つ、と申すに、女御下りたまひなむとすれば、（国譲下巻351頁）

と3例出ている。最初の例は、俊蔭女が仲忠を俊蔭邸で出産しているものなので、「丑三つ」は宮中の「時奏」ではなく、推定時刻ということになる。後の二つには「丑二つと申す」とあるので、宮中における「時奏」の例と見られる。

これに関連して『枕草子』一三〇段には、

「丑になりなばあしかりなむ」とてまゐりたまひぬ。（244頁）

とあって、行成は丑一つの「時奏」を聞く前に清少納言の局を去っている。また『紫式部日記』

には、

御物忌なれば、御社より、丑の刻にぞ帰りまゐりたれば、御神楽などもさまばかりなりけり。（184頁）

とあって、賀茂神社から丑の刻に宮中に帰参している。これも帰着が宮中なので、「時奏」の例と見てよさそうである。

同様に『栄花物語』殿上の花見巻にも「時奏」らしき例があった。

丑の時ばかりに、御船よりおりさせたまひて上らせたまへば、都には暁方におはしまし着かせたまへば、（214頁）

これは暁方（午前三時過ぎ）に都に到着するために、時間を逆算して「丑の時」（午前一時～三時）に乗ってきた船を下りている例である。「寅」の前にあたる「丑」は、他の時刻よりも用例が多いことがわかった。

最後の「寅」についても用例は少なくない。『大斎院御集』に「とらのかひふく」とあったし、『源氏物語』賢木巻にも「寅一つ」とあった。その他、『栄花物語』花山たづぬる中納言巻には、皇子誕生場面に、

五月のつごもりより御気色ありて、その月を立てて六月一日寅の時に、えもいはぬ男御子平らかに、いささか悩ませたまふほどもなく生まれさせたまへり。（103頁）

とあり、円融天皇の第一皇子・懐仁親王が誕生している。それは日付が一日に変わったばかりの「寅の刻」であった。概して皇子誕生には時刻表記が伴うようで、『うつほ物語』にも、

・かかるほどに、寅の時ばかりに生まれたまひて、声高に泣きたまふ。（蔵開上巻336頁）

・寅の時ばかりに、いかいかと泣く。驚きて、女御探りたまへば、後のもの平らかなり。（国譲下巻380頁）

などの例が見られる。

この「寅の刻」は出立の時間でもあったようで、『蜻蛉日記』天禄元年（九七〇年）六月条には、

寅の時ばかりに出で立つに、月いと明し。（193頁）

と記されている。また『落窪物語』でも権帥一行は、

夜更けてなむ、母北の方帰りける。寅の刻に皆下りぬ。車十余なむありける。（337頁）

とあって、「寅の刻」に大宰府に向けて都を出立している。この「夜更けて」も「丑の刻」に相当すると見られる。

もう一例『栄花物語』はつはな巻には、

行幸は寅の時とあれば、夜よりやすくもあらず化粧じ騒ぐ。（413頁）

とある。行幸が午前三時ということで、昨夜のうちから騒いで仕度をしていた。これも行幸な

ので「時奏」を意識しているはずである。

まとめ

以上のように、「時奏」による時刻は、平安時代の物語にはわずかしか取り入れられていないことがわかった。橋本万平氏も苦労して用例を集められたのであろう。それというのも、必ずしも宮中が物語の主要舞台とはなっていないからである。宮中以外では「時奏」は聞こえないのだから、当然である。

物語では物語展開に必要な時に、「時奏」が取り入れられているといえる。もしそうなら、「時奏」や時刻についての知識を有することで、物語の読みが深まるのではないだろうか。少なくとも「時奏」に注目することは、恋物語における「後朝の別れ」を考える上で不可欠であろう。『枕草子』や『源氏物語』賢木巻の用例分析からは、そういったことが明らかになった。

なお宮廷外であっても、陰陽寮の鼓、寺の「後夜」の鐘、鶏の鳴き声など、後朝の別れの時刻の到来を知らせる小道具は他にも見出せる。本稿ではとりあえず基本的な「時奏」について考察したが、今後はそういった小道具にも目を向ける必要がありそうだ。(9)

注

（1）橋本万平氏「時奏」『日本の時刻制度　増補版』（塙書房）昭和56年6月・102頁

（2）同様の言語遊戯は『夫木和歌集』の「惜しめども丑三つ今は更くる夜のただ夢ばかり残る春かな」（二二九八番）にも用いられている。

（3）橋本万平氏「時の鼓鐘」『日本の時刻制度　増補版』では、「この文は決して原形ではなく、現在に伝えられているものは、伝写の途中で誤りが混入しているものと見ている」（100頁）と述べておられる。それも一つの見方であるが、ここでは保留としておきたい。

（4）岡本恭子氏「かな日記と時間」駒澤大學北海道教養部研究紀要29・平成6年3月。なお岡本氏は、三巻本（引用本文）が「鼓」とあるのに対して、能因本は「鐘」となっている（対立本文が存在する）ことを指摘しておられる。

（5）『左経記』寛仁元年（一〇一七年）十一月十九日条には、「卯時許奏時有福申云。時杙二枚以上紛失。〈中略〉先例為狐等昨抜之時」とある。

（6）暦の研究をされている岡田芳朗氏は、『平安時代史事典』（角川書店）でも「時奏」関係の解説を担当されており、次のようにやや詳しく解説されている。

宮中で行われた報時の一様式。『職員令義解』の規定によれば、陰陽寮に所属する漏刻博士二名と守辰丁が漏刻を管理し、一日十二時の各時に鼓を打って時を知らせ、また一刻ごとに鐘を撞いた。これは『万葉』六一〇・二六四九によっても知ることができる。宮中では内豎が分番して、各時各刻ごとに時を奏した。時奏の内豎は午の時に時を奏した者は子の時、未の時に時を奏した者は丑の時というように昼夜各一時ずつを分担した。また、内豎が時奏を怠った時には厳しい罰則が定められていた。『侍中群要』には、亥の一刻から子の一刻《ママ》までは左近衛夜行官人が時を奏し、丑の一刻から寅の四刻までは右近衛夜行官人が時を奏することが記されており、また『枕草子』二七四段にも、奏者が氏名を名乗り、時を奏し、時の杭を差したことなどが述べられているので、九世紀後半には警衛の者によって夜間の時奏が行われていたことがわかる。なお『禁秘抄』上には蔵人のさしはからいで時を奏していたことが記されており、漏刻によって時を測ることを前提とした報時の体制が崩れていたことを示している。

引用文中の『侍中群要』の「子の一刻」は「子の四刻」とあるべきだが、『侍中群要』の本文も「子の一刻」となっているので、「ママ」とした。

（7） 小林賢章氏「「さ夜更けて」―午前三時に向かう動き」『「暁」の謎を解く―平安人の時間表現』（角川選書）平成25年3月・210頁

（8） 吉海直人「書評 小林賢章著『「暁」の謎を解く』」同志社女子大学日本語日本文学28・平成28年6月（本書所収）では、『源氏物語』の用例として「子の刻」1例（梅枝巻）・「丑」1例（桐壺巻）・「寅一つ」1例（賢木巻）・「卯の刻」1例（行幸巻）・「辰の刻」1例（松風巻）・「巳の刻」2例（玉鬘巻・藤裏葉巻）・「午の刻」1例（胡蝶巻）・「未の刻」3例（蛍巻・藤裏葉巻・若菜上巻）・「申の刻」3例（桐壺巻・賢木巻・須磨巻）・「酉」0例・「戌の刻」1例（梅枝巻）・「亥の刻」1例（行幸巻）・「亥子の刻」（浮舟巻）1例をあげている。これを見ても、時刻表記が少ないことは納得されるであろう。

（9） 吉海直人『『源氏物語』「後朝の別れ」を読む―音と香りにみちびかれて―』（笠間選書）平成

28年12月

第二章　後朝を告げる「鶏の声」

――『源氏物語』の「鶏鳴」――

はじめに（出発点は「暁」）

『源氏物語』における「時間表現」を考えている間に、当時の人はどうやって「暁」の時刻を知りえたのか、という単純な疑問が浮上した。その疑問は必ずしも解消できたわけではないが、その答えの一つとして「時奏」以外に「鶏鳴」、つまり原始的な鶏の鳴き声や寺で鳴らす鐘（聴覚）によって、「暁」の到来を知覚していることが見えてきた。

そのことは上代の文献『日本書紀』にある「鶏鳴」「鶏鳴時」「鶏鳴之時」がすべて「あかとき（暁）」と訓読されていること、さらに『万葉集』の、

　我が背子を大和へ遣るとさ夜ふけて暁露に我が立ち濡れし　（一〇五番）

の「あかとき」が「鶏鳴」の訓読であることからも納得される[1]。また『日本書紀』継体天皇七年九月条にある勾大兄《まがりのおおえの》皇子《みこ》（安閑天皇）の長歌（後朝の歌）、

味寝《うまいね》寝し間に庭つ鳥鶏《かけ》は鳴くなり野つ鳥雉《きぎし》は響《とよ》む愛《は》しけくもいまだ言はずて明けにけり我妹
（303頁）

や『万葉集』の、

暁と鶏《かけ》は鳴くなりよしゑやしひとり寝る夜は明けば明けぬとも
（二八〇〇番）

では、鶏や雉が「暁」の到来を鳴いて知らせている（「夜鳥」「時鳥」の例もある）。「カケ」は鶏の鳴き声（擬音語）で、神楽歌にも、

鶏はかけろと鳴きぬなり起きよ起きよ我が門に夜の夫人もこそ見れ

とあって「かけろ」と出ている。また『古事記』上巻の八千矛神の求愛歌には、

青山に鵼《ぬえ》は鳴きぬさ野つ鳥雉は響《とよ》む庭つ鳥鶏は鳴く心痛《うれた》くも鳴くなる鳥か此の鳥も打ち止《や》めこせね
（87頁）

と、鵼・雉・鶏が鳴いている。このうち鵼は夜鳴く鳥であるから、これは夜から暁へと時間が経過しているのであろう。加えて『歌経標式』にある、

あかときととりも鳴くなり寺でらの鐘もとよみぬ明けいでぬこの夜
（『日本歌学大系第一巻』5頁）

によって、鳥の声だけでなく寺の鐘の音も、暁の到来を告げる機能を果たしていることがわかる。もちろんこの「明け」は、いわゆる「夜明け」のことではなく、「暁」（翌日）になった意

味である。同様のことは『八雲御抄』「天象部」の「暁」にも、「暁をば、鳥のこゑ、鐘の声、月残などもよむ」（『日本歌学大系別巻三』294頁）とあって、「暁」の歌としては「鳥のこゑ、鐘の声、月残」と詠むことが一般化していたことが読み取れる。

「暁」に鶏が鳴くことは、『赤人集』にも、

遠き妹と手枕やすく寝ぬる夜はにはとり鳴くな明けはすぐとも　（二八七番）

とあって、「暁」になっても鳴かないでほしいと鶏に訴えている。これは『万葉集』の、

遠妻と手枕交へて寝たる夜は鶏がねな鳴き明けば明けぬとも　（二〇二一番）

の類歌であろう。同様のことは『古今集』にも、

恋ひ恋ひてまれに今宵ぞ逢坂の木綿つけ鳥は鳴かずもあらなむ　（六三四番）

と歌われている（「木綿つけ鳥」は鶏のこと）。鶏が鳴けば男女は別れなければならないからである。

一方の「鐘の音」については『後拾遺集』に、

入道前太政大臣法成寺にて念仏行ひ侍りける頃、後夜の時に逢はんとて近き所に宿りて侍りけるに、鶏の鳴き侍りければ昔を思出でてよみ侍ける　井出の尼

いにしへはつらく聞えし鳥の音のうれしきさへぞ物はかなしき　（一〇一九番）

とあるのが参考になる。これは井出の尼（橘三位清子）が入道前太政大臣（藤原道長）に詠みか

けた歌である。ここでは仏道修行の「後夜」（午前三時）と「鶏鳴」が呼応しており、かつては男女が別れる合図であった「鶏鳴」や「後夜（の鐘）」が、今は逆に逢う合図になっていると詠じている。

「月（有明の月）」については別に考えるとして、本章では後朝の別れにおける「鶏鳴」について詳しく検討してみたい。最初に「鶏鳴」最大の問題点を二つあげておく。一つは鶏が定時に鳴くかということである。これについては、文学では時間通りに鳴くことを前提に考えたい。もう一つは中国の『春秋左氏伝』の杜預注に「子・丑・寅・卯」のことを、「其名目但曰夜半、曰鶏鳴、曰平旦、曰日出」云々としていることである。これによれば「鶏鳴」は丑の刻になる。それを受けて『新撰字鏡』に「鶏鳴、丑時」とある。これが根拠になって、『広辞苑第五版』・『日本国語大辞典第二版』では「鶏鳴」を丑の正刻（午前二時）としている（本来なら一時とすべきか）。

「鶏鳴」を午前三時と主張する小林賢章氏にしても、午前二時説に対して正面切って批判されておらず、

「鶏鳴」を「午前二時」の意味で使用することは確かにあったのかもしれないが、総ての「鶏鳴」が午前二時を指して使用されているわけではない。

（『アカツキの研究』和泉選書18頁）

と消極的な説明にとどまっている。わずか一時間の違いであるが、この点が明確でないと時間表現としての「鶏鳴」は論じにくい（二時を一番鶏、三時を二番鶏とする説もある）。そこで本章では、「鶏鳴」を午前三時と仮定して論を進め、それで矛盾なく読めることを証明したい。

一、『伊勢物語』の「鶏鳴」

「鶏鳴」に関しては、かつて「夜深し」の用例を調査した際(2)、その近辺でしばしば目にしたことがあった。たとえば『伊勢物語』第一四段でも、

夜ぶかくいでにければ、女、

　夜も明けばきつにはめなでくたかけのまだきに鳴きてせなをやりつる　（126頁）

と両者が併用されている。これは「後朝の別れ」の時刻を知る上で非常に重要な用例である。というより、「鶏鳴」が男女の別れの契機となっていることがわかる好例といえる(3)。「夜ぶかく」帰った昔男に対して、女は「まだきに鳴」いた「くたかけ」を狐に食わせてしまおうと歌っている。憎い鶏を殺してしまうという発想は、『古事記』上巻大国主神条の、八千矛神が沼河比売に歌った長歌に、

　庭つ鳥鶏《かけ》は鳴く心痛《うれた》くも鳴くなる鳥か此の鳥も打ち止《や》めこせね　（87頁）

云々とあるところからの引用であろうか。これはさらに『和泉式部日記』にも次のように継承

されている。

明けぬれば、「鳥の音つらき」とのたまはせて、やをら奉りておはしぬ。〈中略〉しばしありて御文あり。「今朝は鳥の音におどろかされて、にくかりつれば殺しつ」とのたまはせて、鳥の羽に御文をつけて、

殺してもなほあかぬかなにはとりの折ふし知らぬ今朝のひと声

御返し

「いかにとはわれこそ思へ朝な朝な鳴き聞かせつる鳥のつらさは

と思ひたまふるも、にくからぬにや」とあり。（34頁）

これは宮邸での逢瀬の二日目のことである。宮が口にした「鳥の音つらき」には、『古今六帖』「暁に起く」にある、

恋ひ恋ひてまれに逢ふ夜のあかつきは鳥の音つらきものにざりける（二七三〇番）

歌が引用されている。それが「鳥の羽」（鶏を殺した証拠）を導くわけだが、それだけでなく宮の歌には技巧が凝らされていた。「にはとり」は「二羽鳥」の掛詞であり、二羽（カップル）という名を持つのなら愛し合う男女二人の気持がわかるはずだ。それなのに鳴くべき折を心得ずに鳴くなんてなんとつれない鶏だ、というわけである。この宮の歌に対して和泉は、「鶏鳴」のつらさは宮の訪れのない夜を明かして毎朝（この「朝」は暁のこと）聞いているので、私の方

がよく知っていますと切り返している。「鶏鳴」は後朝の別れのつらさだけでなく、男の訪れのない女の悲しみでもあったのだ。

さて第一四段の女の歌にある「まだき」は、愛する男を帰したくない女の心情的表現でもある。それに対して男の心情は描かれていないが、「鶏鳴」を聞いてさっさと帰ったとすれば、みやびに反する女の愛情の表わし方（ひなび）に嫌気がさしたからであろう。それが『伊勢物語』のみやびである。この「夜ぶかく」は深夜過ぎ（特に丑の刻）を指すことが多いが、暁に食い込むことも少なくない。

ここで注目していただきたいのは、女が「夜も明けば」と詠じている点である。既に暁になって男が帰った後で、再び夜が明けたら云々といっているのであるから、この「夜も明け」は一般的な夜明け（明るくなったら）の意味でよかろう。逆に「夜も明けば」といった時点では、まだ夜は明けていない（暗い）ことになる。これによって鶏が鳴いて男が帰った時刻（暁）と、夜が明ける時間には時差があるということがわかる。そもそも「鶏鳴」は暁を告げる合図であり、その暁は定時法によれば午前三時であった。

かつては「明く」を視覚的な夜明けと考えていたので、「鶏鳴」や「暁」は明暗を分ける境界線として考えられていた。(4) 最近はそれが暗い時刻（日付変更時点）として考えられるようになったことで、明暗の境界という考え方は否定されつつある。これは大きな研究の進展であろう。

次に『伊勢物語』第五三段には、

むかし、男、あひがたき女にあひて物語などするほどに、とりの鳴きければ、

いかでかはとりの鳴くらむ人しれず思ふ心はまだ夜深きに（158頁）

とあって、第一四段と「夜深し」「まだ」が共通している。ただしここでは男側の未練が歌われている。なかなか逢ってくれなかった女にようやく逢うことができた男の心情として、「まだ夜深き」時間なのに、鶏が鳴いたので別れなければならないと嘆いているわけである。これが後朝の常套であった。第一四段と第五三段は同じ後朝の別れでありながら、帰りたくない男と帰したくない女の立場から詠まれている。三つ目は第二二段の、

秋の夜の千夜を一夜になせりともことば残りてとりや鳴きなむ（135頁）

である。逢瀬における男側の「ことば残りて」という未練には、もっと女と一緒にいたいという願望が含まれている。以上が『伊勢物語』における「鶏鳴」の様相である。

二、『源氏物語』以前の「鶏鳴」

では次に『落窪物語』の「鶏鳴」を考えてみたい。道頼と落窪姫君が初めて結ばれた暁、二人の様子が、

からうじて明けにけり。鶏の鳴く声すれば、男君、
「君がかく泣き明かすだにかなしきにいとうらめしき鶏の声かな
いらへ時々はしたまへ。御声聞かずは、いとど世付かぬ心ちすべし」とのたまへば、から
うじて、あるにもあらずいらふ。
人心うきには鳥にたぐへつつなくよりほかの声は聞かせじ
と言ふ。君いとらうたければ、少将の君、なをざりに思ひしを、まめやかに思ふべし。（42頁）
と書かれている。二つの「からうじて」には女の気持が反映されている。「明けにけり」につ
いて新編全集の頭注では、
夜明けを告げる鶏の声がするので、三日夜をまだ終えていないため少将は帰らなければな
らない。（42頁）
とコメントしてある。ここに「夜明けを告げる」とあるのは、鶏が夜明けに鳴くと旧説で考え
ているからであろう。しかしながら「鶏鳴」は午前三時とすべきである。外が暗い（視覚が通
用しない）ために、聴覚によって暁の到来を察知していると読みたい。
だからこそ、「鶏鳴」によって後朝の別れの到来を察知した道頼は、ストレートに「鶏の声」
を詠み込んだ和歌を女君に詠みかけているのである。男の歌には、女君が「泣き明かす」つま

り夜通し泣いていたこと（自分への愛情のなさ）の悲しさと、暁の到来すなわち後朝の別れを告げる鶏の「鳴く声」が重ねられている。それに対して女君は「人心う（憂）き」つまり男君の心がつらいのでといい、それがそのまま「には鳥」に続いている。これも男君の歌同様、「鳴く」と「泣く」を掛詞として用い、鶏も女君も泣き声以外の声は聞かせられないと返している。これは後朝の返歌の常套であろう。あるいはここには『伊勢集』にある、

にはとりにあらぬねにてもきこえけり明け行く時はわれもなきにき　（一六六番）

かへし

あかつきの寝覚めの耳にききしかどとりよりほかに声もきこえず　（一六七番）

などが踏まえられているのかもしれない。

それに対して『うつほ物語』内侍のかみ巻には、帝と尚侍（俊蔭娘）の擬似後朝が描かれている。

上、おはしまして、よろづにあはれにをかしき御物語をしつつおはしますほどに、夜暁になりゆく。鳥うち鳴き始めなどするに、「まれに逢ふ夜は」といふことは、まことなりけりなどのたまふ。（271頁）

「夜暁になりゆく」とあることで、夜と暁が連続していることがわかる。しかも「暁」の後に「鶏鳴」が続いているので、これは午前三時で間違いあるまい。後朝の別れの雰囲気の中で、

帝は「まれに逢ふ夜は」と古歌の一節を引用している。これは『後撰集』小町姉の、

ひとり寝る時は待たるる鳥の音もまれに逢ふ夜はわびしかりける　（八九五番）

の引歌である。これなど前掲の「暁と」（『万葉集』二八〇〇番）の逆パターンであり、また前掲「恋ひ恋ひて」（『古今六帖』）の同類といえる。その後に、

夜明けなむとするに、尚侍のおとど急ぎたまふに、やうやう日など見ゆるほどに急ぎたまふ。待ちたまへや。そもそも、こは暁かは。まだ明け暗れも光見ゆるものを。（272頁）

と、急ぎ退出しようとする尚侍を、帝がまだ早いといって引きとめる。それに続いて帝は「右大将、定めてのたまへ」と夫の兼雅に下問している。

それに対する兼雅の答えは、

しののめはまだ住の江かおぼつかなさすがに急ぐ鳥の声かな　（272頁）

である。ここで兼雅は「暁」・「明け暗れ」を歌語「しののめ」に置き換えている。「住の江」は唐突だが、「住」に「墨」を掛けて真っ暗という意味で考えたい。これによって「しののめ」が暗い時間であることがわかる。この部分、本文に問題があるようで、「日など見ゆる」や「光見ゆる」の解釈がすっきりしない（後人のさかしらか）。陽の光が射したら、それは「暁」どころか夜が明けて明るくなってしまうからである。あるいはこれは「有明の月」の光であろうか。

三、帚木巻の「鶏鳴」

『源氏物語』における「鶏鳴」の用例は、

「鶏鳴」ナシ・「にはとり」1例（総角巻）

であった。用例が少ないのは一般的な「鳥」の中に、「鶏」が含まれているからである。この「鶏鳴」に関しては、既にいくつかの論文が存する。(5) 佐藤敬子氏は「源氏物語に鶏は六度鳴く」とされ、帚木巻・夕顔巻・須磨巻・若菜上巻・総角巻・手習巻の例をあげられている。さらに「源氏物語には、鳴かない鶏が存在する」とされ、夕顔巻と東屋巻を紹介しておられる。その上でノーマルな結婚形態に「鶏鳴」は不要であり、通常でない逢瀬にこそ「鶏鳴」が要請されるとしておられる。ただし藤壺と源氏の密通に鶏は鳴かないし、柏木と女三宮の密通にも登場していないので、そう単純でもなさそうである。

『源氏物語』の中で、最初に「鶏鳴」が用いられているのは帚木巻である。用例は「鳥も鳴きぬ」「鳥もしばしば鳴くに」の2例だが、歌の中に掛詞として「とりあへぬまで」「とり重ねてぞ」と用いられているので、対象になるのは4例となる。最初の例は、源氏と空蟬の後朝場面である。(6)

鶏も鳴きぬ。人々起き出でて、「いといぎたなかりける夜かな」、「御車引き出でよ」など

言ふなり。守も出で来て、女などの、「御方違へこそ。夜深く急がせたまふべきかは」などいふもあり。（帚木巻103頁）

ここにも「夜深く」が用いられている。当時、「鶏鳴」がもっともポピュラーな暁（翌日になったこと）を知る方法（時計代わり）だった。源氏の従者たちは、鶏鳴を聞くとすぐに起きて帰り支度を始めているので、「鶏鳴」が帰る時間の合図になっていることがわかる。「いといぎたなかりける夜かな」とあるのは、昨夜酒などが振舞われて、いつもより遅い時間になっているのであろう。この従者たちの会話は、もちろん近くにいる源氏の耳にも聞こえていた。というよりも従者達は、源氏に聞こえるように話すことで、婉曲的に源氏に出立を促していると読みたい。なお新編全集には「いぎたなし」の注として、「この語で、昨夜の情事の秘密は保たれたとの印象を読者に抱かせる」（103頁）と記されているが、いかがであろうか。

なお「鶏鳴」は源氏一行のみならず、紀伊守邸の住人にも聞こえていた。それを受けた女房の、「御方違へこそ。夜深く急がせたまふべきかは」という発言から、一般例として後朝ならともかく、方違えであれば「夜深く」帰る必要はないことがうかがえる。逆に翌日になってすぐに帰るのは、接待が悪かったと見られかねない。しかし皮肉なことに源氏は、まさしく空蟬との後朝を迎えていた。女房はそれに全く気付かないまま発言しているわけだが、もちろんこれは秘密を知る中将の君とは別の女房の発言ということになる。

さて、ここは普通の後朝ではなく、女である空蟬が自分の部屋に帰るという設定になっている（『伊勢物語』第六九段に近い）。そうこうするうちに、夏の暁はどんどん過ぎていく。源氏の決断を促すかのように、鶏が別れの時刻を繰り返し告げる。「鐘」はその時間に数度撞かれるが、鶏は複数鳴くので「しばしば」とされている。そのことは『枕草子』七〇段に、

鳥の声も、はじめは羽のうちに鳴くが、口をこめながら鳴けば、いみじう物深く遠きが、明くるままに、近く聞ゆるもをかし。（124頁）

とあって、始めの方は口ごもっているが、鳴いているうちに徐々に遠くまで聞こえるようになると述べている。帚木巻にしても複数回鳴くことで、別れを急かされていた。

鳥もしばしば鳴くに、心あわたたしくて、

つれなきを恨みもはてぬしののめにとりあへぬまでおどろかすらむ

女、身のありさまを思ふに、いとつきなくまばゆき心地して、めでたき御もてなしも何ともおぼえず、常はいとすくすくしく心づきなしと思ひあなづる伊予の方のみ思ひやられて、夢にや見ゆらむとそら恐ろしくつつまし。

身のうさを嘆くにあかで明くる夜はとりかさねてぞ音もなかれける

ことと明くなれば、障子口まで送りたまふ。内も外も人騒がしければ、引き立てて別れたまふほど、心細く、隔つる関と見えたり。（104頁）

源氏の贈歌に「しののめ」とあることで、従来は最初の鶏鳴から時間が経過し、既にあたりが明るくなり始めていると解釈されていた。ただし最近は「しののめ」はまだ暗い時間帯も含むと考えられつつある。(7)空蟬の答歌にある「明くる夜」にしても、「暁」になったと解釈すべきであろう。

帚木巻の面白さはそれだけではない。というのも源氏はさっさと帰ってはおらず、サービス精神を発揮するかのように、高欄にしばらくたたずんでいる。その描写は、

月は有明にて光をさまれるものから、かげさやかに見えて、なかなかをかしきあけぼのなり。（104頁）

とある。月の光が「をさまれる」とあるのは、あたりが次第に明るくなってきているので、月の光が相対的に弱くなっているのであろう。なお前の歌では「しののめ」とあったが、ここは「あけぼの」になっている。これを「しののめ」から「あけぼの」に時間が経過したと見ることもできるし、同時間だが歌語と非歌語を使い分けていると見ることもできる。

四、夕顔巻の「鶏鳴」

次に「鳥」の用例が多い夕顔巻について見ておきたい。(8)まずは源氏が夕顔の宿で後朝を迎えた場面である。

明け方も近うなりにけり。鶏の声などは聞こえで、御岳精進にやあらん、ただ翁びたる声に額づくぞ聞こゆる。起居のけはひたへがたげに行ふ、いとあはれに、朝の露にことならぬ世を、何をむさぼる身の祈りかと聞きたまふ。南無当来導師とぞ拝むなる。（158頁）

ここは「明け方も近うなりにけり」に注目していただきたい。「明け方も近う」は、前に「暁近くなりにけるなるべし」（155頁）とあることから、新編全集の頭注五では、

前には「暁近く…」（一五五ページ）とあった。「暁」はまだ暗く、「明け方」は空が白んでいる。と合理的に説明されている。それで時間の推移はわかるが、この「明け方」も「暁」になることと取りたい。というのも直後に「鶏鳴」があるし、聴覚で物語が進んでいるからである。

むしろ注目すべきはただの「鶏鳴」ではなく、あえて「鶏の声などは聞こえで」とあることである。一般的な「鶏の声」であれば、後朝にふさわしい風物であろうが、わざわざ聞こえないことを明記した上で、「鶏鳴」に代わって御岳精進の翁びた声を源氏に聞かせている。おそらく五条の宿（下賤な空間）では、鶏は鳴かない設定になっているのであろう。

その代わり源氏の耳には、普段聞き慣れない庶民生活の「乱りがはし」い雑音が、シャワーのように浴びせかけられている。これは源氏が狭隘な五条の宿にいるからこそである。読者はその源氏の耳に同調することで、そういった不協和音を追体験させられているのである。都の内とはいいながら、物語は中の品以下の生活空間を聴覚的に描出しようとしている。それこそ

が夕顔巻の大きな特徴であった。

これに類似した表現が東屋巻にも、

ほどもなう明けぬる心地するに、鶏などは鳴かで、大路近き所に、おぼとれたる声して、いかにとか聞きも知らぬ名のりをして、うち群れて行くなどぞ聞こゆる。（93頁）

と繰り返されている。ここは薫と浮舟の後朝を描いているところである。どうも東屋巻は、夕顔巻の描写を再利用（物語内本文引用）しているように思われる。時は九月、晩秋の夜長であるが、二人の逢瀬を「ほどもなう明けぬる心地する」だけで済ませており、具体的な情交の描写は省略されている。

ところで薫と浮舟の二人が逢瀬を持った三条の小家は、無風流な大路を往来する物売りの声（聴覚情報）が、「鶏鳴」に代わって「暁」の到来を告げている。(9) これも夕顔巻のパロディであろう。さらにこの後に、

かやうの朝ぼらけに見れば、物戴きたる者の鬼のやうなるぞかしと聞きたまふも、かかる蓬のまろ寝にならひたまはぬ心地もをかしくもあり。（93頁）

とあって、「朝ぼらけ」の時間帯になっている。

実は浮舟以前の薫と大君の擬似後朝(10)に、「鶏鳴」が効果的に用いられていた。

はかなく明け方になりにけり。御供の人々起きて声づくり、馬どものいばゆる音も、旅の

宿のあるやうなど人の語る思しやられて、をかしく思さる。（総角巻237頁）

ここは宇治の八宮邸なので、帚木巻同様に御供の人が出立を促している。「はかなく」という言葉が物足りなさ以上に、二人の間に実事がなかったことを暗示している。続いて次のように描かれている。

明くなりゆき、むら鳥の立ちさまよふ羽風近く聞こゆ。夜深き朝の鐘の音かすかに響く。（238頁）

「明くなりゆき」とあることで、明るくなったようにも読めるが、下に「夜深き」とあるので、まだ暗いことがわかる。「朝の鐘」にしても「後夜」（午前三時）の鐘と見たい。それに続いて、

「暁の別れや、まだ知らぬことにて、げにまどひぬべきを」と嘆きがちなり。鶏も、いづ方にかあらむ、ほのかに音なふに、京思ひ出でらる。

山里のあはれ知らるる声々にとりあつめたる朝ぼらけかな

女君、

鳥の音もきこえぬ山と思ひしを世のうきことは尋ね来にけり（239頁）

と聴覚情報として、「鶏」の「ほのかに音なふ」があるのも印象的である。「鶏鳴」に促されるように、薫は擬似後朝の歌を詠じる。ここでは「暁の別れ」「女君」と表現することで、いか

にも男女の後朝であるかのような演出がなされていた（「事あり顔」ともあった）。たとえ実事を伴わない疑似後朝であるにせよ、男が女のもとを去るにふさわしい「暁」の時間帯が、「鶏鳴」の贈答歌によって形成されているのであろう。

五、若菜上巻の「鶏鳴」

続いて若菜上巻の「鶏鳴」を検討しておこう。源氏が女三宮と結婚し、三日目の夜を過ごした場面である。

鶏の音待ち出でたまへれば、夜深きもしらず顔に急ぎ出でたまふ。いといはけなき御ありさまなれば、乳母たち近くさぶらひけり。妻戸押し開けて出でたまふを、見たてまつり送る。明けぐれの空に、雪の光見えておぼつかなし。なごりまでとまれる御匂ひ、「闇はあやなし」と独りごたる。（68頁）

結婚三日目であるにもかかわらず、源氏は「夜深く」女三の宮のもとを立ち去っている（露顕《ところあらわし》は不要？）。これについて新編全集の頭注一〇には、

女のもとに泊まった男は、一番鶏が鳴いてから、夜が明けぬ前に帰るのが礼儀である。「待ち出で」とあり、実のない新婚の夜を過す源氏は、早く紫の上のところへ帰りたくて、じりじりしていた。（68頁）

とあって参考になる。源氏は一番鶏が鳴くのをじっと待って、それを聞いた途端、待ってましたとばかりに女三の宮のところから帰った。これは『伊勢物語』第一四段の誠意のない男と似ている。「しらず顔」を含めて、ここから女三の宮に対する源氏の愛情が薄いことは十分読み取れる。それは源氏が夢で紫の上を見たからであった。(11)

実は紫の上の方でも、「夜深き鶏の声の聞こえたるもものあはれなり。」（同頁）とあって、紫の上も源氏の聞いた一番鶏の鳴き声を聞いていた。六条院の春の町で鶏を飼っているというのは考えにくいかもしれないが、『枕草子』では宮中で鶏が鳴いているので、さして問題ではあるまい。二人は同時に同じ鶏の声を聞いているわけだが、これも巧みな設定である（「二人同夢」に近い）。

気になるのは「明けぐれ」を新編全集が「明け方の薄暗い空」と訳している点である。なるほど小学館『古語大辞典』で「明けぐれ」を引くと、「夜明け方の、まだ薄暗い時分。一説に、夜明け前の、ひとしきり暗くなるような時とも」と出ている。問題は「薄暗い」（＝薄明るい）か「暗い」かである。

一番鶏の鳴く頃（鶏鳴）はまだ暗い時刻（午前三時）である。それを待って急いで帰ったのであるから、有明の月でも出ていない限り、「薄暗い」という解釈は納得できない。もちろん空が薄明るいのではなく、積もった雪によってぼーっと薄明るいというのなら許容できるかもしれない。しかし月のない「明けぐれ」はむしろ暗い方が優先される。それは見送った女三の宮の乳母が、「闇はあやなし」（引歌）と口にしていることからもわかる。「闇」とある以上は真っ暗でなければ、それこそ引歌の効果が薄れてしまうからである。

この「明けぐれ」は、かつて花散里との別れにおいても用いられていた。

　鶏もしばしば鳴けば、世につつみて急ぎ出でたまふ。例の、月の入りはつるほど、よそへられて、あはれなり。（須磨巻175頁）

既に花散里との肉体関係はないのだが、ここではわざわざ鶏を効果的に「しばしば」鳴かせることによって、いかにも後朝の別れであるかのような擬似後朝の雰囲気を醸し出している。それに続いて駄目押しのように、「明けぐれのほどに出でたまひぬ。」（176頁）と繰り返されている。この「明けぐれ」を前の「月の入りはつるほど」と対応させれば、まさに月のない「暁闇」ということになる。ただし日付が二十日頃であれば「有明の月」であるから、その時間に月が沈むことはあるまい（雲隠れしている?）。これは「例の」「よそへられ」とあることから、源氏の帰りを入る月に喩えた比喩表現ということになる。

もう一つ、若菜下巻の柏木と女三の宮の密通も「明け暗れ」であった。時系列としてはまず、「明けゆくけしきなるに、出でむ方なかなかなり。」（227頁）と、柏木は後朝の別れを躊躇している。そしてその恋情を女三の宮に、「今宵に限りはべりなむもいみじくなむ。」（227頁）と訴える。ここに「今宵（夜）」とあるのは柏木の心情的時間かもしれないが、ここまではまだ明けていない（午前三時前）と見たい。その直後に、

昨夜入りしがまだ開きながらあるに、まだ明けぐれのほどなるべし、ほのかに見たてまつらんの心あれば、格子をやをら引き上げて、（228頁）

とあって、「昨夜」が用いられている。ここは既に午前三時を過ぎているので、三時以前のことを「昨夜」としていることになる。ただし「明けぐれ」であれば、格子を上げても女三の宮の顔が見えるはずはあるまい。これこそ薄暗い意の「明けぐれ」であろうか。

さらに、「ただ明けに明けゆくに、いと心あわたたしくて」（228頁）と別れの時間が切迫している。そして、「のどかならず立ち出づる明けぐれ、秋の空よりも心づくしなり」（同頁）と別れるわけだが、ここにも「明けぐれ」とあることで、それが柏木と女三の宮の和歌にも、

・起きてゆく空も知られぬあけぐれにいづくの露のかかる袖なり（228頁）

・あけぐれの空にうき身は消えななむ夢なりけりと見てもやむべき（229頁）

と用いられている。ここに4例も「明けぐれ」が集中しているのは珍しいことであった。[12]

話を若菜上巻に戻すと、たとえ源氏が女三の宮に魅力を感じていなくても、相手は内親王であるし臣籍降嫁した正妻であるから、疎かには扱えない。そうすると源氏は、夫として最低限の礼儀は守ったはずである。それが「鶏の音待ち出でたまへれば」であった。源氏は男が女の

もとを去ることが可能なギリギリのエチケットを守るために、翌日になるのをじっと待ち、「鶏鳴」を合図にさっさと帰ったのである。それが紫の上に対する源氏の誠意だとすれば、女三の宮側からすれば不実の表出ということになる。本来男女の後朝に機能する鶏鳴が、ここでは源氏と女三の宮のすれ違いを表わしていることになる。

まとめ

本来ならばここに『源氏物語』以後の「鶏鳴」についての章があってしかるべきだが、『平家物語』と『とはずがたり』の例をあげて他は省略したい。まず『平家物語』巻第五「月見」には、待宵の小侍従の話として、

待宵の小侍従といふ女房も、此御所にぞ候ひける。この女房を待宵と申しける事は、或時御所にて、「待つ宵、帰る朝、いづれかあはれはまされる」と御尋ねありければ、

待つ宵のふけゆく鐘の声きけばかへるあしたの鳥はものかは

とよみたりけるによってこそ、待宵とは召されけれ。（358頁）

と出ている（『新古今集』一一九一番にもあり）。これは「待つ宵」と「帰る朝」の優劣問答であるが、「待つ宵」が「ふけゆく」ことで時間が経過し、とうとう「鐘の声」（後夜）が聞こえてくる、それは取りも直さず鶏鳴の時刻の到来である。結局、待った男は訪れず、ずっと待ち続

けているので、「帰る朝」（後朝）という設定ではなくなっている。

もう一つの『とはずがたり』は、

鳥の音におどろかされて、夜深く出でたまふも、なごりを残す心地して、また寝にやとまでは思はねども、そのままにて臥したるに、まだしののめも明けやらぬに、文あり。

帰るさは涙にくれて有明の月さへつらきしののめの空　（238頁）

とあり、「心のほかの新枕」を交わした後に続く文章である。「鳥の音」によって午前三時の後朝の別れの時間になったことが告げられ、雪の曙は「夜深く」帰る。これは暁になって間もない時間帯であった。「また寝」というのは、雪の曙が帰った後、夜明けまでに時間があるので、睡眠を取ることである。そこに早々と後朝の文が届けられた。「まだしののめも明けやらぬ」というのは、「しののめ」に時間的幅があって、まだあたりが暗い頃である（「しののめ」が明けると夜明けになる）。歌を見ると「有明の月」と「しののめの空」が詠み込まれている。これにしてもまだ空が暗いから「有明の月」が目立つのであろう。

以上、後朝の別れの時刻を告げる「鶏鳴」について、先行研究の成果を継承しつつ、あらためて用例を広く辿りながら再検討してきた。現代的な感覚では、鶏というのは庶民的に思えるが、どうやら平安貴族の生活圏には、鶏が普通に存在していたようである。逆にその不在は非貴族性を表わしていた。だからこそ物語でも、「暁」を告げる便利なツールとして重宝されていたのである。「暁」を告げる鶏の存在は、恋物語において案外重要であるとしたい。

その「暁」の時刻はまだ暗いので、視覚的にあたりが明るくなるとするのは再考を要する。暗いからこそ「鶏鳴」という聴覚情報が積極的に用いられており、「有明の月」が印象的に描かれているからである。平安時代の「後朝の別れ」は決して夜明けではなく、まだ暗い午前三時過ぎに行われていることを再確認した次第である。

注

（1）『万葉集』では「鶏鳴」（一〇五番）・「五更」（一五四五番・二二一三番・三〇〇三番）を「あかとき」と訓んでいる。この「あかとき」は「あかつき」の古訓である。なお鶏の別称として「常世の長鳴鳥」（『古事記』・『日本書紀』）もある。

（2）吉海直人「後朝の時間帯「夜深し」」『『源氏物語』「後朝の別れ」を読む—音と香りにみちびかれて—』（笠間選書）平成28年12月

（3）上野英子氏「『源氏物語』における「鶏鳴」の意味—古代鶏鳴観の継承とその文学的深化—」実践国文学23・昭和58年3月では、「鶏が鳴く」が「東」にかかる枕詞であることに注目され、「「鶏が鳴く（東）」の枕詞から着想を得たものであろうか。」と東女《あずまおんな》との関連を述べられている。

（4）高嶋和子氏「鶏」『源氏物語動物考』（国研出版）平成11年5月では、『源氏物語』における鶏の全用例を検討された上で、

・時間的には暁方で、特に明暗の世界を二分するその境に鶏が位置するシーンが多い。（105頁）

・鶏の声は、空蟬にとって、闇の世界・魔の時間から解き放たれ、理性ある決断の上に立った明るい黎明の光が将来したのであり、この鶏は明暗の世界を二分するに重要な役割を担っていると見られる。（108頁）

・いずれも、闇夜と夜明を二分し、明暗の世界をも二分し、別れのシーンでは時間をも引き裂く鶏鳴でもあった。（122頁）

と主張されている。同様のことは上野英子氏（注3）も、

〈闇〉に対置させられた朝とは、邪気にとり囲まれて衰弱していった生命に再び新たな生気を与えてくれる明るく清らかな〈光〉の世界に他ならず、魑魅魍魎の退散を告げ、輝く新生の光を呼び招く鶏鳴は、そのまま懐かしい日常的な陽の〈光〉の世界への脱出を象徴するものとして把えられている、（69頁）

と述べておられる。ただし両者とも「暁」を夜明けとして立論されている点には注意が必要である。

（5）主なものとして林田孝和氏「女三の宮の結婚」『論集平安文学4　源氏物語試論集』（勉誠出版）平成9年9月（『源氏物語の創意』（おうふう）平成23年4月所収）、佐藤敬子氏「源氏物語の鶏鳴」松籟1・平成18年12月、倉田実氏「男と女の後朝の儀式―平安貴族の恋愛事情―」大

妻女子大学紀要文系46・平成26年3月などがある。林田氏は「鳥の音」が聞えないことについて、

とぶ鳥の声もきこえぬ奥山の深き心を人は知らなむ　（『古今集』五三五番）

の引歌とする説を紹介しておられるが、これは暁を告げる鳥ではないので別に考えたい。

(6) 吉海直人「人妻と過ごす時―空蟬物語の「暁」」『『源氏物語』「後朝の別れ」を読む―音と香りにみちびかれて―』（笠間選書）平成28年12月

(7) 吉海直人「平安文学における時間表現考―暁・朝ぼらけ・あけぼの・しののめ―」古代文学研究第二次27・平成30年10月（本書所収）

(8) 吉海直人「庶民生活の騒音―夕顔巻の「暁」」『『源氏物語』「後朝の別れ」を読む―音と香りにみちびかれて―』（笠間選書）平成28年12月

(9) 浮舟も東国（常陸）との縁で「鶏が鳴く東」にふさわしいのだが、それをあえて「鶏などは鳴かで」とパロディ化しているとも読める。

(10) 吉海直人「契りなき別れの演出―総角巻の薫と大君」『『源氏物語』「後朝の別れ」を読む―音と香りにみちびかれて―』（笠間選書）平成28年12月

(11) 林田孝和氏は高橋亨氏や三苫浩輔氏の論を引用して、「光源氏が急遽紫の上の住む東の対に帰ったことが、彼女の生霊化を完璧に阻止できた」としておられるが、鶏鳴によって物の怪が退散するのであれば、その後で源氏が戻ったことにそれだけの意味は読めそうもない。この点はいかがであろうか。

(12) 小林賢章氏「アリアケとアケグレ」同志社女子大学総合文化研究所紀要17・平成12年3月

第一部　平安時代の時計（平安時代にも時計はあった）74

（『アカツキの研究―平安人の時間』（和泉選書）平成15年2月所収）

第三章　時間表現としての「鐘の音」

はじめに（聴覚表現）

あたりが真っ暗な中、暁の時刻の到来を知る（告げる）小道具として、「鳥の声」と「鐘の音」があげられる。「鳥の声」については「鳥の声」（鶏鳴）として前章で論じたが、他にもほととぎすや夜鳥の声、あるいは鹿の声も部分的にその中に含まれている。その声を合図に、「後朝の別れ」が展開するのだから、『源氏物語』をはじめとする平安朝の恋物語において、「鳥の声」という聴覚情報の重要性は納得されたに違いない。

それに対して「鐘の音」は、「鳥の声」ほどには「後朝の別れ」と結びつけられてはいない。というのも、そもそも「鐘の音」は寺で鳴らされるものである。必然的に仏教と密接に結びついており、寺院における仏道修行の道具ということで無常との結びつきはあっても、「後朝の別れ」とは関連付けにくいからである。そのために用例もさほど多くはないようだ。

もう一つやっかいな問題がある。「鳥の声」は暁あるいは夜明けを告げるものとして定着しているが、「鐘の声」は寺の一日の時間を告げるものである。具体的には昼夜を六つに分け、晨朝・日中・日没・初夜・中夜・後夜として、僧たちはそれぞれに勤行している。そのため単に「鐘の音」といっても、それが「入相の鐘」なのか「後夜の鐘」（暁の鐘）なのか、それとも「晨朝の鐘」なのかは、文脈から判断して読み取らなければならない。

ということで、仏教に関わる「鐘の音」は、貴族の生活とは深く関わらないと見られていたのであろう。ところが寺の鐘は、仏道修行とは無縁に、貴族たちの時計としても機能していたのである。宮中では漏刻によって時刻を知ることができたが、宮中から出てしまえば時刻を共有できなくなるので、それに代わるものとして寺の「鐘の音」が重宝されていたのである。(1) 宇治十帖の「鐘の音」はまさにその好例であった。

一、「鳥の声」と「鐘の音」

要するに寺の修行のために鳴らされる「鐘の音」が、仏教とは無縁に、貴族の生活に利用されていたのである。そのことは『歌経標式』にある、

あかときととりも鳴くなり寺でらの鐘もとよみぬ明けいでぬこの夜

（『日本歌学大系第一巻』5頁）

という歌によっても確認できる。この歌は平安時代の時間を考える上で、非常に示唆的である。まず「あかとき（暁）」とあることに注目していただきたい。この場合の暁は、午前三時から午前五時までの二時間という意味ではない。その間ならいつでもいいわけではないのだ。鐘は暁の始めに鳴らされる。それは寅の刻であり、それを「暁の鐘」とも称した。

ところで、暁を安易に夜明けと考える人もいるようだが、[2]午前三時はまだ真っ暗である。その暁に鶏が鳴き寺々の鐘が一斉に鳴り響くというのだから、「鳥の声」も「鐘の音」も夜明けを知らせているはずはあるまい。第一、あたりが明るくなりだしたのなら、視覚で判断できるはずである。わざわざ「鐘の音」を聞くというのは、視覚が通用しない闇の中だからなのである。

このことをもう少し煮詰めておこう。考えるヒントは、歌の下の句の「明けいでぬこの夜」である。夜の終わりを知らせる「鳥の声」や「鐘の音」が聞えたのだから、その瞬間に夜が暁の時間帯に変わったことになる。午前三時（日付変更時点）を過ぎたら、たとえ暗くてももう夜ではない。この場合の「明けぬ」は、決して明るくなることではなく、日付が変わって翌日（明日）になったという意味で理解しなければなるまい。そうなるとこの寺の鐘は、「晨朝」ではなく「後夜」の鐘ということになる。これまで安易に夜明けと考えていたことで、時間の解釈が二時間以上遅くなっていたようだ。

しかもこの歌では、寺の「鐘の音」も「鳥の声」同様の機能を果たしていたことになる。そのことは『八雲御抄巻第三』「時節部」にも、

　暁をば、鳥のこゑ、鐘の声、月残などもよむ（『日本歌学大系別巻三』294頁）

とあって、暁の歌には「鳥のこゑ、鐘の声、月残」を詠むことが一般化していることが読み取れる。三つ目の「月残る」は、おそらく「有明の月」であろう。この「有明の月」にしても、従来は夜が明けても空に残っている月と理解されていたようだが、それよりも真暗な暁の時間帯に出ている月とすべきであろう。だからこそ「後朝」に別れた男の帰途の照明になるのだし、印象的に目に映るのである。

古い鐘の例として『万葉集』には、

　皆人を寝よとの鐘は打つなれど君をし思へば寝ねかてぬかも（六一〇番）

という歌がある。これは大伴家持の訪れを待つ笠女郎が詠んだものである。ここに「寝よとの鐘」とあるが、就寝を告げる鐘ということで亥の刻（午後九時）と注されていることが多い。これが宮廷の「時奏」ではなく、宮廷外の寺院の初夜の鐘だとすると、初夜は戌の刻（午後七時）となる。奈良時代は不定時法なので揺れもあるが、当時はかなり早く寝ていたはずである。また『歌経標式』にあったように、「暁」と「鐘の音」と「鳥の声」がセットで出てくる場合も認められる。『和泉式部日記』には、

（歌）とのみして明かさむよりはとて、妻戸を押し開けたれば、大空に、西へかたぶきたる月のかげ、遠くすみわたりて見ゆるに、霧りたる空のけしき、鐘の声、鳥の音ひとつにひびきあひて、（50頁）

と、「明かさむ」の後に「鐘の声、鳥の音ひとつにひびきあひて」とある。

次に比較的新しい例として、『新古今集』の二首を紹介したい。

暁の心を

・暁とつげの枕をそばだてて聞くも悲しき鐘の音かな　（一八〇九番俊成）

百首歌に

・暁のゆふつけ鶏ぞあはれなる長き眠りを思ふ枕に　（一八一〇番式子内親王）

ここには暁を告げる「鐘の音」と「鳥の声」が並んで配列されている。必ずしも「後朝の別れ」ではないが、暁と「鐘の音」「鳥の声」が密接に関わっていることは、この歌からも察せられよう。

なお『讃岐典侍日記』には、

明け方になりぬるに、鐘の音聞こゆ。明けなんとするにやと思ふに、いとうれしく。ややう鳥の声など聞こゆ。朝ぎよめの音など聞くに、明け果てぬと聞こゆれば、（399頁）

とある。病の天皇の世話をする長子の視点から描かれているが、「明け方」について頭注一七

には、

夜明けの気配がしてから空が明るくなり始めるころまで。当時、この時刻に寺々で鐘をついた。このあたり、夜が明けていく経過を、鐘の音、鳥の声、朝ぎよめの音などを聞いて推察しているように書かれている。格子が下ろしてあって、戸外の様子が見えないからである。

と説明されている。時間の経過はその通りだが、「明け方」は午前三時としたい。その時刻に撞かれるのが「後夜の鐘」である。また「鳥の声」については新編全集頭注一八に、

鳥が騒ぎ始めるのは、空が明るくなって日がさし始めるころ。

とあるが、続く「朝ぎよめ」については頭注一九に、

朝の皇居の庭の清掃。卯の刻（午前六時前後）に主殿寮の役人が行う。

と説明されている。この「卯の刻」は午前五時としたいところである。

この説明は「明け方」「明けなん」「明け果て」を視覚的に空が明けていくと解しているために、全般に時刻が遅くなっているようである。これを午前三時とすれば、「鳥の声」も「鳥の声」と同じように午前三時頃とすることもできそうだ。総合的な時間表現の研究が俟たれる。

二、「入相の鐘」と「暁の鐘」

それはさておき、「鐘の音」に関してはもう一首重要な歌がある。それは『後拾遺集』にある小一条院の、

暁の鐘の声こそ聞こゆなれこれを入相と思はましかば　（九一八番）

である。ここには「暁の鐘」と「入相の鐘」が対比的に詠まれている。「入相」というのは太陽が沈む頃なので、六時の「日没」に鳴らされる鐘のことをいう。いわゆる「晩鐘」のことである。この時刻は宵の時間帯の始まりであり、男性が恋しい女性のもとを訪れる時間であった。そのために『拾遺集』の、

山寺の入相の鐘の声ごとに今日も暮れぬと聞くぞ悲しき　（一三二九番）

を代表として、

・今日のいりあひばかりに絶え入りて、またの日の戌の時ばかりになむ、からうじていきいでたりける。（『伊勢物語』四〇段149頁）

・夕暮の入相の声、ひぐらしの音、めぐりの小寺のちひさき鐘ども、われもわれもとうちたたき鳴らし、（『蜻蛉日記』天禄二年六月条235頁）

・山近き入相の鐘の声ごとに恋ふる心のかずは知るらむ　（『枕草子』二二五段360頁）

・暮れぬなりいくかをかくて過ぎぬらん入相の鐘のつくづくとして

（『和泉式部集』二八九番）

・下つ方の京極わたりなれば、人げ遠く、山寺の入相の声々にそへても音泣きがちにてぞ過ぐしたまふ。

（澪標巻318頁）

・鐘の音の聞こゆれば、

しげかりしうき世のことも忘られず入相の鐘の心ぼそさに

（『更級日記』350頁）

・聖の、入相の鐘の声ばかりぞ聞こゆる。

奥山の夕暮れがたのさびしきにいとどもよほす鐘の音かな

うちながめわい給ふ夕映えは、いとどしきまでめでたく見え給ふ。

（『浜松中納言物語』216頁）

・明け暮れも山のかげには分かれぬを入相の鐘の声にこそ知れ

（『浜松中納言物語』217頁）

など、用例も多いのであろう。この中で「鐘の声」の初出は『蜻蛉日記』のようである。

それに対して「暁の鐘」は、男性が恋する女性のもとから帰らなければならない時間であった。だからこれが「入相」だったらと反実仮想的に嘆じているのである。実はこの歌は、『住吉物語』において侍従と少将の連歌として再利用されていた。

夜も明け方になりければ、寺々の鐘の声も聞こゆれば、侍従、古き歌をながめけり。

暁の鐘の音こそ聞こゆなれ

と申せば、少将うち笑ひて、

これを入相と思はましかば

とながめたまへば、（54頁）

ただし「暁の鐘」について、頭注四には、「晨朝の勤行の時刻を告げる鐘」と記されている。これは「明け方」を夜明けと解釈してのことであろう。もちろん「明け方」は午前三時（暁と同時間）なので、「晨朝」ではなく「後夜の鐘」とすべきである。

これらの例でわかるように、「鳥の声」にしろ「鐘の音」にしろ、恋物語に付き物の「後朝の別れ」を告げる無情の時計として機能していることがわかる（長唄の「明けの鐘」がまさに後朝の別れを主題に作られている）。

その他、『太平記』には、

つれなく見えし在明の、傾くまでにぞなりにける。さてもいつまで惜しみはつべき御名残と思し召す程に、愛宕寺の鐘の音、暁の鳥のねも、別れを催し顔なれば、御車を廻らして、泣く泣く還御なりけるが、（186頁）

とあって、中宮が隠岐に流される先帝（後醍醐天皇）と最後の別れを惜しんでいる。ここは必ずしも「後朝の別れ」ではないが、「在明」の月が傾いたことで時間の経過を表わし、「鐘の音」

と「鳥のね」の二つを出して悲しい別れの到来を促している。[3] ここに「暁の鳥のね」とあるので、当然「鐘の音」は後夜の鐘ということになる。

三、小林賢章氏の「鐘の音」論

「アカツキ」の研究で有名な小林賢章氏は、何故か「鐘の音」「鳥の声」に関する論文は書かれていない。それでも本の中で「鐘の音」に触れられているので、それを紹介しておきたい。

小林氏には『アカツキの研究　平安人の時間』（和泉選書）平成15年2月と『「暁」の謎を解く　平安人の時間表現』（角川選書）平成25年3月の二冊の業績がある。『アカツキの研究　平安人の時間』では、「平安時代は鐘の音によって、そのこと（アカツキになったこと）を知っていた」（23頁）と断じておられる。用例としてはわずかに、

・鐘の声かすかに響きて、明けぬなり、と聞こゆるほどに、人々来て、「この夜中ばかりになむ亡せ給ぬる」と泣く泣く申す。（椎本巻188頁）

・衣うつきぬたの音は暁の鐘のあはれに続きぬるかな
終夜擣衣　慈鎮（『摘題和歌集』一四五一番）

などが拾える程度であるから、ここできちんと論証されたとはいいがたい。なお最初の例は宇治十帖であり、小林氏は、

父宮の安否を心配していた姫君が、父宮のおいでになる山寺の方を見ると、川面を月が照らし、折から鐘の声が聞こえた。その鐘の声は、寅の刻を告げる鐘であった。（52頁）

と解説しておられる。この「明けぬなり」は、暁になった（日付が翌日に変わった）という意味である。次の慈鎮（円）の歌は、終夜（よもすがら）聞こえてくる砧の音が、「暁の鐘の音」に続いているというものである。これは時間の流れからして「後夜の鐘」で間違いあるまい。

同様の例として『枕草子』一一六段の例があげられている。

夜一夜ののしり行ひ明かすに、寝も入らざりつるを、後夜など果てて、すこしうちやすみたる寝耳に、（225頁）

ここでは夜の時間が経過して後夜になっている。なお小林氏がこの本を執筆された時には、時間表現としての「鐘の音」はさほど注目（重視）されていなかった。

それが次の『「暁」の謎を解く　平安人の時間表現』では、平安人が時刻を知る手段としての寺の鐘のことが、

時計のなかった平安時代に人々はどのようにして時間を知ったのかについても述べておこう。宮中ではもちろん水時計により時刻が測られ、定時ごとに時奏が行われていたことが知られている。〈中略〉

宮中以外では、寺院が打ち鳴らす鐘によって人々は時間を知ったと考えている。寺院は

毎日定時に勤行を行っていた。大きな寺院だとその修行開始時間を寺院内の僧侶に知らせるために、鐘や太鼓や法螺貝で時刻の到来を知らせた。それらの時報は寺院外でも聞こえたはずであり、その鐘などの響きで一般の人は時刻を知ったと想像している。（32頁）

と詳しく説明されている。ただし「想像している」とあるように、やはりその論拠はきちんと示されていない。ただし本書では具体的な鐘の例がいくつか引用されている。たとえば「暁方の鐘」として、

・山寺の暁がたの鐘の音にながきねぶりをさましてしかな　（『拾玉集』一三一一番）
・なにとなく袖こそぬるれ山寺の暁がたの鐘のひびきに　（『万代和歌集』一七三六番）
・はつせ山暁方の鐘のおとにうちおどろきて月をみるかな　（『後鳥羽院御集』三八七番）

の三首があげられている。

その説明として小林氏は、

これらは本来寺院内の僧侶に、行法の時刻の到来を知らせるものだった。行法の時刻の到来を知らせているのだから、その開始時間に鳴らされていたはずだ。アカツキの鐘は後夜の鐘とも呼ばれている。後夜の鐘は、寅の刻に鳴らされたと『謡抄』には書いてあることも考え合わせると、アカツキの到来時間に鳴らされていたはずなのである。それが、午前三時だった。その時間が暁方なのだから、暁方は暁の開始時間を表していたことになる。

と論じておられる。この説明に異論はない。（『「暁」の謎を解く』48頁）
次に小林氏は『更級日記』の司召の章段を引用しておられる。
かへる年、むつきの司召に、親のよろこびすべきことありしに、かひなきつとめて、同じ心に思ふべき人のもとより、「さりともと思ひつつ、明くるを待ちつる心もとなさ」といひて、
明くる待つ鐘の声にも夢さめて秋のもも夜の心地せしかな
といひたる返事に、
暁をなにに待ちけむ思ふことなるともきかぬ鐘の音ゆゑ（308頁）
これは作者の父が任官できなかった時の贈答だが、そこに「鐘の声」が用いられている。小林氏はこの「鐘の声」について、
贈歌で、「明くる」を待っていたのが、返歌では、「暁」を待っていることになる。暁が午前三時からだとすると、「明くる」も午前三時になることを意味するはずである。（119頁）
と読み解いておられる。要するにこの「明くる」は夜明けではなく日付が翌日になったという意味である。というのも除目の審議は夜に行われ、暁に発表されたからである。そのことが「暁の鐘」に託されているのである。これも納得できる。

もう一首、小林氏が引用されているのは、

　　供花会、聞暁鐘欲帰恋のことを

よをこめて鐘の音だに聞こえずは帰らぬさきにものは思はじ
（『頼輔集』七〇番）

である。この歌には「午前三時になり、鐘の音が聞こえなかったなら、帰るに先立って物思いはしないが」という現代語訳が付けられている。この場合の「鐘の音」は題詠だが、後朝の別れを促すものだった。その「鐘の音」によって物思いさせられるというのである。恋物語において「暁の鐘」は、後朝の別れを促すシグナルとして機能していたのである。

こういった例で「鐘の声」についての方向性は示されているわけだが、肝心の『源氏物語』にも「鐘の声」の用例があるので、あらためて『源氏物語』の「鐘の声」について考えてみたい。

四、『源氏物語』の「鐘の声（音）」

『源氏物語』の「鐘の声」については、清水（馬場）婦久子氏・三田村雅子氏が論じられている。(4) ただし時間表現としてはとらえられていないので、あらためて考えてみたい。

まず「鐘」の用例を調べてみたところ、『源氏物語』に「鐘」の用例は12例あるが、第一部には2例（末摘花巻・明石巻）、第二部には1例（夕霧巻）と少ない。それに対して第三部（宇治十帖）には8例（橋姫巻1例・椎本巻1例・総角巻3例・宿木巻1例・浮舟巻2例）も用いられており、偏りが認められる（橋姫巻・宿木巻の「黄鐘調」は除外）。しかもその大半は単なる「鐘」ではなく「鐘の音2例・鐘の声5例」であり、すべて宇治の山寺の鳴らす鐘であった。

「鐘の声」について、清水婦久子氏は以下のように論じておられる。

「鐘の声」は、古今集や後撰集には用例が見当らず、また古今六帖第二「かね」と題された二首も、その声を詠んだものでも、悲哀感と関わりのあるものでもない。和歌における「鐘の声」の例としては、拾遺集にただ一首あるのみである。

山寺の入相の鐘の声ごとにけふも暮れぬと聞くぞかなしき

（拾遺集、哀傷、一三二九、よみ人しらず、和漢朗詠集下、五八五）

源氏物語の「鐘の声」は、主としてこの一首を基にしたものと思われる。「けふも暮れぬときくぞ悲しき」という表現や、この歌が哀傷歌であることなどから、「鐘の声」を哀悼の場面にふさわしいものとしたのであろう。（320頁）

これを踏まえた上で三田村雅子氏は、

宇治十帖の場合、実際に聞こえてくる鐘の音六例のうち、四例が夜明けの鐘であることが注目される。〈中略〉ところが、当時一般には夜明けの鐘がとりあげられることはきわめて稀で、この時代の人々に美的対象物として享受され、和歌にも詠まれたのはほとんど例

> 外なく夕暮れの鐘であった。〈中略〉鐘の声といえば、夕暮の鐘であり、そこに人生の無常やもの悲しさを読み取ろうとする一般の姿勢に逆らって、宇治では、取り上げられることの少なかった暁の鐘が撰ばれているのである。（140頁）

と、宇治十帖の「暁の鐘」は「入相」ではなく「暁の鐘」であることを読み解いておられる。唯一気になるのは、三田村氏も「暁の鐘」を夜明けの鐘と理解しておられる点である。本章では些細な時間のずれにこだわって、宇治十帖特有の「暁の鐘」を再検討してみたい。

まずは橋姫巻の、

> かのおはします鐘の声かすかに聞こえて、霧いと深くたちわたれり。（148頁）

である。これは薫が暁に宇治を訪問し、大君・中の君を垣間見た後である。この前に「曙のやうやうものの色分かるるに」（144頁）とあるし、後の歌に「あさぼらけ」（148頁）が詠まれているので、「晨朝の鐘」と見てもおかしくあるまい。

次に椎本巻には、

> 八月二十日のほどなりけり。おほかたの空のけしきもいとどしきころ、君たちは、朝夕霧のはるる間もなく、思し嘆きつつながめたまふ。有明の月のいとはなやかにさし出でて、水の面もさやかに澄みたるを、そなたの蔀上げさせて、見出だしたまへるに、鐘の声かすかに響きて、明けぬなりと聞こゆるほどに、（188頁）

とある。八宮が山寺で亡くなった後、その報告のために八宮邸を訪れたと考えれば、「明けぬなり」は午前三時になったことであり、当然「後夜の鐘」と見て問題あるまい。「有明の月」の光が印象的なのも、まだ暗い時間帯だからこそである。

続く総角巻には用例が集中している。まず、

明くなりゆき、むら鳥の立ちさまよふ羽風近く聞こゆ。夜深き朝の鐘の音かすかに響く。（238頁）

とあるが、この直前に、

はかなく明け方になりにけり。御供の人々起きて声づくり、馬どものいばゆる音も、旅の宿のあるやうなど人の語る思しやられて、をかしく思さる。（237頁）

とあって、時間的には「明け方」から「明くなりゆき」に進行している。「明くなりゆき」とあることで、空が明るくなったようにも読めるが、下に「夜深き」とあるので、まだ暗い時間帯と見たい。「朝の鐘」について頭注五には、

宇治山の阿闍梨の住む寺の鐘であろうか。晨朝（午前四時ごろ）を知らせる鐘。まだあたりは暗い。（238頁）

と説明されている。わざわざ「まだあたりは暗い」としながらも、「晨朝の鐘」としている。しかし疑似後朝としては、やはり「後夜の鐘」（午前三時）の方がふさわしいはずである。「朝」

にしても、明るくなる「朝」だけでなく、夜が過ぎて暁になる「朝」と解釈したい。
次は匂宮と薫が一緒に宇治を訪れ、匂宮は中の君と結ばれた後朝の描写である。

例の、明けゆくけはひに、鐘の声など聞こゆ。いぎたなくて出でたまふべき気色もなきよと心やましく、声づくりたまふも、げにあやしきわざなり。（267頁）

この直前に、「夜半の嵐に、山鳥の心地して明かしかねたまふ。」（267頁）とあって、薫は大君と結ばれておらず、「夜半」を「明かしかね」ていると記されている。その「夜半」が明けて「暁」になったのであるから、これも「後夜の鐘」（「後朝の別れ」を告げる鐘）である。

続く宿木巻には、

この二十日あまりのほどは、かの近き寺の鐘の声も聞きわたさまほしくおぼえはべるを、（397頁）

と出ている。これは中の君が八宮の三回忌を口実に、宇治に戻りたいと薫に訴えているところである。この鐘は特定の時間を示すものではなさそうだ。

最後の例は浮舟巻に、

誦経の鐘の風につけて聞こえ来るを、つくづくと聞き臥したまふ。
鐘の音の絶ゆるひびきに音をそへてわが世つきぬと君に伝へよ（196頁）

とある。「誦経の鐘」というのが六時のどの鐘のことなのか不明だが、使者が「今宵はえ帰るまじ」とあるので、「後夜の鐘」ではなさそうだ。

以上のように、宇治の地では山寺の鐘が通奏低音のように、背後で鳴り続けていることが読み取れる。それは八宮の邸が俗世と仏教の境界に位置しているからであった。

五、『源氏物語』以外の「鐘の声」

最後に『源氏物語』以外の「鐘の声」にも触れておきたい。『枕草子』には案外用例が多いが、七〇段「しのびたる所にありては」には、

また、冬の夜いみじう寒きに、うづもれ臥して聞くに、鐘の音の、ただ物の底なるやうに聞ゆる、いとをかし。鳥の声も、はじめは羽のうちに鳴くが、口をこめながら鳴けば、いみじう物深く遠きが、明くるままに、近く聞ゆるもをかし。（124頁）

と、暁の「鐘の音」と「鳥の声」が話題になっているので、「後夜の鐘」でよさそうだ。

次に『狭衣物語』には、

明けぬ前にと、急ぎ出でたまふとて、遣戸押し開けたまへば、暁かけて出づる月影ほのかにて、霞わたるりつつ、四方の山辺も心細く見えわたりたり。近き寺々の鐘の声々聞こえつつ、経の声ほのかに聞こゆなり。（62頁）

とあり、「明けぬ前」→「暁かけて」の後に複数の寺から「後夜の鐘の音」が響いている。こ

の場合の「見えわたり」は夜明けの光ではなく、「有明の月」の光が照らしている。

『松浦宮物語』には二例用いられている。まず少将が謎の女と逢った後、

時のまに打ちしきる鐘の声も、命を限る心地して、いふかひなく惜しき別れに、思ひまどへるさまは、かたみに忍びがたけれど、明けゆくをばわりなくのみ、逃れ隠れぬれば、何のかひなし。（112頁）

としきりに鳴る鐘の音によって、「後朝の別れ」をしている。話は中国のことだが、「明けゆく」とあるので、「後夜の鐘」と見ておきたい。

もう一例もやはり謎の女との逢瀬において出ているものである。


短夜の鐘の音は、鳴く一声よりもほどなく紛れぬれど、（116頁）

ここも「後朝の別れ」を告げる鐘なので、「後夜の鐘」と見たい。「鳴く一声」というのは『古今集』の、

夏の夜の臥すかとすればほととぎす鳴く一声に明くるしののめ（一五六番）

の引歌であるから、鶏ではなくほととぎすであることが知れる。ほととぎすも別れの時刻を告げていたのである。

『とはずがたり』の例としては、後深草院と二条の「後朝の別れ」が、

御車さし寄せたるに、折知りがほなる鳥の音も、しきりにおどろかしがほなるに、観音堂

の鐘の音、ただわが袖に響く心地して、（206頁）

と書かれている。「折知りがほ」「おどろかしがほ」の「鳥の音」だけでなく、観音堂の「鐘の音」まで響かせることで、「後朝の別れ」を強調している。「袖に響く心地」というのは、

暁の涙や空にたぐふらむ袖に落ちくる鐘の音かな（『新古今集』一一三〇番）

を踏まえているのであろう。またこの後に二条は、

鐘の音におどろくとしもなき夢のなごりも悲し有明の月（206頁）

という歌を詠じている。ここでは「鐘の音」と「有明の月」が対になっている。

次に雪の曙との逢瀬場面には、

明けゆく鐘ももよほしがほなれば、出でさまに口ずさみしを、しひて言へれば、

世の憂さも思ひつきぬる鐘の音を月にかこちて有明の空

とやらむ口ずさびみて出でぬるあとも悲しくて、

鐘の音に憂さもつらさも立ち添へてなごりを残す有明の月（332頁）

と書かれている。「明けゆく鐘」について、新編全集の頭注四では「晨朝の鐘」（午前七時）としているが、それでは夜明けになってしまうので、ここはまだ暗い「後夜の鐘」（午前三時）とすべきであろう。というのも、この鐘も「鳥の音」同様、「後朝の別れ」を促すように響いているからである。またその方が「有明の月」も印象的に照っていることになる。

次の例は再び後深草院との逢瀬になっている。

音羽山の鹿の音は涙をすすめがほに聞こえ、即成院の暁の鐘は明け行く空を知らせがほなり。

鹿の音にまたうち添へて鐘の音の涙言問ふ暁の空

心の内ばかりにてやみはべりぬ。

さても、夜もはしたなくて明けはべりしかば、涙は袖に残り、御面影はさながら心の底に残して出ではべりしに、（476頁）

ここでは「鹿の音」と「暁の鐘」が「涙をすすめがほ」「明け行く空を知らせがほ」によって、「後朝の別れ」を演出している。この「鹿の音」は「鳥の音」と同様に機能しているようである。「夜もはしたなくて明けはべりし」も、決して明るくなったのではあるまい。

まとめ

以上、「後朝の別れ」の到来を告げる聴覚情報として、「鳥の音」の対になっている「鐘の声」について一通り検討してみた。その結果、基本的には小林氏の説かれていることがほぼ正しいことが確認できた。それを前提として、『源氏物語』などの恋物語における暁という時間の重要性、それ故にさまざまな時間表現が登場していることを論じた。

ただしこういった見解は、その前提として平安時代における定時法が正しく理解されていなければ成り立たない。時間表現に関心のある方は、小林氏が主張されている日付変更時点としての「明く」について徹底的に検討していただき、その上で従来安易に「夜が明ける」と解釈していたこと、そのために「鐘の音」を「晨朝の鐘」としてきたことの是非を再検討していただきたい[5]。本章では、聴覚による判断の重要性を提唱した次第である。

注

（1）ただし橋本万平氏『日本の時刻制度　増補版』（塙書房）昭和50年6月の「寺院と時刻」では、六時は不定時法で行われていたとされている。後夜についても一応は「寅の刻」とされているが、別に「後夜の鐘は、午後の十一時から十二時頃迄に鳴らされたものであろう」（193頁）とも述べておられるので、はっきりしたことはわからない。

（2）いつも利用している小学館新編日本古典文学全集でさえ、「明く」の現代語訳はほぼ「夜明け」で統一されているので、そのまま従うことはできない。ここに時間表現研究の遅れが認められる。

（3）「催し顔」は『源氏物語』初出の表現であるが、使用例は少ない。悲哀に満ちた別れ（死別・性別）に用いられているので、「後朝の別れ」でも用いられている。もちろん鶏や鐘が「催し顔」なのではなく、それを聞く人間がそう判断しているのである（聴覚情報のこともある）。なお

『とはずがたり』の「涙をすすめがほ」・「明け行く空を知らせがほ」もそれに類する表現であろう。両例は『建礼門院右京大夫集』にも認められる。また『枕草子』には「もののあはれ知らせ顔」が、『夜の寝覚』には「春を知らせ顔」がある。

（4）清水婦久子氏「秋風と鐘の声」『源氏物語の風景と和歌　増補版』（和泉書院）平成20年4月、三田村雅子氏「〈音〉を聞く人々―宇治十帖の方法―」『源氏物語感覚の論理』（有精堂出版）平成8年3月を参考にさせていただいた。

（5）「晨朝の鐘」としているものの何割かは、「後夜の鐘」にあらためられるべきだと思っているが、すべてではないので、それぞれに検討・判断する必要がある。もちろんどちらとも決しがたいものは、その旨明記すべきである。

第四章　『枕草子』二九三段「大納言殿まゐりたまひて」の時間表現

はじめに（出発点）

『枕草子』には案外、時間表現に関わることが記されている。それは物語でも日記でもないからかもしれない。本章では二九三段の前半部にある時間表現について、いささか問題提起してみたい。

例の、夜いたく更けぬれば、御前なる人々、一人二人づつ失せて、御屏風、御几帳のうしろなどに、みな隠れ臥しぬれば、ただ一人、ねぶたきを念じて候に、「丑四つ」と奏すなり。「明けはべりぬなり」とひとりごつを、大納言殿、「いまさらにな大殿籠りおはしましそ」とて、寝べきものともおぼいたらぬを、「うたて、何しにさ申しつらむ」と思へど、また、人のあらばこそまぎれも臥さめ。上の御前の柱に寄りかからせたまひて、すこしねぶらせたまふを、「かれ見たてまつらせたまへ。今は明けぬるに、かう大殿籠るべきかは」

と申させたまへば、「げに」など、宮の御前にも笑ひきこえさせたまふも知らせてあまはぬほどに、長女が童の、鶏をとらへ持て来て、「あしたに里へ持て行かむ」と言ひて隠しおきたりける、いかがしけむ、犬見つけて追ひければ、廊の間木に逃げ入りて、おそろしう鳴きののしるに、皆人起きなどしぬなり。上もうちおどろかせたまひて、「いかでありつる鶏ぞ」などたづねさせたまふに、大納言殿の、「声明王のねぶりをおどろかす」といふことを、高ううち出だしたまへる、めでたうをかしきに、ただ人のねぶたかりつる目もいと大きになりぬ。（446頁）

これは伊周《これちか》が一条天皇に漢籍の御進講を行っている際のエピソードであろう。ここに「時《ときの》奏《そう》」とは書かれていないが、「丑四つ」と奏すなり」とあるのは明らかに「時奏」が行われていることを示している。(1) なお「時奏」は漏刻という水時計によって漏刻博士が鼓を打って知らせ、それを近衛の役人が告げ回ることで、『枕草子』二六九段の「時奏するいみじうをかし」が参考になる。

その「時奏」の声に清少納言が反応して、「明けはべりぬ」と口にしていること、さらにそこから展開していることについて詳しく見ていきたい。

一、「明く」の解釈

清少納言の発言は「ひとりごつ」とある。これは普通「独り言をいう」と訳されている。現代でも通用する言葉なので、安易に人に聞きとれない小さな声でぶつぶついうことと考えられている。ところが平安時代の「ひとりごつ」の多くは、むしろ相手に聞こえるようにいうこと（多くは詩歌を吟詠すること）であり、相手の返事を期待していることもある。(2) それは決して小さな声ではなかったようだ。

この場面、大納言（伊周）とどれくらい離れているのかわからないが、少なくともちゃんと聞こえたことは間違いあるまい。だからそれに返事しているのだし、清少納言も「何しにさ申しつらむ」と反省しているではないか（「申す」とあるのだから、相手を意識しているはずである）。

それを踏まえた上で、「明けはべりぬなり」の解釈に最初に注目したのが、どうやら小林賢章氏であった。小林氏はその著書『「暁」の謎を解く』（角川選書）において、

この「明けはべりぬ」は従来、「夜が明けてしまったようですね」と口語訳するのが一般的だった。そう解釈したら、あれ？　と思うのが普通である。午前二時三十分に、夜が明けるわけはないからだ。そこで最近では、「夜が明けてしまいそうですね」と口語訳するのが一般的になっている。（11頁）

と問題点をあげておられる。これをさらにわかりやすく補足すると、まだ明けていないので、「ぬ」を完了の意味にはとれない。そこで「確述」の意味にとって、「明けそうだ」にしたということである。[3]

それでもこの問題はまだ解決していない。小林氏はこれに続いて、古典に描かれている時間はいい加減なものだと思われていたことを、自らの体験に基づいて指摘しておられる。その上で、清少納言がそんないい加減なことを書くはずがないと主張（反論）されている。ではこの問題はどのように解決できるのかというと、そもそも「明け」の解釈を「夜が明ける」としていることが間違いのもとだとされている。

なるほど二時半になった時点で、それから夜が明けるまでに二、三時間もあるのに、「夜が明けてしまいそうですね」といったのでは、清少納言のセンスが疑われてしまいかねない。というより話が通じない。それもあって石田穣二氏の『枕草子下巻』（角川文庫）の脚注では、「丑四つ」の時刻を「午前三時半ごろ」（158頁）と、一時間遅い時間として説明しておられる。同様に増田繁夫氏の『枕草子』（和泉書院）でも、「午前三時半」（230頁）と記されている。これなら夜明けまでの時間がかなり短縮されることになる。増田氏など「寅の刻からを朝とする」（230頁）とされているので、三十分後（午前四時？）には朝になることになる。これも解決策の一つであろうか。しかしながらこれは時間表現を正しく理解していないための誤りではないだろうか。誤りに誤りを重ねても、正しい解釈は導き出せそうもない。

これについても小林氏は、

ここの部分では平安時代の文学を読むときの重大な一つの常識に気づいていなかったのである。それは、動詞の「明く」だ。動詞の「明く」は平安文学で使用される時、日付が変わる意味で使用される単語だった。今日の夜明けの意味に全く使用されないわけではないが、その場合にはアケハナルのように、動詞「明く」にハナルを付けて複合語を作って、表現されていた。（13頁）

と、「明く」を日付が変わる意味で解釈すべきことを主張しておられる。さらに続けて、

この時代の日付が何時に変わったかも、不明だった。最近になって、午前三時、丑の刻と寅の刻の間だということが分かってきた。さらにその時間は人々が活動を始める時間だった、ということが分かってきた。その時刻に到着することを動詞「明く」で表現していたのだった。（14頁）

と、時間表現の研究が最近までにかなり進展したことで、日付変更時点が午前三時だと定まったことを解説しておられる。その例として小林氏は、岩波新大系本が「翌朝になった」と口語訳していることをあげておられる(4)。

二、「夜明け」と「翌日」

小林氏の見解は夙に橋本万平氏が『日本の時刻制度　増補版』（塙書房）の中で、
この時代の時刻制度は、「延喜式」に見られるものであるから、丑四つは現代時刻で午前二時半頃に相当している。その一刻前がいわゆる丑三つで真夜中の午前二時である。如何に明けやすい夏であっても、丑四つは真暗であり、夜明けまでにかなりの時間がある。それにあけはべりぬでは説明がつかない言葉である。これも丑四刻で昨日が終り、次の刻の寅の一刻から新らしい日が始まるという意味で、あけはべりぬを使用したと考えると、了解することができる。（113頁）

と述べられていた。なるほど「丑四つ」、つまり午前二時半から夜明けまでには時間がありすぎるが、日付変更時点の午前三時までなら、わずか三十分しかないのだから、「もうすぐ日付が変わりそうだ（明日になりそうだ）」と口にしたとしてもおかしくはあるまい。そのことは若い帝が眠っていらっしゃるのを見て、伊周が「今は明けぬるに」といっていることとも関わる。

清少納言が最初に発言してからここまでにさほど時間が経過していないとすると、まだ午前三時になっていないことになる。するとこの「明けぬる」も確述で「明けそうなのに」と訳さなければなるまい。あるいは描かれていないが、ちょうどこの頃宮中で「寅一つ」の時奏が行われ、それを伊周が耳にしていたとすれば、ここは完了で訳してもいいことになる。午前三時前とするか午前三時過ぎとするかで、助動詞「ぬ」の訳が変わることになるのだ。

ここで確認のために、手近な古語辞典で「明く」を調べておきたい。たとえば『全訳読解古語辞典第五版』を見ると、

①夜が明ける

②年・月・日があらたまる

と二つの意味が書かれていた。それにも関わらず、従来は①夜が明けるで解釈することがほとんどであった。それは古語辞典だけでなく、小学館の新編日本古典文学全集でも、

どうやら明けてしまったようです。

もう今は夜は明けてしまったのに、

などと訳されている。「夜明け」という解釈だけでなく、完了の意味で訳されているのは、新編全集が刊行された時には、まだ確述が一般化されていなかったからであろう。

古語辞典や新編全集がこれであるから、古文の教科書がそれを踏襲していてもやむをえまい。余程のことでもないかぎり、②日があらたまる（翌日になる、午前三時を過ぎる）と訳されることはなかったのだし、おそらく今後も改訂されることはないかもしれない。それは研究者も古文の教師も、時間表現にあまりにも無頓着・無関心だからである。

そのことについても小林氏は、

今日では、平安時代の女性達は一日の自然変化の表現と理解されていた語彙を使って時間を表現していたと考えられている。例えば、「暁」は現在では「夜明け前後」を意味するが、平安時代では午前三時から午前五時の時間帯を指して使用されていた。「暁」になることを動詞「明く」で表現した。暁の始まる時間が、日付が変わる時間であったから、動詞「明く」（日付が変わる）が使われたのだった。そして暁の始まる時間、一日の始まる時間は、寅の刻であり、現在の午前三時であった。（15頁）

と力説しておられる。

小林氏がこのようにいわれる背景には、現代人は視覚的に暗い間は夜で、明るくなったら夜明け・朝と思いがちだからである。ところが平安時代の定時法では、日付変更時点が丑の刻と寅の刻の境目（午前三時）にあるので、それを過ぎると明るくなくても（暗くても）明けたと称していたのである。結論として小林氏は、

読者の皆さんには、『枕草子』のこんな基本的章段の意味もよくは理解できていなかった。そして、その意味が理解できなかった大きな根拠は、平安時代文学の背後にあった時間表現が分かっていなかったからだということを理解しておいていただきたい。（15頁）

と警告を発しておられる。これは何も『枕草子』に限ったことではない。平安文学全般にあて

はまることである。従来の研究は、時間表現について看過・軽視する傾向にあったといえそうだ。

ついでながら、この章段にはもう一つの時間表現がある。それは「夜いたく更けぬれば」である。夜の時間帯の中で「更く」というのは子の刻を過ぎた頃をいうことが多い。それに「いたく」が付いているので、子の刻から丑の刻へ時間が経過していると考えられる（午前三時に近づいている）。つまり大雑把な表現ではなく、「夜いたく更けぬれば」は「丑四つ」の時刻と見事に呼応していたことになる。これに気付いていた人はいただろうか。

三、日付変更時点としての「明く」

本来「明く」という動詞には二つの意味があることを承知していたはずなのに、その使い分けがうまくできていなかった。というより、古語辞典には①夜が明けるが先に掲載されていることもあって、ほぼすべての「明く」を①で解釈して済ませていたのではないだろうか。それに対して小林氏は、

これまで平安時代の古典作品を読む時、動詞「明く」があれば、なんの躊躇もなく、夜明けと考えられてきたのだった。決して、その用例が個々に検討されてこれは日付が変わる意味だ、これは夜明けの意味だとなったわけではないのだ。いうならば、なんとなく夜明

けの意味だと現代の『源氏物語』『枕草子』などの平安文学の読者たちが思いこんできただけなのだ。（105頁）

と分析しておられる。

これはいわば常識の落とし穴であろう。要は二つの意味があることを前提として、どちらの意味で用いられているかを逐一検討することである。決め手は簡単である。「明く」の使われている文脈を見て、視覚的に明るくなりつつあるのか、それともまだ真っ暗なのかを判断すればいいのだから。もしどちらかはっきりしなければ、安易に意味を決めないことである。

ここでもう一つの時間表現に注目したい。それは後半に鶏が鳴いていることである。これが犬に追いかけられたために鳴いたと考えられたために、これまでその鳴き声を「鶏鳴」と結びつけることがなかったようだ。だが時刻は午前三時に迫っているのだから、鶏は犬に追いかけられなくても、時を告げるために鳴くのではないだろうか。

だからこそ伊周は鶏の鳴き声を聞いて、「声明王のねぶりをおどろかす」と朗詠しているのであろう。もちろん漢詩の「鶏人」は時刻を知らせる役人のことであり、決して鶏そのものではない。だがともに暁の到来を告げるシグナルであるからこそ、機転の利いた引用ができたのである。そう考えると、この鶏も単なる偶然ではなく、時奏にふさわしい道具立てと見ることができそうだ。

現時点で私は、「明く」の二者択一を主張するに留まっているが、多くの用例を検討された小林氏は、

平安時代の動詞「明く」は「日付が変わる」意味が第一義だとはいえるのだった。（122頁）

と断定しておられる。もしそうなら、古語辞典の意味の順番を入れ替えなければならないし、新編全集の「明く」の現代語訳をすべて改訂しなければならなくなる。

まとめ

こういった時間表現の間違いというかズレは、古語辞典にも古文の教科書にも未だそのまま残っており、それが間違っていることさえも認識されていないおそれがある。それが小林氏の警告されていることなのだが、なにしろ間違っていることに気付かないのだから、理解されないまま無視されることが多かったとのことである。

ここは騙されたと思って、是非一度真摯に身近な時間表現について疑問を持っていただけないものだろうか。その上で、やっぱり従来のままでいいというのならそれでも構わないが、時間表現の重要性だけは警告し続けたい。

最後に「大殿籠り」という敬語についてひとこと述べておく。一般にはこれを伊周から清少

納言への発言ととっているが、それでは敬語が付いていることが説明できそうもない。現代語訳など「今更に御寝あそばしますな」とあるのだから、それが清少納言に向けられているとは思えない。

そういった疑問に対して新編全集の頭注八では、

丁寧な表現であるが、後の文から見て主上への言葉とは考えにくい。たわむれに近い丁重さと見ておく。

と弁解めいたことが記されている。もちろん戯れめいた会話でもいいのだが、清少納言でも主上でもなく定子に向けての発言の可能性は吟味されているのだろうか。

注

（1）吉海直人『『源氏物語』の「時奏」を読む」國學院雑誌121―5・令和2年5月

（2）吉海直人『『源氏物語』夕顔巻の再検討―「ひとりごつ」の意味に注目して―」同志社女子大学大学院文学研究科紀要12・平成24年3月（『『源氏物語』の特殊表現』（新典社選書）平成29年2月所収）

（3）最初に確述の意味で訳したのは、萩谷朴氏の『枕草子解環五』（同朋舎出版）のようである。それを受けての小林氏の発言であった。ただしその萩谷氏も、二つ目の「いまはあけぬるに」は「もう夜は明けたのに」（302頁）と完了で訳しておられる。

（4）　小林氏は『源氏物語』須磨巻の「明けぬれば」について、
従来この部分も、「夜明け」という間違った解釈が行われてきた。しかし、「新古典大系」（注釈担当者は今西祐一郎）は、

日替わりの時刻（寅、一説では丑）を過ぎ、翌朝になったことをいう。

と注を付している。この「明けぬれば」の「明く」は、夜が明ける意でないことを明確に指摘している。〈中略〉「一説では丑」の補注によってこの箇所を解釈すると、清少納言は、日付が変わって一時間三十分もたってから、日付が変わったようです（この場合、「ぬなり」は完了＋推量に訳される）と言ったことになるが、清少納言がそんな間の抜けた会話をするとは思われない。「一説では丑」の補注は必要ないと思われる。

（『アカツキの研究―平安人の時間』（和泉選書）43頁）

とコメントされている。

追記

本章も小林賢章氏の本から示唆・刺激を受けて、あらためて調べ直してみたものである。ここで問題にしたように、「明く」を安易に「夜が明ける」と訳しているものは、早急に見直し作業を行っていただきたい。

第二部　平安時代の時間表現（午前三時は日付変更時点）

第五章　小林賢章著『「暁」の謎を解く―平安人の時間表現』を読み解く

はじめに（最初の疑問点）

勤務先の同僚であった小林賢章氏が、『「暁」の謎を解く　平安人の時間表現』（以下本書と略す）という平安時代の時間表現についての研究を角川選書の一冊として二〇一三年に公刊された。実は本書に先立って、小林氏は二〇〇三年に和泉書院から『アカツキの研究　平安人の時間』（以下前著と略す）という研究書を出しておられる。これは「明く」という時間動詞と「暁」という特定の時間帯に絞りこんだ、日本で最初の古典における時間表現に関する研究書であった。

それまで時間表現に関心の薄かった私は、前著を大変興味深く読ませていただいた。そしてこの研究は、『源氏物語』の研究にも十分応用できる視点だと思った。そこで小林氏のさらなる研究の進展を期待し、一刻も早く二冊目の研究書を出されることをお勧めした（角川書店への仲介もさせていただいた）。それもあって私は、本書の刊行を誰よりも喜んでいる一人である。

ところで本書は、前著からちょうど十年後の出版ということになる。もちろん前著の単なる焼き直しでは、編集者も首を縦に振りにくいだろう。前著をもとにしてはいても、徹底的に〈日付変更時点〉（これは小林氏が命名された造語とのこと）にこだわり続けている小林氏の情熱（執念）が、本書の刊行を可能にしたといっても過言ではあるまい。前著をお読みになった方も、本書を読んでいただければ、その違い（進歩の度合い）が実感されるはずである。ただしその違いこそが要注意であった。

本書は「暁」の研究という以上に、午前三時という時間の重要性をこれでもかと畳み掛けている点に特徴がある。いわば本書は〈午前三時〉の研究なのである。(1) これも他に例を見ない本書の大きな特徴の一つであろう。

早速本書の内容に分け入ってみよう。まず小林氏は「はじめに」の中で、

『源氏物語』中に使用されている時刻表現は、子の時1回、丑の時0回、寅の時0回、卯の時1回、辰の時1回、巳の時2回、午の時0回、未の時2回、申の時3回、酉の時0回、戌の時1回、亥の時0回である。（9頁）

と述べておられる。平安時代を対象にされる以上、『源氏物語』は避けて通れない作品なので、むしろ積極的に取り込もうとしておられる。それはそれとして、私はこの数字を見て違和感を覚えた。というのも、小林氏はここで寅の時の用例数を「0回」とされていたからである。私

の記憶では、前著の第一章に賢木巻の「寅一つ」が二度も繰り返し引用されていたはずだ。そんな大事な例が、どうして本書で忘却・失念されているのだろうか。

気になったのであらためて『源氏物語大成』の索引で調べてみたところ、

「子の刻」1例（梅枝巻）・「丑」1例（桐壺巻）・「寅一つ」1例（賢木巻）・「卯の刻」1例（行幸巻）・「辰の刻」1例（松風巻）・「巳の刻」2例（玉鬘巻・藤裏葉巻）・「午の刻」1例（胡蝶巻）・「未の刻」3例（蛍巻・藤裏葉巻・若菜上巻）・「申の刻」3例（桐壺巻・賢木巻・須磨巻）・「酉」0例・「戌の刻」1例（梅枝巻）・「亥の刻」1例（行幸巻）

という結果になった。小林氏の調査（11例）よりも丑・寅・午・未・亥の各1例、計5例が増加できた。また複合的な「亥子の刻」（浮舟巻）があることもあげておきたい。このうちの「寅一つ」（賢木巻）や「右近の司の宿直奏の声聞こゆるは、丑になりぬるなるべし」（桐壺巻）は、本書において看過できない重要な用例だと思われるので、増刷される際には是非増補修正していただきたい。

一、前著との比較

次に本書と前著との違いはどうなっているのか、気になったので詳しく比べてみた。するとすぐに目に付いたことがある。前著の「はじめに」に掲載されている図表と、本書の「はじめに」に掲載されている丸い図表を見比べてみたところ、大事な「暁」の時間帯が本書では短くなっているではないか。

前著における「暁」は、午前三時から日の出前までになっていた。[2] それが本書では午前三時から午前五時までの二時間に限定・短縮されているのである。要するに「暁」の始まりは変わらないが（これが小林論の根本）、終わりの時刻が変更・修正・短縮されていたのである。これは私にとってはかなり大きな改正に思えた。

これに関して小林氏は、前著においても平安朝は「定時法」であることを主張しておられた。だからこそ視覚で判断できない午前三時が、〈日付変更時点〉として固定されるのである。それにもかかわらず、「暁」の終わりが日の出前というのでは、季節によって時間が異なることになる。それは「自然時法」である。そうなると「暁」は、定時法で始まって自然時法（不定時法に近い）で終ることになるわけだが、これは説明としてやはり不備であろう。これは暁だけでなく、他の時間表現にもあてはまることである。

おそらく小林氏もそのことに気付かれたに違いない。だからこそ本書では、前著の定義を訂正して、終わりの時間も「定時法」で首尾一貫されたと推察される。これこそが十年間の研究の進展・成果ということになる（もはや前著から引用するのは危険?）。ただしこの大きな変更について、本書ではそのことがきちんと表明されていない憾みがある。

たとえば前著において、

吉澤（義則）のアカツキについての意見のうち終了時点についてはまったく異義がなく、その開始時点のみに異論をもつのである。（16頁）

と述べておられた。しかし本書では終了時点も違っているのだから、あらためてきちんと異論を述べるべきであろう。しかしながらそのことはわずかに、

以前は、薄暮に暁とつとめての境を置いたが、少なくとも平安時代では、暁とつとめての境は午前五時とするのが妥当では、と今は考えている。（65頁）

と述べられているにすぎない。

この「妥当」という曖昧な物言いでは、明確に前著を修正（否定）されているとはいいがたい。また「今は考えている」という表現では、「薄暮」説をきっぱり否定したことにもならない(3)。ここはきちんと論証して、確かな小林説として再提起（断言）していただきたい。もし論証が不可能ならば、少なくともそのことをはっきり表明すべきではないだろうか。

それだけではない。暁の終了時間の修正は、自ずから他の時間表現とも連動することになるからである。まず「つとめて」の始まりの時間を修正しなければならなくなる。前著では「つとめて」について詳しく言及されていなかったが、『更級日記』を論じた「「かへるとしむ月のつかさめしに」の段試解」（同志社女子大学大学院文学研究科紀要7・平成19年3月）では、

アカツキは、午前三時から夜が明けるまでを言う語であるのに対して、ツトメテは明るくなってとでも口語訳すべき語であった。（123頁）

と述べておられる。それに対して本書第二章の後半では、

平安時代の暁は寅の刻（午前三時～午前五時）だった。それに続いて、卯の刻（午前五時～七時）以降巳の刻（午前九時～十一時）までがつとめてだった。つとめてが単独で使われるときは、卯の刻を意識して使われることが多かった。（65頁）

と、「暁」の終了時点につながる時間帯（午前五時以降）として解説しておられる。これによって「つとめて」も、定時法で位置づけられたわけである。もちろん第二章は「つとめて」の研究ではなく、あくまで「暁」の終了時間（「つとめて」との境界線）を決定することに主眼があった。その意味でも、「つとめて」についての考え方が変化していることを説明していただきたかった。そうでないと前著の読者が惑わされるからである。是非、小林氏の「暁」とつながる「つとめて」論を期待したい。

二、時間表現の研究史

それに連動して、「あさぼらけ」「しののめ」「あけぼの」の定義はどうなっているのだろうか。私自身、小林氏の前著の「暁」の定義から、それを「暁」の後半部（午前五時以降日の出前

まで）と勝手に位置づけて考えていた。ところが本書では、午前五時で「暁」が終了してしまうことになったので、「あさぼらけ」「しののめ」「あけぼの」をどこにどのように位置づけたらいいのか迷ってしまった（季節による変化にまったく対応できない）(4)。小林氏自身、

時間表現は、言葉相互に深い関係がある。一つの単語の意味を確定していくと、今まで確実だと考えていた語の意味に疑問が生じ、それを確定すると、次の語に疑問が生じるというような経過をたどる。（84頁）

と述べておられるのだから、連動させて全体を見通した論を提示していただきたい。

単純に「暁」終了後から日の出前までと割り切ることもできるが、そうなると「暁」と「あさぼらけ」「しののめ」「あけぼの」は全く時間的に重ならないことになる。また始まりが定時法で終わりが自然時法という前著同様の不備が新たに生じてしまいかねない。果たして時間表現は、すべて定時法で割りきれるものなのか、それとも定時法では説明できないものなのか、その点についてのお考えを是非提示していただきたい。

これに関して、小林氏も説明不足に気付かれたのか、本書とは別に「アサボラケ考」（同志社女子大学学術研究年報63・平成24年12月）を発表しておられる。論文の刊行年次は本書出版の前だが、雑誌の方がスピーディーに刊行され、単行本は刊行までにかなり時間がかかったということで、これを本書へ収録する時間的余裕はなかったようである。

さてこの論によれば、「あさぼらけ」は「暁」とぴったり重なる時間帯とされている（定時法の中に取り込まれた）。これもかなりの驚きであった（従来の説とは大きく異なる）。ただしその終了時間については、はっきり根拠をあげて言及されているわけではない。かろうじて論の末尾で、

アケボノとアサボラケの違いは、おそらく時間帯を重く見るアサボラケと視覚性が強いアケボノといった違いがあったのではと私に推測を述べておく。実際の時間帯はそれほどの差がないという考えである。

と述べられているが、暗い「あさぼらけ」と視覚を重視する（明るさが問題となる）「あけぼの」の時間帯に差がないという説明では納得できそうもない（矛盾しかねない）。どうやら小林氏は、「あけぼの」も「暁」と同時間帯と考えておられるようである。そうなると「暁」・「あさぼらけ」・「あけぼの」の重なり具合について、証拠に基づいた説明が必要だろう。

いずれにしても小林氏は、午前三時に論を集中させているので、終了時間にはあまり関心がないらしい。それでも「あさぼらけ」が「暁」とどのように重なるのかあるいは分けられるのか、できるだけわかりやすく説明していただきたい。

ところで、図表を見ていて気になったことが他にもある。日付変更時点である午前三時に矢印が向かっているのは当然であろう。気になったのは、そこに実線と点線が用いられているこ

とである。これはどのように理解すればいいのだろうか（その説明はどこにも見当たらない）。

一例として「今宵・夜もすがら・夜一夜」をあげると、亥の刻以前は点線で、子の刻・丑の刻は実線になっている。前著の図表を見ると、亥の刻以前も実線になっていた。これに関連して「ヨモスガラ考」の末尾で、「ヨモスガラの始まりは日没であったが、その終了時点は午前三時であった。」（124頁）と論じられている。そうなると点線もその時間帯に含まれることになる。これを斟酌するに、実線の方が点線より重要ということであろうか。わざわざ点線にして表示しているのだから、是非その意図（実線と点線の違い）くらいは説明していただけないものだろうか。

ついでながら前著でも、「この時代のヨモスガラは日暮れからはよいのだが、夜明け前までということではなくなるのである。」（112頁）と述べられていた。それが本書では、始まりの時間についてのコメントは一切認められなくなっている。やはり小林氏の関心は、午前三時に集中していることが読み取れる。ただし前著の説がそのまま生きているとすれば、「夜もすがら」は日暮から始まることになるが、それなら図の線もそこまで延ばすべきであろう。ただし最近は午後十一時から午前三時までに修正されているようなので、これは小林氏の迷いの表われなのかもしれない。

繰り返すが、自説を修正した時こそ、そのことに誠実に対応していただきたい。そうでないと、前著を知っている読者は混乱させられてしまう。

三、角川選書の構成を見る

ここで参考までに本書の目次を掲載しておきたい。書名に「謎を解く」とあるが、これはあくまで読者の購買意欲をそそる編集者の便法であり、本書がいわゆる「謎解き本」でないことはいうまでもない（目次に「謎」という表現は使われていない）。

目次

あとがき

これを前著と比較すると、「はじめに」の副題に『枕草子』二九三段」があげられている点が注目される。前著の目次に『枕草子』は見られなかったが、本書では目次だけでなく帯の宣伝文句にも「暁は真夜中だった！　枕草子や源氏物語の読み方を変える平安時代の、時間表現の新説！」と書かれている。ここから本書では『枕草子』のウエイトがかなり重くなっていることがうかがえる。

そのことは本書にどれだけ『枕草子』から引用されているかを見れば、よりはっきりする。第一章には二七四段が引用されているし、第二章には六〇段・一五四段、第五章には一二五段、第七章には一三〇段が引用されている。特に第七章「夜をこめて」は『枕草子』が論の中心になっている。こうして見ると、「暁」の視点は『枕草子』の研究にも有効ということになりそうだ（もちろん『源氏物語』からの引用も多い）。

最初の二九三段は、時奏を受けての展開となっている。清少納言の「明けはべりぬ」という発言（「ひとりごつ」は相手に聞こえる）が伊周の「いまさらにな大殿籠りおはしましそ」を誘導しているわけだが、ここにある敬語は清少納言にふさわしいのだろうか。私にはそうは思えない。これは冗談で言ったのではなく、定子（后）に向けたものではないのだろうか。それなら敬語の使用も納得できる。この点は私も第四章で詳しく論じた。

もう一点、小林氏は『更級日記』から多くの例を引用されている。「宮仕えの記」を見ると、「暁にはまかでぬ」（325頁）・「暁には夜深く下りて」（326頁）・「暁にはまかづ」（328頁）・「明くればたち別れたち別れしつつまかでし」（332頁）などとあることから、暁は主人のもとから女房が退出する時刻とも考えられる。翌日になれば、当直の女房達はお役ご免になるのである。

それはさておき、目次全体を見渡したところ、前著の後半に置かれていた「第八章　万葉の日付変更時点」「第九章　ヨルヒル考」「第十章　覚一本の日付変更時点」の三章が抜け落ちていることに気付く。『万葉集』・『平家物語』などを省くことによって、戦略的に平安朝に限定した論として構成されていることが読み取れる。

逆に前著になくて本書に初めて登場しているのが「第七章　「夜をこめて」」「第八章　「さ夜更けて」」の二章である。せっかくなので新しく加わった二章について、もう少し詳しく内容を確認してみたい。

四、「夜をこめて」論への批判

まず「夜をこめて」論だが、これは『枕草子』あるいは『百人一首』で有名な、

夜をこめて鳥の空音ははかるともよに逢坂の関はゆるさじ

歌についてである。ここで小林氏は、後接する動詞によって意味を二分されている。後接する

のが継続動詞なら、「夜をこめて」は午前三時までを意味し、後接するのが瞬間動詞なら午前三時を越えた時点としておられる。要するに「夜をこめて」は、午前三時を跨いで使用されていることになる。これは午前三時までか午前三時からかを問題にしてこられた小林論にとっては、かなりゆゆしい問題ではないだろうか。それにもかかわらず（だからこそ）、七章では継続動詞のみが重視され、瞬間動詞の用法が置き去りにされているように思えてならない。

まして『枕草子』の場合は、本当の鶏の声ならぬ鶏の鳴き真似（しかも漢籍引用）である。これについて小林氏は何もコメントされていないが、本来「鶏鳴」は男女の別れを告げるシグナル（時計）であった。だから「鶏鳴」は男女の後朝の別れに機能するものである。そのことに触れないで、正反対の男女の逢瀬に適用させようとするのは、いささか無理がある。

もちろんこの場合は「鶏鳴」ではなく、あくまで「鶏の鳴き真似」（虚構）なのだが、それでも事情は変わるまい。小林氏は継続動詞にこだわって、「一晩中鶏の鳴き真似をしても逢いません」としておられるが、現実問題として一番鳥が一度でも鳴いたら、それこそ小林氏の主張されている「暁」の到来を告げるシグナルなのだから、当然、男女の後朝の別れの合図として機能するはずである。(5) という以上に、鶏は一晩中鳴き続けるものではあるまい。そのことはどのようにお考えなのだろうか。

『枕草子』の本文に依拠すれば、第一に行成は丑の刻前に清少納言のもとを去っている。これはむしろ瞬間動詞となるはずである。それを中国の「鶏鳴狗盗」の故事に重ねて、「鶏の声に催されて」といってきたのであるから、これも瞬間動詞的解釈のはずである（「鶏鳴」は夜中に一度試みられただけで関は開門している）。

それを踏まえた上で、逢坂の関の場合は、帰るのではなく逢うことに転換されている。たとえそれが比喩であっても、このベクトルのズレは問題にならないのだろうか。実は『枕草子』を研究しておられる藤本宗利氏は、そのことをなんとか合理化するために、

その鶏の声は、きっと恐ろしい私のもとから早く逃げだしたくてうずうずしていた誰かさんがこしらえた、偽り事でございましたでしょう。

（『枕草子研究』（風間書房）平成14年2月・239頁）

と、斬新な解釈を提示しておられる。藤本氏はあくまで後朝風に、函谷関の関守は騙せても、賢い関守である私は鶏の鳴き真似に騙されてあなたを早く帰したりはしません、と訳しているのである。

話の流れをスムーズにとらえるならば、無理に鶏鳴によって逢うとするより、後朝の別れのこととする方がずっとわかりやすい。というより、男女の逢瀬が前提となって後朝の別れがあるのだから、後朝の別れによって男女の逢瀬が既成事実になっているとも読める。もちろんそれは事実ではなく、後宮における大人の擬似恋愛遊戯であることはいうまでもない(6)。この点に

ついては是非藤本論を踏まえた上で、小林氏の見解（解釈・反論）をあらためてお聞かせいただきたい。

もう一つだけ気になることがある。それは結論部分に、

この歌における夜をこめての時間を具体的にいえば、午前一時から午前三時となることは本文から分かる。「一晩中」、「夜通し」よりは短い時間だが、夜をこめてには現代語には相当する単語がない。終了時点だけ意識して、「一晩中」、「夜通し」と口語訳しておくのが、ベターな訳であると思われる。（200頁）

とある点である。これも終了時点（午前三時）に意識があるからなのだろうが、この場合は、本文から丑の刻以前と読み取れるにもかかわらず、それを丑の刻として立論されている（丑の刻以前が丑の刻にすりかえられている）のだから、出発点から間違ってはいないだろうか。その上で、わずか二時間を「一晩中」「夜通し」と訳しているとすれば、その結論には到底賛成できない。こういった私の素朴な疑問点について、わかるようにお教えいただきたい。

五、「さ夜更けて」論への批判

次に「さ夜更けて」論であるが、小林氏はこれを「午前三時に向かう動き」としておられる。そのことを証明するために、まず『万葉集』の歌を例示され、「さ夜更けて」が「暁」と連続

していることを論じておられる。また「さ夜更けて」が「夜中」や「さ夜中」と重なっていることも確認されている。その点に疑問はない。それどころか大賛成である。

その上で、平安朝の用例の検討が行われるわけだが、ここではどういうわけか肝心の「さ夜更けて」の用例は取り上げられず、類似する「夜更け」「夜は更け」「夜や更け」の用例に置き換えて検討しておられる。もちろん「さ夜更けて」の「さ」は接頭語であるから、「夜更け」と置き換えてもかまわないのかもしれないが、「さ夜更けて」には一つ大事な用法があった。それは『万葉集』の例を含めて、歌語として確立していることである。平安朝においても、和歌に詠まれた「さ夜更けて」の用例が多数存在する。そのことは小林氏もご存じのはずである。前章において百人一首の「夜をこめて」歌を例に出しているのだから、「さ夜更けて」にしても『百人一首』にある赤染衛門の、

やすらはで寝なましものを小夜更けてかたぶくまでの月を見るかな

歌と参議雅経の、

み吉野の山の秋風小夜更けてふるさと寒く衣打つなり

歌の二例くらいは引用していただきたかった。(7) 特に赤染衛門の歌は、小林氏の主張される「暁」に連続する用例なのだから、掲載されてしかるべきであろう。

そういった豊富な「さ夜更けて」の用例（和歌）が存するにもかかわらず、小林氏はあえて

「夜更け」「夜は更け」「夜や更け」の用例を検討された上で、

結論として、平安以降の用例だが、「さ夜更けて」は、「丑の杭刺す」や「丑二つ」、「丑三つ」の時間と共起していた。（210頁）

と、いかにも「さ夜更けて」を検討した結果のように結論付けられるのは、論証の信頼性としていかがであろうか。

たとえ「さ夜更けて」と「夜更け」が同一の時間帯を示すものであったとしても、だからといって「さ夜更けて」の用例の検討が不要なはずはあるまい。ということで、ここは見出しを「夜更け」の考察と変更するか、もしくはあらためて「さ夜更けて」の用例の検討を行っていただきたい。それで解釈が変わるわけではないのだから。

ついでながら本書に足りないものとして、「鶏鳴」「鐘の音」の考察があげられる。これは恋物語においてかなり重要な要素なので、是非独立した「鶏鳴」論・「鐘の音」論を提示していただきたい。

まとめ

最後にもう一つだけ気になったことがある。もともと小林氏は橋本万平氏『日本の時刻制度』（塙選書）昭和41年9月）や斉藤国治《くにじ》氏『日本・中国・朝鮮 古代の時刻制度―古天文学による検証―』

（雄山閣出版）平成7年4月）に依拠して立論されていたはずである。そのことは前著を見れば明らかである。花山天皇の退位についても、斉藤氏の本から引用されていた。ところが本書になると、第一章で花山天皇の出家を扱っているにもかかわらず、斉藤氏や橋本氏の引用が一切見られなくなっている。

これは前著に引用しているから、それでいいというものではあるまい。むしろ先行研究をきちんと評価・引用した上で、小林論を展開するのが筋であろう。同じく『枕草子』二九三段にしても、橋本氏が「日の境界と日附」で言及されているのであるから、これも批判的にでも引用してしかるべきである。その上で、萩谷朴氏の説（確述の「ぬ」）に言及していただいた方がすっきりする。

以上、本書の熱烈なファンであり、本書を熟読した中から生じた私の素朴な疑問点を率直に列挙させていただいた。ついむきになって、重箱の隅をほじくるような点が多くなったことをお許しいただきたい。私は小林氏の時間表現研究は重要であり、『源氏物語』や『枕草子』研究にとどまらず、古典文学研究全体に大いに役立つものと確信している。そのため私自身、これまで自分の論文の中にしばしば小林論を引用させていただいている。できれば安心して小林論を引用したいので、本書の書評を書かせてもらった次第である。小林氏のさらなる研究の進展を心からお祈りしたい。

付記

本章は、小林氏が出版された本の書評として書いたものである。本書を見ると、小林氏自身の研究の進展、それに伴う説の変更や揺れがいろいろと見えてきた。そのため小林氏の主旨からはずれた、ない物ねだりになったことをお詫びしたい。

これはもはや小林氏お一人の問題というより、時間表現論の進展過程であり、かつ時間表現論の論じにくさが表出しているのではないか、と思い至った。本来なら書評を選書の一章に加えることなどないのだが、むしろ小林論を共有することで、時間表現論の研究史も問題点も辿れるに違いない。そう思って書評に手を加えて、私の時間表現論の一章として掲載させていただくことにした。これで安心して「日付変更時点」という用語も使える。

私自身、必ずしも時間表現論を網羅できていないし、迷いや揺れを克服しているわけではない。その意味では小林氏と同じ立場にある。というより小林論からどれだけ多くの示唆を与えられたか計り知れないほどである。それにもかかわらず、小林論を批判的に論じているのは、時間表現論が重要だと確信しているからである。これからは、逆に私の論をたたき台にして徹底的に批判していただきたい。大事なのは個人の研究業績ではなく、時間表現論の進展なのだから。

注

（1）もちろん前著『アカツキの研究―平安人の時間』（和泉選書）平成15年2月も同様で、「アカツキ＝寅の刻といった認識でよい」（ⅰ頁）とされていた。なお『源氏物語』における時間表現の用例数は、「暁」65例・「あさぼらけ」19例・「あけぼの」14例・「あさけ」3例・「しののめ」3例となっている。

（2）たとえば吉澤氏の「午前一時から日出までを指す」に対して、小林氏は「終了時点についてはまったく意義がなく」（16頁）と述べておられる。また「アカツキが日の出近い時間までも含んでいることがわかる」（19頁）とも述べておられる。さらに「アカツキ（暁）は、午前三時（丑の刻と寅の刻の境）の日付変更時点から日の出までを指す語を意味している」（1頁）・「アカツキは日付変更時点（午前三時）から日の出までをさす語だと指摘した」（88頁）・「アカツキは日付変更時点から日の出までを指す語である」（89頁）と繰り返し述べておられる。

（3）前著では石田穣二説を引用し、「「あさぼらけ」という語は石田穣二によって、日の出近い時間を指して使用されることが述べられており、アカツキが日の出近い時間までも含んでいることがわかるのである。」（19頁）と述べられていた。また「アサボラケは薄暮の最後の部分であることはすでに知られていることだから」（101頁）とも述べておられる。これはどのように修正されるのであろうか。

（4）「しののめ」と「あけぼの」については、時間的な違いではなく歌語・非歌語の違いでよさそうである。また「あけぼの」は平安朝になって登場した新しい語と思われる。「曙」という漢字は古くからあるが、それを「あけぼの」と訓読していたわけではない。

（5）ただし「夜もすがら妹が結べる下紐は鐘とともにぞうちとけにける」歌は、題に「及暁遂会恋」とあるので、暁に至って逢瀬を持った珍しい例としてあげられる。

（6）「夜をこめて」歌に関しては、吉海直人「清少納言歌（六二番）の背景―行成との擬似恋愛ゲーム―」『百人一首を読み直す―非伝統的表現に注目して―』（新典社選書）平成23年5月、同『枕草子』「頭の弁の、職にまゐりたまひて」章段について」（「教室の内外（3）」所収）同志社女子大学日本語日本文学24・平成24年6月参照。

（7）　参議雅経の「小夜更けて」については、吉海直人「「さ夜更けて」の掛詞的用法」解釈61―9、10・平成27年10月で、「秋風が吹く」の掛詞となっていることを論じている。

追記1

本書にはケアレスミスと思われるものがある。一見しただけでは気付かないが、70頁の『古今集』の詞書について、「月の美し（面白）かりける夜」云々は清原深養父（三六番）歌の詞書であって、「有明のつれなく見えし」（三〇番）歌の詞書は「題知らず」なので、修正していただきたい。そうでないと本書85頁の記述と齟齬してしまう。

その他、明らかに誤植と思われるものが見つかったので、以下にあげておく。62頁11行「一二年三〇日」（誤）→「一二月三〇日」（正）。68頁13行「分かれ」（誤）→「別れ」（正）。118頁6行「いふて」（誤）→「いひて」（正）。122頁9行「おもへちかき」（誤）→「おまへちかき」（正）。192頁14行「鴬」（誤）→「ほととぎす」（正）。211頁6行「「さ夜更けてと」（誤）→「さ夜更けて」と」（正）。212頁7行「牛の刻」（誤）→「丑の刻」（正）。

追記2

岩坪健氏は「「こよひ」考―日付変更時刻との関わり―」同志社国文学92・令和2年3月の中で、

小林氏が「三正」を日付の開始時刻としておられること（40頁）に対して、王力編『中国古典読法通論』（朋友書店）平成4年8月を根拠に「三正」は正月をどこに定めるかであって、時刻の開始ではないと述べておられる。今後とも時間表現について活発に議論されることを願っている。

第六章　平安朝文学の時間表現考

—— 暁・朝ぼらけ・あけぼの・しののめ ——

はじめに（時間表現語彙）

夜が明ける前、あるいは日付が翌日に変更した後を表わす時間表現として、「暁」・「朝ぼらけ」・「あけぼの」・「しののめ」の四種があげられる。(1) その最大の問題点は、四つの表現にどのような時間や明るさの差違（使い分け・序列）があるのか、あるいは重なりが存するのかよくわかっていないことである。

まずこの中に、一つだけ質の異なるものが存していることを指摘しておきたい。それは「暁」である。というのも、他の三種に比べて使用頻度が高い分、含まれる時間が比較的限定されているからである。これに関してかつて吉澤義則氏は、

子の刻を過ぎれば、翌日になる。その翌日になる刻々の深更時から、ほのぼのと明けて来る刻限に至るまでを、通じて「あかとき」と云ったもののやうである。

（『源語釈泉』（誠和書院）昭和25年7月・2頁）

と述べられていた。これだと「暁」はかなり長い時間をカバーすることになる。ただし平安時代の日付変更時点は「子」の刻ではなく「寅」の刻であるから、既に小林賢章氏が指摘されているように、[2]「午前三時を過ぎれば翌日になる」と修正すべきである（子・丑の刻は含まない）。それでも午前三時から夜明け前までの比較的長い時間であることに変わりはあるまい。なお小林氏は、後に「暁」の時間帯を「午前三時から五時まで」とさらに短く修正されている。[3]それは始まりと終わりを平安時代の定時法に組み入れたからである。しかしながらこれによって従来の説と対立することになった。ただし吉澤氏は偉い研究者なので、その説を否定するのは大変である。

ご承知のように日本の暦法は、平安時代は定時法でありながら、江戸時代には不定時法を採用しており、それが現代における時間表現の解釈の混乱を招いている最大の原因と考えられる。またそこに自然時法も紛れ込んでいるようなので、[4]より慎重にせざるをえない。

ここで試みに最新の『全訳読解古語辞典第五版』で「あかつき」項を見ると、「関連語」に、「あかつき」は、夜中を過ぎて朝になるまでの時間帯。明け方に近づきながら、なお明けやらぬ時間を「しののめ（東雲）」、「あかつき」が明るんできたときを「あけぼの（曙）」、完全に明けきると「あした（朝）」「つとめて」という。また、具体的・視覚的には「あさぼらけ」ともいう。「あかつき」「あけぼの」には時間の先後はなく、抽象的に言う場合が「あかつき」、具体的・視覚的に言う場合が「あけぼの」であるともいう。

と解説されていた。後半の説明が紛らわしいというか、これだと前半の「あかつき」の説明と齟齬してしまうし、「あけぼの」が従来より長い時間帯になってしまいかねない。本当にこの説明で間違いないのだろうか。この場合、「まだよくわかっていない」とでも正直に告白すべきではないのだろうか。

問題の「暁」は、歌にも詞書にも多く用いられている。詞書では題として提示されることが多い。歌に用いられる場合は恋歌が多いようである。たとえば『古今集』には「暁」が3例、

・有明のつれなく見えし別れより暁ばかり憂きものはなし　（六二五番）
・ほととぎす夢かうつつか朝霧のおきて別れし暁の声　（六四一番）
・暁のしぎの羽がき百羽がき君が来ぬ夜は我ぞ数かく　（七六一番）

と詠まれているが、すべて恋歌であった。なおこの三首に用いられている時間表現は、一首目が「有明」と「暁」、二首目が「朝霧」と「暁」、三首目が「暁」と「夜」である。

それに対して「朝ぼらけ」は用例が非常に少なく、『古今集』には、

朝ぼらけ有明の月と見るまでに吉野の里に降れる白雪　（三三二番）

の一首だけしか詠まれておらず、それも冬の歌となっている。この「有明」は「暁」とも「朝

ぼらけ」とも一緒に用いられているのだから、「暁」と「有明」「朝ぼらけ」は時間帯が重なることになる。『古今集』に限った場合、恋歌（暁）と自然詠（朝ぼらけ）で明確に使い分けられているようだ。

一、従来のとらえ方

前述のように、「暁」が限られた時間帯として解釈されたことで、他の三表現はその「暁」の時間帯の後半以降に属し、次第に夜が明けていく流動的かつ比較的短い時間帯を指す言葉としてとらえられてきた。前述の吉澤氏はその違いを、

「あかつき」が明け方に近づきながら、未だ明けやらぬ間が「しののめ」であり、「あかつき」が明るんで来た時が「あけぼの」であり、「あけぼの」過ぎて「朝」がおとづれる。

（『源語釈泉』9頁）

と論じておられる。要するに、

「暁」→「しののめ」→「あけぼの」→「朝」

という順に朝に向かって時間が推移するというのである。

「暁」から「しののめ」への推移に関しては、『兼澄集』に「斎宮の、庚申し給ひしに、暁に琴の声はつかなりしが、またも聞こえざりしを、心もとなく思ひしほどに、酒出させ給ひし、

かはらけ取りて」という詞書のもとに、

しののめのあくまでと思ふ琴の音におぼつかなくもまどはるるかな　（五九番）

とある。「庚申」とは「庚申待ち」のことで、その日は一晩寝ないで夜を明かさなければならない。「しののめの」は「明く」を導く枕詞である。「暁」に聞こえてきた琴の音が途絶えたので、「明く」に「飽く」を掛けてもっとずっと聞いていたかったと残念がっているのである。この詞書と歌によって、「暁」と「しののめ」の時間帯が重なっていることがわかる。

単純に時間表現の順序ということなら、『源氏物語』帚木巻の例の方が適切であろう。空蟬と一夜を共にした源氏は、「鶏も鳴きぬ」（102頁）とあることで「暁」の到来を知る。その後、源氏は、

つれなきを恨みもはてぬしののめにとりあへぬまでおどろかすらむ　（103頁）

と歌に「しののめ」を詠み込んでいる。そして帰り際にしばし高欄にたたずむ源氏の姿は、

月は有明にて光をさまれるものから、かげさやかに見えて、なかなかをかしきあけぼのなり。　（104頁）

と優艶な姿を見せている。既に空が明るくなりつつあるので、有明の月の光も弱まっている。もっとも「なかなかをかしきあけぼの」というのは、本来「あけぼの」はそうではないことを前提としている。この当時の「あけぼの」は、まだ美化されていなかったからである。対象が

光源氏だからこそ「なかなかをかし」なのである。(5) いずれにしてもこの場面の時間の推移は、

暁↓しののめ↓あけぼの＝有明の後半

となっており、従来の説とぴったり一致していることがわかる。

また橋姫巻における大君・中の君垣間見について、後に薫はそれを「見し暁のありさま」（153頁）と回想している。それが「ありししののめ思ひ出でられ」（156頁）とも繰り返されている。さらに「前のたび霧にまどはされはべりし曙」（157頁）ともいい換えられている。こうなると「暁」と「しののめ」「曙」は同時間（重なり）を示していることになる。

ただし宇治で薫が弁の尼と会った際、弁は「曙のやうやうものの色分かるるに」（144頁）薫を見ているとあったので、「暁」の垣間見の後に「しののめ」へと時間が経過し、さらに「曙」になっているとも考えられる。するとここも、

暁↓しののめ↓曙

と推移していることになる。いずれにしても「曙」は、有明の月が光を弱める時間帯であり、またものの色が見分けられるほどの薄明るさ（薄暗さ）として用いられている。

二、「朝ぼらけ」の位置

前述の吉澤氏は、何故か解説の中に「朝ぼらけ」を含めておられないので、このままでは

「朝ぼらけ」がどこに位置づけられるのかわからない。そこで別に池田亀鑑氏の説を見ると、

「朝ぼらけ」について、

時刻としては、「あけぼの」よりも、やや夜明けの光の増した時を意味しているようである。

（『平安時代の文学と生活』（至文堂）昭和52年5月・421頁）

と述べておられる。そうなると両者の位置関係は、

「あけぼの」→「朝ぼらけ」

の順になる。この池田説を受けてか、小学館『古語大辞典』の「あさぼらけ」項には、

「曙」よりも朝に近い時刻。

と説明されている。同様に「あけぼの」項にも、

「朝朗（あさぼらけ）」よりもやや早い時刻。

と矛盾なく解説されていた。これだと「朝ぼらけ」は四種の中で一番明るい時間帯になる。

それに対して堀井令以知氏は、

アカツキの終わりごろがアケボノである。アケボノはアサボラケに先立つ時間をさすといわれる。アサボラケはアケボノよりも、少しばかり明るくなったころといわれるけれども、もちろん明瞭な区分があるわけではない。これらの語に混同が生じて、アカツキもアケボノもシノノメもアサボラケも同じ空が薄明るくなるころ、東の空に少しばかり明るさが感

じられるころについて使われるようになった。

（『ことばの由来』（岩波新書）平成17年3月・165頁）

と、時間表現に混同が生じていること、また必ずしも明瞭に分けられるものではないこと、むしろ四種は同じく薄明るい時間帯であることを述べておられる。

それにもかかわらず、夜明け前の時間表現は混同を含みながらもほぼ、

「暁」→「しののめ」→「あけぼの」→「朝ぼらけ」→「朝」

という順に推移するとされており、『全訳読解古語辞典第五版』をはじめとして、多くの古語辞典もこの説に基づいて説明している。この説明を見たら、見事に使い分けられていると思うに違いない。だからこれまで時間表現の研究が停滞していたのであろう。たとえば「暁」の前半、すなわち真っ暗な時間帯について何故言及されていないのであろうか。(6)

ついでながら『万葉集』には「朝ぼらけ」に類似した「あさびらき」が六首ほど詠まれている。すべてその後に「漕ぐ」という動詞がきているので、「漕ぐ」を導く枕詞（船を漕ぎ出す時間）と見ることも可能である。角川『古語大辞典』の「あさびらき」項など、「朝の船出」とだけコメントされている。『拾遺集』の、

世の中を何にたとへん朝ぼらけ漕ぎ行く舟の跡の白波　（三二七番）

にしても『万葉集』三五四番を読みかえたもの（再録）なので、これは「朝ぼらけ」の例から

除外すべきであろう。

三、「あけぼの」の特異性

この説明で四つの時間表現はうまく説明できたように思えるが、その中で「しののめ」から「あけぼの」への時間の推移がわかりにくい。そこで石田穣二氏は視点を変え、「しののめ」が歌語であることから、

歌語「しののめ」に対応する散文表現がもしありとすれば、それは「あけぼの」の語を以てそれにあてるべきであらう。（『源氏物語論集』（桜楓社）昭和46年11月・404頁）

と時間の推移による違いではなく、歌語・非歌語の差ではないかという新説を提示しておられる。なるほど『源氏物語』帚木巻の「しののめ」は歌に用いられていた。

それが小学館『古語大辞典』にも採用されているようで、「しののめ」項の語誌には、

時間的な違いはなく、歌語と散文語との違いとみる説に従うべきであろう。

と記されている。要するに「しののめ」と「あけぼの」は意味（時間帯）の違いではなく、用法（歌語・非歌語）の違いということである。そうなると「しののめ」と「あけぼの」は横並びにして考えなければなるまい。これで従来の時間表現の順序が崩れたことになる。

なお「しののめ」は、『万葉集』にも「篠の目の人には忍び」（二四七八番）・「篠の目の偲ひ

て寝れば」（二七五四番）の2例がある（類歌）。これは同音で「偲・忍」に掛かる枕詞なので、『万葉集』では時間表現とはいえそうもない。ただ二首とも恋歌（後朝の別れ）として詠まれており、その伝統は『古今集』にも継承されている。

・しののめのほがらほがらと明けゆけばおのが後朝なるぞ悲しき　（六三七番）
・しののめの別れを惜しみ我ぞまづ鳥よりさきになきはじめつる　（六四〇番）

要するに『古今集』以降、後朝の別れとして歌われることから、「暁」との重なりが生じ、暗い時間帯と考えられるようになったことが読み取れる。(7) ただし六三七番など「ほがらほがらと明け」るとあることから、どうしても視覚重視になってしまう。これなど「しののめ」は「明く」を導く枕詞とも考えられる。

少し下った例であるが、『建礼門院右京大夫集』に、

暁呼子鳥
夜をのこす寝覚めに誰をよぶこどり人も答へぬしののめの空　（三六番）

とあって、詞書の「暁」と「しののめの空」が同時間帯だとすると、かなり暗かったのではないだろうか。というのも「夜をのこす」「寝覚め」は、「暁」以前の夜の時間帯なので、そこから「暁」「しののめ」へと時間が推移しているからである。

また『玉葉集』には、

暁の時雨に濡れて女のもとより帰りてあしたに遣はしける　前大納言為家

・帰るさのしののめ暗き村雲もわが袖よりやしぐれそめつる　（一四五六番）

返し　安嘉門院四条

・きぬぎぬのしののめくらき別れ路に添へし涙はさぞしぐれけん　（一四五七番）

という為家と阿仏尼の贈答がある。詞書に「暁」（後朝の歌）とあるし、歌に「暗き」とあるので暗い「しののめ」と考えられる。

もう一つ、非歌語の「あけぼの」は『うつほ物語』・『蜻蛉日記』あたりが初出であり、それに続いて『枕草子』や『源氏物語』・『和泉式部続集』・『大斎院御集』に登場している。そうすると言葉の古さ（上代語）・新しさ（平安語）ということも加味できそうである。あるいは散文語「あけぼの」は、女流文学隆盛の中で市民権を得ていったのではないだろうか。そのことは『和泉式部日記』中の「あけぼのの御姿」（32頁）の頭注に、

「あけぼの」の語は古くは見られず、『後拾遺集』以後に用いられる。『枕草子』にも「春は曙」とある。当時あらたに流行した情緒語。

とコメントされていることからも察せられる。そういった中、『源氏物語』手習巻で浮舟が、

袖ふれし人こそ見えね花の香のそれかとにほふ春のあけぼの　（356頁）

と「春のあけぼの」を歌に詠じたのが早い例である。これなど『枕草子』を意識しながらも、

視覚ではなく嗅覚を加味（重視）した点に工夫が認められる（中世の先取り？）。

ついでながら、漢字「曙」の訓読について言及しておきたい。「曙」という漢字なら上代の文献にも登場している。問題はそれを「あけぼの」とは訓読していないことである。たとえば『古事記』下巻の安康天皇記には「既に曙け訖りぬ」（335頁）とあって、これを「あけ」と読んでいる。また『万葉集』八一四番以降の梅花の歌の序には「曙の嶺に雲移り」とあり、これを「あさけ」と読んでいる。(8)

こういった例を安易に「あけぼの」に加えるのは避けたい。初出とされている『うつほ物語』の例にしても、「曙」を「あけぼの」と訓読していいのかどうかの再検討が必要であろう。仮に『うつほ物語』の用例が除外できれば、「あけぼの」は女性語ということになる。もう一つ、「あけぼの」の語源として「明けほのか」とされることがあるが、その具体的な用例は見当たらない。

四、「朝ぼらけ」の修正案

ところで最近になって「朝ぼらけ」の見方に新たな動きがあった。従来の説では、「朝ぼらけ」はもっとも「朝」に近くて短い時間帯とされていた。そのため視覚的にも明るい方に解釈が傾いていた。それに対して徳原茂実氏は、前述の石田穣二氏の説を踏まえ（尊重し）つつも、

「朝ぼらけ」が詠まれた歌の時代的変遷に着目され、平安時代中期までは比較的明るい意味で用いられていた「朝ぼらけ」が、定家の時代にはほの暗い意味で用いられるようになったという斬新な説を提起されている。(9)

要するに「朝ぼらけ」には、時代的な明るさの変遷（時間帯のズレ）があったというのである。定家の感性ならそれくらいのことはやりかねないので、徳原説はかなり魅力的なものであった。という以上に、初めて暗い「朝ぼらけ」を提起（言及）されていることは評価したい。ただし徳原説については、一般にはほとんど知られていないようである。

それに対して小林氏は、石田説と徳原説を取り上げて両説とも否定され、「朝ぼらけ」は明るい意味から暗い意味に変遷したのではなく、もともと暗い時間帯であったと論じておられる。(10)これが認められれば、「朝ぼらけ」の通説も崩れることになる。

その小林氏は、前述のように当初「暁」を午前三時から日の出前までとされていた。(11)ところが最新の論文では、例示・論証なしに「暁」を午前三時から五時までに短く変更・修正というか前倒しされている。(12)これは非常に斬新な説であるから、それに連動する他の時間表現も修正・合理的説明が必要であろう。(13)

いずれにしても、小林氏は徳原氏が提唱された「朝ぼらけ」の時代的変遷を否定され、一貫して薄暮以前の時間帯であったことを強調されたのである。ただし「暁」と重なるということは、必然的に暗い時間帯と薄暮の時間帯の両方を含むはずである。ところが小林氏は、石田・徳原説を批判するあまり、薄明るい「朝ぼらけ」には言及されていない（むしろ否定的ですらある）。

それにもかかわらず小林氏は、「あけぼの」の説明の中で唐突に、

アケボノとアサボラケの違いは、おそらく時間帯を重く見るアサボラケと視覚性が強いアケボノといった違いがあったのではと私に推測を述べておく。実際の時間帯はそれほどの差がないという考えである。（153頁）

と述べられている。これでは「あけぼの」＝「朝ぼらけ」＝「暁」と曲解されかねないし、明るい「朝ぼらけ」を容認していることになる。ここは「朝ぼらけ」の後半と「あけぼの」が時間的に重なるとでもすべきであろうか(14)。

幸い「あけぼの」と「朝ぼらけ」が同時間を示していると思われる例が『夜の寝覚』にあった。

明けぬるに、御前の御格子一間ばかりまゐらせて、二所ながら、端にゐざり出でたまひつれば、名に流れたる曙の空霞みわたり、今開けそむる花の木末ども、似るものなきほどなるに、いにしへ、西山にて、「見しながらなる」とながめしほどの嘆かしさ、身に有様、「その折も、よろしうはあらざりしかど、過ぎぬることとなればにや、いとこのごろの心地

はせざりしをや」と、うちおぼしくらぶるに、え忍ばれたまはず、なにの折も、世とともに嘆かしかりつる年ごろの、この曙は恋しきことぞ、返るらむ波よりもしげきや。

朝ぼらけ憂き身かすみにまがひつついくたび春の花を見つらむ

〈中略〉

いつとだに憂き身は思ひわかれぬに見しに変はらぬ春の曙　（348頁）

ここでは「あけぼの」の時間帯を「朝ぼらけ」と詠じており、同時間であることがわかる。どうやら「朝ぼらけ」は決して短い時間帯ではなく、むしろ比較的長い時間帯ということになりそうだ。それが小林説の真意であろう。だからこそ薄明るい「朝ぼらけ」も暗い「朝ぼらけ」も可能なわけだし、「あけぼの」とも重なるのである。

五、「朝ぼらけ」と「暁」の重なり

ここで参考のために、和歌の例から「朝ぼらけ」と「暁」が重なっていると考えられる例をあげておきたい。たとえば『拾遺集』の、

山寺にまかりける暁に、ひぐらしの鳴き侍りければ　左大将済時

あさぼらけひぐらしの声聞こゆなりこや明けぐれと人のいふらん　（四六七番）

は、詞書に「暁」とあり、それを受けて「あさぼらけ」・「明けぐれ」と詠んでいるのだから、

両者が同じく暗い時間帯を指している（共有している）ことは明らかである。もっともこの歌は「あさぼらけ」であるにも関わらず「ひぐらし」（日暮し）が鳴いていることに着目し、だから「明けぐれ」（掛詞）というのだと洒落ている点が主眼であろう（言語遊戯）。本来の「明けぐれ」は夜明け前の暗い時間帯のことであり、暗いからこそ聴覚（蟬の声）を機能させているのである。

これ以外にも両者が重なっている平安中期の例を、小林氏は論文の中で私家集からいくつかあげておられる。まず『実方中将集』の、

　　暁の霜白し

霜かとて起きて見つれば月影に見てまがはせる朝ぼらけかな　（二八七番）

だが、詞書に「暁」とあって歌に「朝ぼらけ」とあるのだから、これも同一時間であることは疑いようもあるまい。なお「月影」（有明の月）を「霜」と見まがうという発想は、李白の漢詩「静夜思」の一節、「牀前看月光、疑是地上霜」が踏まえられているのであろう。

続いて『大斎院前御集』の、

　　馬、汗（月の障り）にてまだ暁におるれば、薄に結びつけて　進

花薄朝ぼらけこそ恋しけれうちそよめきて別れつるけさ　（二〇一番）

も、詞書に「暁」とあって歌に「朝ぼらけ」が詠み込まれているので、同一時間帯と見てよさ

そうである。次に『大納言公任集』の、

夜一夜尊きことを聞き明かして、暁方に見れば、夜散りける花の遣水の浪に寄せられて、蘇芳貝のさまなるに、桜貝とはこれをやなどいひて、

夜もすがら散りける花を朝ぼらけ明石の浦の貝かとぞ見る　（四二番）

があげられる。これも詞書に「暁方」とあって、歌に「朝ぼらけ」とある。この場合、「暁方」とあるので、「夜一夜」「夜もすがら」から日付変更時点を過ぎて翌日（暁・午前三時）になったばかりであろう（だから「明かし」・「明石」）。そうなると小林説のように「朝ぼらけ」の始まりは「暁」の始まりと一致することになる（まだ真っ暗）。なお「見れば」とあるが、まだ夜は明けておらず外は暗いはずなので、この場合は松明《たいまつ》か月の光などによって見ていることになる。

同じく『大納言公任集』には、

暁月夜に、石山より出で給ふとて、関のあなたにて月の入らぬさきに歌一つとのたまひければ、ゆきより

逢坂の関まで月は照らさなむ杉のむら立ち木暗かるらん　（三八三番）

といひたれば

ともに行く月なかりせば朝ぼらけ春の山路を誰に問はまし　（三八四番）

とある。これは贈答歌だが、詞書に「暁月夜」（有明の月）とあって、答歌に「朝ぼらけ」が詠

まれているので、これも同じ時間帯と考えられる。もちろん「暁」に石山寺を出発してから逢坂の関を通過するまでの時間は経過しているだろうが、それでも時間の重なりは認められる。

最後に『赤染衛門集Ｉ』（私家集大成）の、

法輪に籠りたりしに、暁に蔀を押し上ぐる人の、鹿のいと近くもありけるかなといひしに、

朝ぼらけ蔀を上ぐと見えつるはかせぎの近く立てるなりけり　（三五一番）

があげられる。詞書に「暁」とあり、歌に「朝ぼらけ」とあるので、これも同一時間と見て間違いあるまい。この場合、「かせぎ」（鹿）は見えたのではなく鳴き声を聞いたのではないだろうか。

六、時間表現の重なり

ここまできて「暁」周辺に「有明の月」がしばしば登場していることに気が付いた。そこで守備範囲を広げて「暁」と「有明」が一緒に詠まれた歌を調べてみたところ、

有明のつれなく見えし別れより暁ばかり憂きものはなし　（『古今集』六二五番）

の一首しか見つからなかった。これは和歌としては珍しい組合せのようである。また『金葉集』には詞書に「暁」があって、歌に「有明（の月）」が詠まれた歌が複数認められる。

行路暁月といへることをよめる　　権僧正永縁　（二一三番）

・もろともに出づとはなしに有明の月の見送る山路をぞ行く

暁聞鹿といへることをよめる　　皇后宮右衛門佐　（二三三番）

・思ふこと有明がたの月影にあはれをそふるさを鹿の声

宇治前太政大臣白河家にて、関路暁月といへる事をよめる　　藤原範永朝臣　（三奏本二一一番）

・有明の月も清水に宿りけりこよひは越えじ逢坂の関

また『千載集』には有名な、

暁聞郭公といへる心をよみ侍りける　　右大臣　（一六一番）

ほととぎす鳴きつる方をながむればただ有明の月ぞ残れる

がある。これらは実景ではないものの、「暁」題で「有明」を詠んでいるのだから、時間帯として重なっていることがわかる。まだ暗いからこそ月が印象的なのであるし、聴覚（鳴き）が有効なのであろう。なお「暁」と「有明」が強い関連を有していることは、既に細田恵子氏の調査によって明らかにされている。(15)

もちろん散文の『枕草子』二七四段にも、

暁に行くとて、今宵おはして、有明の月に帰りたまひけむ直衣姿などよ。（423頁）

とあるので、夜のうちに訪れた男が帰った時間は、「暁」かつ「有明」ということになる。「有明」と「朝ぼらけ」は一首だけ重なっていた（前掲の是則歌）。これによって「有明」は、「暁」と「朝ぼらけ」を含む比較的長い時間帯ということになりそうだ。月は出てから入るまで長時間空にあるので、自ずから時間表現とも重なってくるわけである。(16)

続いて「朝ぼらけ」と「しののめ」が重なっているものとして『能宣集』に、

八月

朝ぼらけたつきり原の駒の足をしののめ払ひ見にもくるかな　（三九九番）

とある。一首だけだが、「朝ぼらけ」と「しののめ」が一緒に用いられているので、これも同じ時間を共有していると見てよさそうである。ただしこの「しののめ」は単なる植物名かもしれない。次に「しののめ」と「有明」が重なっている歌としては、時代は少し下るが『新古今集』の西行歌、

有明は思ひ出であれや横雲のただよはれつるしののめの空　（一一九三番）

をあげておきたい。この歌によって、「有明」と「しののめ」は同一時間を共有していることがわかる。この場合の「有明」は前述の『古今集』と同様、「有明」だけで「有明の月」を意味している。いずれにせよ「有明」は、「暁」「朝ぼらけ」「しののめ」と同一時間を共有している（含み込んでいる）ことが確認できた。これらは明るくなる時間ではなく、暗い時間を表わしているとも見ることができる。

残った「あけぼの」は原則非歌語であるが、『紫式部集』に、

七月ついたちころ、あけぼの成けり、返し

しののめの空霧渡りいつしかと秋のけしきに世はなりにけり　（一〇九番）

とあるので、「あけぼの」と「しののめ」の時間が重なっていることも確認できた。

実はこのことは古く『能因歌枕』に、

・暁をば、たまをしげ、あけぼの、しのゝめと云。　（『日本歌学大系第一巻』79頁）

・暁をば、ありあけといふ。　（80頁）

と説明されていた。以上、和歌と詞書の調査によって、時間表現が意外に重なっていることが明らかになった。こうなると時間表現を時間軸に沿って順番に並べることはできそうもない。むしろ横並びにして、その重なりを考えるべきである。

まとめ

時間表現は、第一に「暁」という限定された時間帯を表わすものと、「あけぼの」・「しののめ」という比較的短い、それでいて流動的な時間帯を表わすものに分類されている。また「朝ぼらけ」に関して、従来は「あけぼの」「しののめ」の後の明るくなる時間帯に位置づけられていたが、最近は「暁」と同じ時間帯として考えられつつある。果たして「朝ぼらけ」は、小

林説のように「暁」とぴったり重なる長い時間帯なのかどうか、もう少し詳細な用例の分析が必要であろう[17]。

それにしても「朝ぼらけ」が案外長い時間帯を有していることで、明るい意味も暗い意味も合わせ持っていることを提起したい。それが認められれば、たとえ徳原氏の時代的変遷が否定されたとしても、時代的趣向（解釈）の変遷ということなら容認できるかもしれない。という以上に、暗いか明るいかは極めて微妙な問題であり、一律に決められるものではない。

一方の「あけぼの」については、当初は散文語（新語）であったものが、『源氏物語』で多用され、歌にも詠まれるようになったことで、いつしか「しののめ」との用法の違いが消滅（曖昧化）してしまった。もっといえば、「あけぼの」が「しののめ」に取って代わったことにもなる（新旧交替）。そのために用法あるいは解釈の混同が生じたと分析しておきたい[18]。

これで疑問がすべて解決されたわけではないが、少なくとも時間的に序列がある（縦並び）とされていた表現が、むしろ重なって（横並びに）使用されていることが指摘できた。そうなると従来の辞書の説明は、すべて再考を要することになる。今後は縦並びではなく横並びとしての時間表現を考えるべきであろう。当然、複数の語の時間の重なりということが焦点になるはずである。その上で明るいのか暗いのか、その両方を合わせ持つのかなど、文脈の中で再検討すべきであろう。

最後に申し添えておきたいことがある。それは時間の概念が現在まで統一されていないことである。平安時代と江戸時代で大きく異なることは述べた。それだけでなく、平安時代と奈良時代あるいは鎌倉時代でも異なる可能性がある。平安時代にしても宮中とそれ以外、都と地方、貴族と武士でも同じとは断言できない。そういった点にも十分配慮する必要があるということである。ひょっとすると平安朝においてさえ、時間表現の認識にずれが存するのかもしれない。正しい答えは示せなかったが、少なくとも問題提起はできたはずである。

注

(1) 細かくいえば、他に「有明」・「あさけ」・「あけぐれ」・「かはたれ」・「いなのめ」・「暁闇」・「早暁」・「払暁」などもあげられる。このうちの「有明」(有明の月)は、むしろ暗い時間帯(後朝の別れ)に詠まれることが多い(吉海直人『『源氏物語』「後朝の別れ」を読む―音と香りにみちびかれて―』(笠間選書)平成28年12月)。なお順徳院の『八雲御抄』巻三の「暁」には、しのゝめ。山かづら。あり明。あけくれ。暁をば万にあかときとも云り。たまくしげ(暁名也)。あかつきこめて(夜中心也)。しぎのはねがきなどよめるはたゞ暁あることなり。ね覚といふ同事なり。いなのめともいへり(稲目とかけり。在六帖)。いなびめいなのめ同事也。万十にいなのめのあけゆくといへり。これあかつき也。あかつきを明がたとはよむべからざるよし定家説也。暁をば鳥のこゑ、鐘の声、月残るなどもよむ。

（『日本歌学大系別巻三』294頁）

と述べられている（ここに「あさぼらけ」・「あけぼの」は見当たらない）。

（2）小林賢章氏『アカツキの研究―平安人の時間』（和泉選書）平成15年2月。なお『源氏物語』における時間表現の用例数は、「暁」65例・「あさぼらけ」19例・「あけぼの」14例・「有明」12例・「あさけ」3例・「しののめ」3例となっている。

（3）小林賢章氏『「暁」の謎を解く―平安人の時間表現』（角川選書）平成25年3月。なお『万葉集』には「あかときのかはたれ時に島かぎを漕ぎにし船のたづき知らずも」（四三八四番）がある。これなど「あかとき」が「薄暗い（薄明るい）」時間帯（かはたれ時）を含んでいる証歌になるのではないだろうか。ただし平安時代以前は定時法ではないので、その違いが歌に反映しているのかもしれない。

（4）宮中では漏刻によって時刻を知ることができたが、それ以外の場所、特に地方では自然時法に頼らざるをえなかったはずである。となると、当時の日本の時刻は統一されていなかったことになる。

（5）『和泉式部日記』にも敦道親王のことが、「あけぼのの御姿の、なべてならず見えつる」（32頁）と描かれている。

（6）物語における「暁」前半の重要性は、吉海直人『『源氏物語』「後朝の別れ」を読む』（笠間選書）平成28年12月で論じている。

（7）角川『古語大辞典』の「しののめ」項には、「古代の原始的住居においては、明り取りに篠竹を粗く交差させて編んだ。これを篠目といい、明け方に近づくとここから明りがさしてくるので、「しののめの明く」といういい方が生じ、その「しののめ」が独立的に明け方を意味する名詞に用いられるようになったのであろう」と解説されているが、これだと暗い時間帯についての説明がつかない。また「東雲」という漢字表記について言及されていないのは言葉足らずであろう。もっとも「東雲」の用例は時代が下るようである。

（8）吉海直人『源氏物語』「あさけの姿」考」国語と国文学97—6・令和2年6月（本書所収）

（9）徳原茂実氏「朝ぼらけ有明の月と見るまでに」『百人一首の研究』（和泉書院）平成27年9月。石田穣二氏「「あけぼの」と「あさぼらけ」」『源氏物語論集』（桜楓社）昭和46年11月。また原由来恵氏「三巻本『枕草子』「春はあけぼの」章段のしくみについての私見」二松学舎大学論集57・平成26年3月や、久保田淳氏「藤原俊成の「あけぼの」の歌について—歌ことば「あけぼの」に関連して—」日本学士院紀要70—1・平成27年9月も参考になる。

（10）小林賢章氏「アサボラケ考」同志社女子大学学術研究年報63・平成24年12月。小林氏は通説化しつつある時間表現について果敢に異議申し立てをしておられるのだが、それに対する賛否の声が外野からなかなかあがってこない。

（11）注（2）参照

（12）注（3）参照。また吉海直人「書評　小林賢章著『「暁」の謎を解く』」同志社女子大学日本語日本文学28・平成28年6月（本書所収）参照。

（13）注（10）参照。「朝ぼらけ」と「あけぼの」の使い分けや用法の違いについて、さらに研究を深めていただきたい。という以上に、是非その根拠となる用例（証歌）をあげて論じていただきたい。

（14）小林説のように「暁」を午前五時までとすると、冬は真っ暗になる。それもあって「あけぼの」・「しののめ」はそれに接続する時間なのか、それとも五時以前は部分的に重なるのか不明瞭である。「朝ぼらけ」の終了時間、あるいは「あけぼの」・「しののめ」との重なりについて、もう少し詳細に例をあげて論じていただきたい。なお稲賀敬二氏は「春の曙は清女の発見か」という見出しで以下のように述べておられる。

「あけぼの（曙）」という言葉は『万葉集』・『竹取物語』・『伊勢物語』・『土佐日記』などにはなく、『古今集』・『後撰集』にもあらわれない。『蜻蛉日記』にはじめてあらわれ、『枕草子』も実は冒頭の一例に過ぎない。『源氏物語』に一躍十余例を見るが、その後も散文の方ではあまり使われず、どちらかといえば「あさぼらけ」という語の方が多く用いられていたようである（『枕草子』二例、『源氏物語』十九例、『古今集』・『後撰集』各一例）。そしてそれよりもっと多く使われるのが「あかつき」「あかつきがた」などの語であった。

「あけぼの」「あさぼらけ」「あかつき」など、各々の語感の相違を明確にすることは困難だが、『新古今集』になると、「あけぼの」は歌語として完全に定着する。『源氏物語』で「春の曙」と熟した例は、紫上の容貌描写と、春の御方とよばれるようになる紫上の嗜好に関するものがあり、このあたりが新古今時代の『源氏物語』尊重の風潮と合するようになる傾向を醸成したのかもしれない。

ともあれ、言葉の上だけで見ても、「春」の美の焦点を「曙」にしぼって書いたのは、清女の発見と申してよかろう。

（稲賀敬二氏他『枕草子・大鏡』（尚学図書）昭和55年5月・28頁）

ここで稲賀氏は「あけぼの」と「あさぼらけ」について、用例数の多少について言及しておられる。当然、歌語・非歌語も検討されているのであろう。

（15）細田恵子氏「八代集のありあけのイメージ」文学史研究15・昭和49年7月。

（16）有明の月の場合、暁以前から出ていることもあるし、暁以後の空に残っていることもある。そのため、かつては夜明けの空に出ている月とされていたわけだが、古典文学ではむしろ「後朝の別れ」の空に出ている月とすべき例が多い。

（17）かつて「朝ぼらけ」という歌語は、「多く秋や冬に使う」（岩波『古語辞典』）と説明されていた。なるほど『百人一首』の3例はすべて冬の歌であった。ところが「朝ぼらけ」の用例を調べてみると、第一に意外に用例が少ないことに気付く。第二に春の歌が最も多いこと、第三に恋の歌は道信の「明けぬれば」歌が勅撰集初出であることがわかった。

（18）あくまで私見であるが、『枕草子』初段の「春はあけぼの」は、その背景に男性との後朝の別れが想定されないだろうか。男を見送った後に見上げた山の光景とすれば、「あけぼの」にぐっと余韻や深みが感じられるからである。

追記

上野辰義氏が「「春はあけぼの」と「春のあけぼの」―枕草子第一段雑考―」京都語文8・平成13年10月、同「源氏物語にみえる「しののめ」の歌」むらさき38・平成13年12月を書かれていることに後から気が付いた。特に前者の論文は『枕草子』初段の考察でありながら、「しののめ」「あさぼらけ」「あけぼの」の用例も詳細に検討されている。小林氏が上野論を引用されていないこと、逆に上野氏が小林論を引用されていないことが惜しまれる。

第七章　「ほのぼのと明く」の再検討
――『伊勢物語』第四段を起点にして――

はじめに（『伊勢物語』の時間表現）

『伊勢物語』は短編のためか、後朝の時間表現がほとんど見当たらない。たとえば一般的な「あかつき・朝ぼらけ・あけぼの・しののめ・有明」などは1例も用いられていない。『源氏物語』においては、あかつき65例・朝ぼらけ19例・あけぼの14例・しののめ3例・有明12例もあるのに比べると、短編とはいえ『伊勢物語』の時間表現はあまりにも貧弱すぎるのではないだろうか。

同様に夜の時間を表わす「夜中・夜一夜・夜もすがら・夜をこめて」も見当たらない。かろうじて「夜半」1例（二三段）・「夜更け」2例（六段・四五段）があげられるくらいである。もっとも単独の「夜」なら33例もあるし、複合語の「千夜」2例（二二段）・「一夜」5例（二二段・六九段・八一段）・「八千夜」1例（二二段）・「夜さり」1例（六二段）も用いられている（二三段に用例が多い）。やはり『伊勢物語』も夜の時間帯に活動していることがわかる。

それに対して昼の時間表現としては、「ひぐらし」1例（四五段）・「昼」1例（六七段）・「ひねもす」1例（八五段）くらいしか用いられていない。「夕」にしても「夕影」1例（三七段）・「夕暮」2例（八三段・九一段）・「夕さり」1例（六九段）程度である。

ここでは「夜」が明けるというか、日付が翌日になる時間帯に注目してみたい。そこで「夜の明く」「明く」「明かす」表現を調べたところ、

1夜を明かし（二段）
2夜のほのぼのと明くる（四段）
3はや夜も明けなむ（六段）
4やうやう夜も明けゆく（六段）
5夜も明けば（一四段）
6明けはなれて（六九段）
7明けば（六九段）
8夜やうやう明けなむとするほど（六九段）
9明くれば（六九段）
10夜明けもてゆくほど（八一段）

11明かしたまふ（八三段）

の11例も用いられており、決して少ないとはいえないことがわかった。特に六九段の伊勢斎宮譚には「明く」が4例（6～9）も集中して用いられている。これは「明く」が男女の後朝の別れに関わる時間帯だからであろう。[1]

そうなると短編の『伊勢物語』は、長編の『源氏物語』とは異なる視点から、「後朝の別れ」をめぐる時間表現が描かれていることになる。本章では『伊勢物語』における「夜の明く」の中でも、特に「夜のほのぼのと明くる」（第四段）という複合表現に注目して考えてみたい。

一、「ほのぼのと」「明く」の辞書的意味

その前に辞書の説明に耳を傾けてみよう。まず「明く」だが、『全訳読解古語辞典第五版』には、

①夜が明ける。明るくなる。

②年・月・日があらたまる。

とある。普通「明く」というと、たいていは夜が明ける（明るくなる）と解釈されている。しかしながら実際に古典を読んでみると、夜明けではない「明く」が少なからず認められる。もちろん第一義に「夜が明ける」があってもいいのだが、その次に「翌日・翌月・翌年になる」

の意味があることを忘れてはなるまい。これに関しては、小林賢章氏が繰り返し警鐘を鳴らしておられる[2]。要するに「明く」には「夜が明ける」意味だけでなく、「翌日になる」意味もあるということだ。しかも平安朝文学（恋物語）には案外②の用法が多いようである。

②の中の「日があらたまる」とあるのは、暦日としては日付が変わる（あらたまる）ことである。具体的には日付変更時点の寅の刻、つまり午前三時になることを意味している（それは即ち「後朝の別れ」の時間）。もちろんその時刻は夏でも真っ暗である。そうなると「明く」とあった場合は前後の文脈を見て、あたりが視覚的に明るくなっているのか、それともまだ暗いのかを判断して意味を決めなければならないことになる。ややこしいが、これまで「明く」とあれば自動的に「夜が明ける」としていたので、何割かは読みを誤っている可能性がある。特に暗い時間帯に行われる「後朝の別れ」との時間的ずれが問題になりそうだ。

次に「明く」と融合している「ほのぼのと」を考えてみたい。辞書ではほとんど「ほのぼの」（副詞）で立項されている。『全訳読解古語辞典第五版』には、

①かすかに。ほのかに。ほんのり。

②それとなく。うすうす。

とあるが、この説明では「ほのぼのと」の時間的な問題点は全く見えてこない。さすがに岩波『古語辞典』では、

①あけぼののうす明るいさま。

②薄くぼんやりとしたさま。

③夜がほのぼのと明ける頃。ほのぼのあけ。

と、①③で具体的な夜明け近く（あけぼの）の薄明るさを押し出している。反面、『全訳読解古語辞典第五版』にあった②「それとなく。うすうす」の意味は捨象されている。辞書によってこれだけ違っていることには留意すべきであろう。

これを踏まえた上で、「夜のほのぼのと明く」を検討してみたい。幸い『日本国語大辞典第二版』の語誌に、

中古の用例では、副詞「ほのぼの」と、「と」を伴った「ほのぼのと」の間に、用法上の差異が認められる。「ほのぼのと」は、（イ）「明（あく）」に連接するもの、（ロ）そうではないが、明らかに夜明けの描写とわかるもの、（ハ）「明石」にかかって枕詞的に用いられるもの、この三つの場合にほぼ限定され、ほんのりと白んでいく夜明けの情景を象徴的・感覚的にとらえる語で、擬態語的要素が濃厚である。一方、「ほのぼの」は、視覚・聴覚・嗅覚、または心的作用でかすかに把握される状況や状態の描写に用いられるが、人事に関するものに限られる。

と出ており、ここで「ほのぼのと」と「ほのぼの」の中古における用法の違いが明確に述べら

れていた。同様のことは小学館『古語大辞典』の語誌にも、

「と」の付いた「ほのぼのと」が中古ではほとんど例外なく曙の感覚の表現に用いられて

いるのに対して、「ほのぼの」にはそれがないという。（小嶋孝三郎）

と区別されている。(3) 特に「中古では」「曙の感覚の表現」とあるのは興味深い。これは前述の岩波『古語辞典』にも通じるようである。また角川『古語辞典』の補注にも、

「ほのぼのと」の形では夜明けに関して用いる場合が多く、「ほのぼの」の形では、「見る」「聞こゆ」「知る」などを修飾して用いることが多い。

とコメントされている。

こういった説明によって、「ほのぼのと明く」は一層夜明けやあけぼのの薄明の意味を強めていった。もちろんこれは「ほのぼのと」自体に明るくなる意味（擬態語的要素）を含んでいると見ているからに他ならない。注意すべきは、この解釈は旧来の「明く」の解釈を踏襲しており、日付変更時点としての「翌日になる」の意味が欠落していることである。だから視覚的なあけぼの（薄明）と限定されているのである。果たして「ほのぼのと」がついた「明く」は、すべて薄明るくなる「夜明け」としていいのだろうか。

それとは別に、『歌ことば歌枕大辞典』（角川書店）では、

新古今時代に多用されるに至っては、従来の修辞性を排除した型の「ほのぼのと春こそ空

にきにけらし天のかぐ山霞たなびく」（新古今集・春上・二・後鳥羽院）や「霞たつすゑの松山ほのぼのと波にはなるる横雲の空」（同三七・家隆）の、自然情景をより情調的に構成した、気分情趣の濃い、感覚的な歌が、新たに生まれた。（田中初恵）

とあって、新古今時代に和歌に多用されていること、それに伴って「ほのぼのと」の詠み方（用法）が従来の用法から大きく転換していることが指摘されている(4)。

どうやら『日本国語大辞典第二版』などで中古に限定されていたのは、中世に至って「ほのぼのと」の和歌の用法が大きく変化しているからであろう。というより、中古においてはほとんど歌に詠まれていないというべきかもしれない。これらを踏まえて具体的な用例にあたって再検討してみたい。

二、『伊勢物語』の「ほのぼのと明く」

早速、『伊勢物語』第四段の例を見てみよう。本文は以下の通りである。

むかし、東の五条に、大后の宮おはしましける西の対に、すむ人ありけり。それを。本意にはあらで、心ざしふかかりける人、ゆきとぶらひけるを、正月の十日ばかりのほどに、ほかにかくれにけり。あり所は聞けど、人のいき通ふべき所にもあらざりければ、なほ憂しと思ひつつなむありける。またの年の正月に、梅の花ざかりに、去年を恋ひていきて、立ちて見、ゐて見、見れど、去年に似るべくもあらず。うち泣きて、あばらなる板敷に、月のかたぶくまでふせりて、去年を思ひいでてよめる。

月やあらぬ春やむかしの春ならぬわが身ひとつはもとの身にして

とよみて、夜のほのぼのと明くるに、泣く泣くかへりにけり。（116頁）

第四段の末尾にある「夜のほのぼのと明くる」に注目していただきたい。この「夜のほのぼのと明くる」は、「夜が明けて明るくなる」意味なのだろうか、それとも「翌日になる」（まだ暗い）意味なのだろうか。旧来の説だと、昔男は夜が明けて（明るくなって）から帰ったことになっている。それを翌日になる意味で解釈すると、まだ真っ暗な頃に帰ったことになる。それくらいどちらでもよさそうだが、男女の別れ（後朝）ということでは、日付が変わる暁（午前三時、まだ暗いうち）の方がふさわしい。これに関しては既に保科恵氏・小林賢章氏によって、旧説に対する反論[5]が出されているので、それを参照させていただいた。

ここで決め手となるのは、文中の「月のかたぶくまで」である。まず第四段の前半部に、女が他に隠れたのは「正月十日ばかり」とある。それに対して後半には「またの年の正月」としか書かれていない。昔男は女と最後に逢った日を意識しているのだろうか、それとも女が隠れた（逢えなくなった）日を意識しているのだろうか。これについて、これまでほとんど考慮されていなかったのか、適切なコメントが見当たらない（決め手がないのかもしれない）。

仮に十日に女が他に隠れたのであれば、昨年の十日の夜に男が女と逢っていたことにはなるまい。となると逢瀬は九日以前でなければ不可能である。それにもかかわらず論理がすりかえられ、昨年の十日には女がいたとして話が進んでいる恐れがある。

もっとも「ばかり」とあるので、女が隠れた日にしても「十日」に限定されるわけではない。それを仮に「十日」の夜だと仮定すると、十日の上弦の月は午前二時頃には沈んでしまう。これが九日以前だと、もっと早く沈むことになる。加えて「月のかたぶく」というのは、月が沈むより時間的には前になりそうだ。

月を中心に考えれば、「十日」に最後に逢って、その後（十一日）に女は他に隠れたとすれば筋は通る。これに類似したことが『土佐日記』一月十一日条にあるので、それも見ておきたい。

十一日。暁に船を出だして、室津を追ふ。人みなまだ寝たれば、海のありやうも見えず。ただ、月を見てぞ、西東をば知りける。かかるあひだに、みな夜明けて、手洗ひ、例のことどもして、昼になりぬ。（27頁）

ここは「暁」に船出しており、まだ暗いので月の位置を見て東西の方角を知ったとある。ここだけ見れば、単純に西に傾いている月を見て方角を知ったと解釈して納得してしまうところである。しかし前述のように、『伊勢物語』第四段で十日の月は午前二時頃沈むことがわかっている。十一日にしても、月は暁になる前後に沈んでしまう。これについて新編全集の頭注には何も触れていなかったが、さすがに萩谷朴氏『土佐日記全注釈』では、

奈半利（地名）における陰暦正月十日の月を、昭和三十九年に例をとって算定すると、翌十一日午前三時七分に沈むことになっている。（182頁）

と、月の入りの時刻を奈半利（高知県）という場所まで限定して論じられている。

これだと午前三時を過ぎているので、日付は十日から十一日に変わっている（日付変更時点の前後は注意を要する）。これを根拠に、萩谷氏はここを脚色虚構としておられるが、暁に船出したのであれば、ぎりぎり西に沈む直前の月が見えた（方角が判断できた）可能性もある。いずれにしても、十一日未明の月は午前三時前後に沈むことに留意していただきたい。(6)

あらためて第四段を見ると、「月やあらぬ」歌は月が傾いた後に詠まれている。そうなると眼前にあった月（もちろん満月ではない）は、昔男の目にはもはや見えていないかもしれない（邸の建っている方角も気になる）。だからこそ「月やあらぬ」となるのではないだろうか。

もう一つ気になるのは「梅の花ざかり」である。何故わざわざ「梅の花ざかり」と書かれているのだろうか。というより正月十日は、梅の花盛りにふさわしいのだろうか（少し早い気もする）。参考までに同歌が掲載されている『古今集』七四七番の詞書を見ると、「十日あまり」となっている。「ばかり」と「あまり」で大きな差はないようにも思えるが、「あまり」だと九

日は除外され、「十日＋α」という意味合いが強くなる。梅の花盛りということではむしろ「あまり」の方が納得できそうだ。

仮にこれを最大限の十五日頃に設定すると、月は満月になるし、月の入りは日の出の時間と近接する。仮に「ほのぼのと明くる」を夜が明ける意味にしたいのなら、十五日頃と見るのがふさわしい。少なくともそれで時間のロスはなくなるはずである。いかがであろうか。

話を戻して、眺めていた月が沈んでしまったら、男はどうするだろうか。おそらく帰るしかあるまい。それが「夜のほのぼのと明くる」時刻だったとすると、この「明くる」は日付が変わる午前三時過ぎの方がふさわしい。という以上に、十日だと月が沈んでから日の出までに四時間以上もあるのだから、間延びした展開になってしまいかねない。(7) そんなことは注釈書では検討済みなのであろうか。

こうなるともう少し第四段の「ほのぼのと明くる」についてこだわる必要がありそうだ。あらためて用例を調べてみたところ、この「ほのぼのと」は上代には用例が認められず、その初出は『伊勢物語』か『古今集』仮名序にある人麿の歌、

ほのぼのと明石の浦の朝霧に島隠れゆく舟をしぞ思ふ　（四〇九番）

のどちらかであった。人麿とあっても、決して「人麻呂」本人が詠んだ歌ではないので、上代の作ではない。これを『古今集』の歌として見た場合、「ほのぼのと」は「明」の枕詞であり、

さらに「明く」と「明石」が掛詞になっている。これは上代にはない平安時代の技法なので、「ほのぼのと明く」は『古今集』（平安時代）から始まっている表現・技巧といってよさそうである（『伊勢物語』は散文的用法）。

三、『伊勢物語』以外の「ほのぼのと明く」

「ほのぼのと」歌の場合、下に「朝」とあることも含めて、夜が明ける頃と見ている人も少なくないようだ。この人麿歌と雰囲気が似ている歌が『万葉集』の、

　暁のかはたれ時に島影を漕ぎにし船のたづき知らずも　（四三八二番）

であろう。「暁」の中の「かはたれ時」(8)であるから、真っ暗闇ではなさそうだ。ただし人麿歌には「思ふ」とあって「見る」とはないので、必ずしも視界が開けているわけではあるまい。もちろん薄明りでもいいし、これを月明かりと見てもかまわない。

それ以外に『宰相中将君達春秋歌合』では、

　ほのぼのと明くるあかつきの空のけしき

とあり、これなど「あかつきの空」が「ほのぼのと明」けていくとも見ることができるし、「ほのぼのと明」けた結果「暁」になったと見ることもできる（当然まだ暗い）。『伊勢物語』第四段の例は、この歌に近い用例ということになりそうだ。

こんな有名な例が、これまで妄信的に夜が明けるという固定的な解釈で考えられていたのである（常識の落とし穴）。だからこそ保科氏や小林氏が異議申し立てをされているのである。仮にお二人の見解が正しいとすると、古語辞典や古文の教科書の説明、さらには『伊勢物語』第四段の解釈はすべて修正しなければならなくなる。そこで慎重にもう少し用例の検討を行ってみたい。

『伊勢物語』に続いて『平中物語』三四段に、

さて、この男、ときどきいくところありけるに、ほのぼのと明くるほどにぞ、帰りける。（518頁）

とある。これは章段の中に「板敷」とあるし、梅ならぬ桜の歌を詠じている点、また「帰る」が共通していることなど、『伊勢物語』第四段のパロディとなっているようだ。この平中の話は、女の家からの帰り道に、以前つきあっていた浮気な女が高貴な男性を送り出しているところ（後朝場面）を目撃しているのであるから、「明くる」は「夜明け」よりも「午前三時過ぎ」（暗い時間）の方がよさそうである。

続いて『蜻蛉日記』にある「ほのぼのと明く」の2例を検討してみたい。まず唐崎祓いの条には、

寅の時ばかりに出で立つに、月いと明し。わがおなじやうなる人、またともに人ひとりば

かりぞあれば、ただ三人乗りて、馬に乗りたるをのこども七八人ばかりぞある。賀茂川のほどにて、ほのぼのと明く。（193頁）

とある。この場合は寅の時（午前三時）に出立して、賀茂川のあたりで「ほのぼのと明く」とある。寅の時に一度「明け」ており、それから出立して時間が経過しているのであるから、二度明けることはあるまい。これは六月二十余日（夏）のことなので、この場合は、あたりが明るくなってきたと見るべきであろうか。もちろん家を出て賀茂川に着くまでにたいして時間がかかっていないとすれば、明るいのは月明りということも考えられる（「月いと明し」とある）。特に古典においては月の有無に留意すべきであろう。

もう一例は「石山詣で」の条に、

勢田の橋のもとゆきかかるほどにぞ、ほのぼのと明けゆく。千鳥うち翔りつつ飛びちがふ。ものあはれに悲しきこと、さらに数なし。（210頁）

とある。これはその前に、

明けぬといふなれば、やがて御堂より下りぬ。まだいと暗けれど、湖の上白く見えわたりて、（209頁）

とあるように、「明け」（午前三時）てから石山寺を出発して帰途についている場面である。その途中、「空を見れば、月はいと細くて、影は湖の面にうつりてあり。」（209頁）・「まだものたしかにも見えぬほどに、遥かなる楫の音して、心細くうたひ来る舟あり。」（210頁）に続く二度目の「明く」であり、飛び違っている千鳥が見えているようだから、ここは夜が明けて明るくなる意味とせざるをえまい。

もっとも千鳥は見えているのではなく、鳴き声でそう判断しているともとれなくはない。「明けぬ」にしても下に「まだいと暗けれど」とあるので、これを確述の意味にとれば「もうすぐ明けそうだ」の意になる。そうすれば午前三時前に出立したことになる。以上、『蜻蛉日記』の2例は夜が明ける（明るくなる）と見ても、午前三時以降としてもどちらも通りそうである（どちらかには決めがたい）。

『うつほ物語』にも「ほのぼのと明く」が2例用いられている（吹上下巻は「ほのぼの御覧ぜし」（523頁）なので除外した）。

蔵開上巻には、

ほのぼのと明け離るるほどに、良中将下りて、陵王を折れ返り、なき手を舞ふ。そこらの人、驚くこと限りなし。（368頁）

とある。「明け離る」とあるので明るくなったようにも思えるが、その直前に「今宵は召し上げよや」（368頁）とあるので、これも「今宵」（今夜）から続く午前三時を過ぎるとした方が妥当ではないだろうか。

もう1例は楼の上下巻の、

ほのぼのと明けゆくに、風の音はせで、空少し霧りわたり、澄みたり。（607頁）

である。これは直前に「暁の調べ」・「暁になりける」・「暁なれど」・「暁に合はせて仕うまつる」と暁であることが執拗に繰り返されていた。またこの直後には、

灯影《ほかげ》の明かきに、いぬ宮の、白ううつくしげにて弾き居たまへるなりけり。（607頁）

とあるので、まだ室内は暗いことが察せられる。だから灯影に頼っているのである。「明けゆく」とあるのは、この場合は暁に向かうのではなく、暁になってからの時間が経過していると見ておきたい。ということで『うつほ物語』の2例は、ともに午前三時以降の暗い時間帯と解釈してもよさそうである。

四、『源氏物語』の「ほのぼのと明く」

『源氏物語』の「ほのぼのと明く」が後朝で用いられている例としては、総角巻があげられる。これは薫と大君、匂宮と中の君という二組の逢瀬を描いている有名なところである。もちろん薫と大君は擬似後朝であった。

夜半の嵐に、山鳥の心地して明しかねたまふ。例の、明けゆくけはひに、鐘の音など聞こゆ。（267頁）

ここは「夜半」「明しかね」とあって、その直後に「明け行く」「鐘の音」と続いているのだから、午前三時（翌日）になったと見るべきであろう。その場合の「鐘の音」は、いわゆる「後夜の鐘」である。その後、薫が匂宮の起床を促すところに、

よろづに恨みつつ、ほのぼのと明けゆくほどに、昨夜の方より出でたまふなり。（268頁）

とあるのだから、これもまだ明るくなっているわけではなさそうだ。「昨夜」とあるのは、日付変更時点の午前三時を過ぎたことで、それ以前を「今夜」ではなく「昨夜」と意識しているからである。

もともと初めての逢瀬の後は早めに別れるようである。そのことは二人が宇治を後にする際、

暗きほどにと、急ぎかえりたまふ。〈中略〉まだ人騒がしからぬ朝のほどにおはし着きぬ。（286頁）

と「暗きほど」とあることによって明白であった。宇治から都までの距離を考えると、むしろかなり早く出立していることになりそうだ。

ところで『源氏物語』の「ほのぼのと」の特徴は、初音巻と真木柱巻（玉鬘十帖）に二度も男踏歌の行事が描かれており、そこに用いられていることである。この男踏歌は正月十四日の年中行事ということで、清涼殿で天皇に新年の祝詞を奏上した後、貴族の邸宅を巡り、夜明け方に宮中に帰参するものである。ということで、

内裏より朱雀院に参りて、次にこの院に参る。道のほど遠くて、夜明け方になりにけり。（158頁）

と記されている。ここにまず「夜明け方」とあり、その後にもう一度、

朱雀院の后宮の御方などめぐりけるほどに、夜もやうやう明けゆけば、（159頁）

と繰り返されており、これを読めば夜明け近くと思ってしまいそうである。しかしその後に、

影すさまじき暁月夜に、雪はやうやう降り積む。（159頁）

とあって、「暁月夜」と出ている。どうやらこのあたりの視界は暁の月（有明の月）の光だったのだ。そして、

ほのぼのと明けゆくに、雪やや散りてそぞろ寒きに、（159頁）

とあり、ここに「ほのぼのと明けゆく」が用いられている。六条院で時間が経過して明るくなったとすることもできるが、その後さらに、

物の色あひなども、曙の空に春の錦たち出でにける霞の中かと見わたさる。（159頁）

とあって、「曙」も用いられている。この「曙」をまだ薄暗い時間帯と見れば、必ずしも夜が明けて明るくなっているわけではあるまい。ただし既に薄明るくなりつつあると見ることはできそうだ。

そして最終的に、

夜明けはてぬれば、御方々帰りたまひぬ。大臣の君、すこし大殿籠りて、日高く起きたまへり。（160頁）

とある。それ以前が「暁」や「曙」の時間だったからこそ、ここで本当に夜が明けたと考えてよさそうだ。ここに「御方々帰りたまひぬ」とあるので、男踏歌の一行は宮中に帰参したのであろう。

次に真木柱巻であるが、

御前、中宮の御方、朱雀院とに参りて、夜いたう更けにければ、六条院には、このたびはところせしと省きたまふ。朱雀院より帰り参りて、春宮の御方めぐるほどに夜明けぬ。ほのぼのとをかしき朝ぼらけに、いたく乱れたるさまして、（382頁）

とあって、今回は時間の都合で六条院訪問は省略されている。そのためもあって、予定通り宮中に帰参できたようである。時間の経過を辿ると、「夜いたう更けにければ」はまだ夜である（丑の刻あたりか）。その後で「夜明けぬ」とあるのだから、これは夜が明けて明るくなったのではなく、午前三時になったとしてよさそうである。「ほのぼのとをかしき朝ぼらけ」は、「朝ぼらけ」が「暁」と重なる暗い時間帯を含んでいると見れば、この「ほのぼのと」にしても視覚的に明るくなったと断言できそうもない（前の「あけぼの」も「朝ぼらけ」と時間的に重なる）。

これに類似しているのが、御法巻の紫の上と明石の君の贈答場面である。

夜もすがら、尊きことにうちあはせたる鼓の声絶えずおもしろし。ほのぼのと明けゆく朝ぼらけ、霞の間より見えたる花のいろいろ、なほ春に心とまりぬべくにほひわたりて、（497頁）

ここも「夜もすがら」（一晩中）という時間が経過して、それが「ほのぼのと明けゆく」に接続しているとすると、これこそ午前三時になったことになる。それが「朝ぼらけ」と同時間というのだから、この「朝ぼらけ」は「暁」と重なった時間帯ということになる。(9) ただし視界が開けているような描写になっている点が気になる。

その後、紫の上は源氏や明石中宮に看取られつつ、

御物の怪と疑ひたまひて夜一夜さまざまのことをし尽くさせたまへど、かひもなく、明けはつるほどに消えはてたまひぬ。（506頁）

と消えゆく露のように息を引き取った。それは「明けぐれの夢」（506頁）の時間帯とも連続しているので、「明けはつ」は夜明けではなく「夜一夜」に続く「暁」（午前三時）であろう。夕霧が紫の上の死顔を見るのも、「ほのぼのと明けゆく光もおぼつかなければ、大殿油を近くかかげて」（509頁）とあるので、室内は暗かったことがわかる。以上のように『源氏物語』の「ほのぼのと明く」は、夜明けよりも暁の時間帯の方がふさわしいのではないだろうか。

五、『源氏物語』以後の「ほのぼのと明く」

『源氏物語』以後の例としては、『更級日記』東山籠りに、

念仏する僧の暁にぬかづく音のたふとく聞こゆれば、戸をおしあけたれば、ほのぼのと明けゆく山ぎは、こぐらき梢ども霧りわたりて、花紅葉の盛りよりも、なにとなく茂りわたれる空のけしき、曇らはしくをかしきに、ほととぎすさへ、いと近き梢にあまたたび鳴いたり。

たれに見せたれに聞かせむ山里のこのあかつきもをちかへる音も　（310頁）

とある。「暁に」「あかつき」と地の文と和歌に二度繰り返されていることから、既に午前三時（後夜）を過ぎていることがわかる。その時間に戸を開けたところ、「ほのぼのと明けゆく山ぎは」が見えたというのだから、多少明るくなっていると見ざるをえまい。ただし「こぐらき梢」とあるので、たとえ夏の「山ぎは」がうっすら明るくても、周囲がまだ暗いことは察せられる。また歌にも「あかつき」と詠まれており、聴覚としてほととぎすの鳴き声も聞こえるのだから、時間的には午前三時過ぎとしたいところである。もちろん「ほのぼのと明けゆく山ぎは」には『枕草子』初段が踏まえられている。[10] あるいは『枕草子』の「あけぼの」が徐々に明るくなると解釈されることで、それにひきずられてここも明るくなると解釈されているのではない

だろうか。

時代は下るが『平治物語』中巻「常葉落ちらるる事」にも、

手に手を組みて、泣き明かす。程なき春の夜なれども、明しかね、あかつきの空を待つ程に、鶏の八声も寺の鐘も聞こえけり。夜もほのぼのと明け行けば、子供を賺《すか》し起こして、出でなんとす。（512頁）

とある。ここは「泣き明かす」とあって、「程なき春の夜」を「明しかね」「あかつきの空を待つ」までが暁以前である。それに続く「鶏鳴」と後夜の「寺の鐘の声」によって暁の到来がわかる。その後に「夜もほのぼのと明け行けば」とあるのだから、これも夜明けではなく午前三時過ぎとしか思われない。

次に『浜松中納言物語』巻三の、

おはせぬほどは心やすうて、御堂にておこなひ明かし給ひければ、やがてそなたにおはしましぬ。ほのぼのと明けゆく空のけしき、春秋の霞、霧よりも劣らず、浅緑なる梢の、何となくけぶりわたりけるほどをながめて、端近う柱に寄りゐておこなひ給ふに、（243頁）

はどうであろうか。これは尼姫君が御堂で勤行しているところに中納言がやってきた場面である。「おこなひ明かし」とあるので、午前三時まで勤行を続けたことがわかる。それに続いて「ほのぼのと明けゆく」とあるのは、既に午前三時を過ぎ、暁の時間が進行しているのであろう。ここは「空」と接続していること、その後に視覚的な描写があるので、それなりに景色が見えているようでもある。

『讃岐典侍日記』下巻には、

従二月朔日、まだ夜をこめて大極殿に参りぬ。西の陣に車寄せて、筵道しきてゐるべきところとてしつらひたるに、参りぬ。ほのぼのと明け離るるほどに、瓦屋どもの棟、霞みわたりてあるを見るに、（436頁）

とある。「まだ夜をこめて」は、暁になる前である。それから時間が経過して、「ほのぼのと明け離るる」時間になるのだから、ここも午前三時過ぎで問題なさそうだ。ただ『浜松中納言物語』と同様に、あたりの景色は見えているようだ。

『とはずがたり』には、まず雪の曙との後朝が、

今日は日暮し九献にて暮れぬ。明くれば、「さのみも」とて帰られしに、「立ち出でてだに見送りたまへかし」とそそのかされて、起き出でたるに、ほのぼのと明くる空に峰の白雪光り合ひて、すさまじげに見ゆるに、（250頁）

と書かれている。ここも「明くれば」とあって、さらに「ほのぼのと明くる」が「空」に続いていることで、明るくなったように思えるが、これを太陽の光ではなく月の光あるいは雪の反射と見れば、まだ暗い暁（午前三時過ぎ）とも考えられる。後朝の別れであるから、その方が

ふさわしいのではないだろうか。なお「九献」とは酒宴のことである。

『有明の別れ』にしても、

ほのぼのとあけゆく月かげに、かぎりなく思ひみだれて、たちいでたまへるねくたれのすがたは、（創英版148頁）

とあり、女大将の美しさを形容している。ここでは「ほのぼのとあけゆく」が「月かげ」を修飾しているので、これは決して明るくなっているのではなく、間違いなく暁の有明の月の光に照らされている。

もちろん視界が開ける例もある。時代は下るが『宇治拾遺物語』巻八—三「信濃国の聖の事」（信貴山縁起）には、

その夜東大寺の大仏の御前にて、「このまうれんが在所、教へさせ給へ」と夜一夜申して、うちまどろみたる夢に、この仏仰せらるるやう、「尋ぬる僧の在所は、これより未申の方に山あり。その山に雲たなびきたる所を行きて尋ねよ」と仰せらるると見て覚めたれば、暁方になりにけり。いつしか、とく夜の明けよかしと思ひて見ゐたれば、ほのぼのと明方になりぬ。未申の方を見やりければ、山かすかに身ゆるに、紫の雲たなびきたる。（256頁）

とあって、時間の経過が「夜」↓「夜一夜」↓「暁方」↓「とく夜の明けよ」↓「ほのぼのと

明方」と克明に記されている。「暁方」（午前三時）になった後でさらに「とく夜の明けよ」と思い、ようやく「ほのぼのと明方」になっているのであるから、これは明るくなっていることになりそうだ。時代が下ると和歌の用法と連動して、夜が明けると解釈できる用例が増加しているようである。

まとめ

以上、「ほのぼのと明く」の用例を検討してきた。従来は「ほのぼのと」という語の響きにひきずられて、視覚的に明るくなると訳されることが多かったが、全体的に明るくない午前三時過ぎの用例が多いことがわかってきた。保科氏・小林氏の説は首肯できそうである。もちろんすべてがそうではなく、『蜻蛉日記』のようにどちらかに決められない例もある。また暁の時間帯でありながら、あたりの景色が視覚的に描写されるものもあり、必ずしも暗いだけではとらえきれそうもない。その中には「あけぼの」や「朝ぼらけ」を含むものも少なくない。その「あけぼの」や「朝ぼらけ」にしても、従来は薄明るい時間帯とされていたが、最近の研究では暗い時間帯として再考されているのだから、(11) 再検討の余地は残されている。もちろん「有明の月」の存在も忘れてはなるまい。

結論として、少なくとも単純に「ほのぼのと明く」を「夜明け」と訳すのではなく、文脈の中でどちらが適しているかを判断すべきだということである。もともと「明く」「夜の明く」に二つの解釈があるのだから、そこに「ほのぼのと」が割り込み、さらに「朝ぼらけ」や「暁」が挿入されたとしても、だからといって「明く」を限定的に解釈することはあるまい。今後は両方の意味があることを前提に、各用例を再吟味して判断していただきたい。

注

（1）吉海直人『『源氏物語』「後朝の別れ」を読む―音と香りにみちびかれて―』（笠間選書）平成28年12月参照。なお第一四段の「鶏鳴」については、同「後朝を告げる「鶏の声」―『源氏物語』の「鶏鳴」―」古代文学研究第二次29・令和2年10月で論じた。

（2）小林賢章氏「「明く」考―『源氏物語』を中心に―」同志社女子大学学術研究年報46Ⅳ・平成7年12月（『アカツキの研究―平安人の時間』（和泉選書）平成15年2月所収）

（3）小嶋孝三郎氏「「ほのぼのと」「ほのぼの」攷―平安朝物語日記等における用例に基づいて―」立命館文学170、171・昭和34年8月参照。

（4）小嶋孝三郎氏「和歌における情趣的用語の考察―「ほのぼの（と）」の用例に基づいて―」立命館文学176・昭和35年1月、石川常彦氏「「ほのぼの」考―新古今的情景構成の論のために―」国語国文43―7・昭和49年7月、東郷吉男氏「「ほのぼの」と「ほのぼのと」―平安時代の用例を中心に―」解釈27―12・昭和56年12月、河原寛氏「「ほのぼのと」覚書」園田学園女子短大文芸10・昭和54年3月（『語林彷徨』（和泉書院）昭和62年6月所収）、佐々木文彦氏「オノマトペの語義の変遷について―「ほのぼの」「つやつや」を例に―」明海日本語17・平成24年2月参照。

（5）保科恵氏「勢語四段と日附規定―「ほのぼのとあくる」時刻―」二松学舎大学論集58・平成27年3月、小林賢章氏「ホノボノ考」同志社女子大学学術研究年報70・令和2年1月、保科恵氏「[応用問題②]四時間の空白」『入門平安文学の読み方』（新典社選書）令和2年4月

（6）この場合の十一日の月は、十日の月ともいえる（十日のうちに沈む月はない）。そうすると午前二時に沈む月は九日の月とすべきかもしれない。旧暦特に月の運行には誤差があることを承知していただきたい。

（7）注（5）の保科論文参照。保科氏は「四時間の空白」を指摘されている。そのためか、この章段を描いた絵には満月が描かれていることが多い。

（8）「かはたれ（彼は誰）」は『万葉集』に1例しか用いられていない珍しい言葉であった。「たそかれ」についても、「誰そ彼」の用例2例（二二四〇番・二五四五番）は時間帯としての用法ではなかった。『万葉集』にはない「黄昏」との混同で、平安朝以降に時間帯を表わすようになったのであろう。

（9）小林賢章氏「アサボラケ考」同志社女子大学学術研究年報63・平成24年12月

（10）同じく『狭衣物語』一巻にも、「ほのぼの明けゆく山際、春ならねどをかし」（54頁）と引用されている。

（11）吉海直人「平安文学における時間表現考―暁・朝ぼらけ・あけぼの・しののめ―」古代文学研究第二次27・平成30年10月（本書所収）

第八章　平安時代の「夜更け」
――男と女の時間帯――

はじめに（出発点は「夜更け」）

以前「夜深し」について考察したことがある。[1] その折は「夜深し」の守備範囲、つまり何時頃から何時頃までなのかについて、用例の検討を通して考えてみた。その際、近似する「夜更け」の存在には気付いていたが、両者の関わりにまでは言及できなかったので、ここであらためて考察してみたい。果たして「夜深し」と「夜更け」の時間帯は重なるのだろうか、それともはっきりした違いが認められるのであろうか。

なお、「暁」の時間帯と重なる時間表現用語「朝ぼらけ・あけぼの・しののめ」及び「あさけ」については既に論じている。[2] そうなると「夜更け」の時間帯と重なりそうな「夜半・夜中（さ夜中）・夜一夜・夜もすがら（夜すがら）・夜をこめて」などについても総合的に考察すべきである。そのうちの「夜をこめて」「夜もすがら」「さ夜更けて」については、既に百人一首の

研究として論じている。(3)

問題の「夜更け」については、例によって小林賢章氏の一連の時間表現の研究の中で、「さ夜更けて」として取り上げられているものの、(4)「さ夜更けて」(歌語)の検討が主で、「夜更け」の検討はほとんど行われていないので、その補遺の意味も込めてあらためて検討してみた。「夜更け」以外に、助詞などを含む「夜は更け」「夜ぞ更け」「夜も更け」「夜や更け」「夜うち更け」、さらには単独の「更け」も範疇に含まれる。

当初私は、「夜更け」についてほとんど関心を持たなかったのだが、小林氏によって「夜更け」の時間帯が丑の刻(午前一時から午前三時まで)に集中していることが提起されたので、俄然興味がわいてきた。というのも、それが私の注目している男女の後朝の別れ直前(逢瀬のクライマックス)の時間帯だからである。

結論を先に述べれば、「夜更け」は必ずしも丑の刻に限定されるのではなく、広く夜の時間帯の後半、特に「暁」に近接した「子・丑の刻」(午後十一時から午前三時)に偏っていることがわかった。換言すれば、「夜更け」が用いられた場合、その先に「明く」(翌日になる)や「後朝の別れ」が意識されている可能性が高いことになる。要するに男女の逢瀬において重要な時間帯ということになる。そのことを用例の検討を通して明らかにしたい。

一、『万葉集』の「夜が更ける」の検討

まず古い用例として『万葉集』で「夜更け」「夜は更け」関連用語を検索すると、七夕歌に用例が集中していることがわかった。

・彦星の思ひますらむ心より見る我苦し夜の更け行けば（一五四四番）
・妹がりと我が行く道の川しあればつくめ結ぶと夜ぞ更けにける（一五四六番）
・天の川去年の渡りでうつろへば川瀬を踏むに夜ぞ更けにける（二〇一八番）
・一年に七日の夜のみ逢ふ人の恋も過ぎねば夜は更け行くも（二〇三二番）
・しばしばも相見ぬ君を天の川舟出はやせよ夜の更けぬ間に（二〇四二番）
・天の川霧立ち渡り彦星の楫音聞こゆ夜の更け行けば（二〇四四番）
・天の川瀬を速みかもぬばたまの夜は更けにつつ逢はぬ彦星（二〇七六番）

用例を見ると、「夜更け」は二人が逢っている時間のみならず、彦星が織女のところに向かっている時間としても詠じられている。『万葉集』で彦星は天の川を船で渡っている。(5) 多くは「更け行く」とあって、時間の経過を表わしていた。七夕は一年に一度、しかも夜の間だけの逢瀬ということを斟酌すると、男が通う時間としてはやや遅い感じがする。逢瀬の時間は案外短くなってしまうからである。上代の男女の逢瀬の時間は、平安朝貴族とは一致していないの

かもしれない。

なお二〇三二番には、「一に云ふ、「尽きねばさ夜ぞ明けにける」」という異文が掲載されている。これも七夕の逢瀬であるから、あっという間に夜が明けるのであろう。もちろんこの「明け」も翌日になることである。本文異同からも両者が近接した時間であることが読み取れる。

七夕歌以外でも、「夜更け」は多くの歌に用いられている。

・海原の道遠みかも月読の光少なき夜は更けにつつ　（一〇七五番）
・水底の玉さへさやに見つべくも照る月夜かも夜の更け行けば　（一〇八二番）
・山の端にいさよふ月をいつとかも我が待ち居らむ夜は更けにつつ　（一〇八四番）
・薦枕《こもまくら》相《あひ》まきし児もあらばこそ夜の更けくらむも我が惜しみせめ　（一四一四番）
・白鳥の鷺坂山の松陰に宿りて行かな夜も更け行くを　（一六八七番）
・さ夜中と夜は更けぬらし雁が音の聞こゆる空を月渡る見ゆ　（一七〇一番）
・霞立つ春の永日を恋ひ暮らし夜も更け行くに妹も逢はぬかも　（一八九四番）
・秋萩の咲き散る野辺の夕露に濡れつつ来ませ夜は更けぬとも　（二二五二番）
・月夜良み妹に逢はむと直道から我は来つれど夜ぞ更けにける　（二六一八番）
・雨も降る夜も更けにけり今更に君去なめやも紐解き設けな　（三一二四番）

　このうち一〇七五・一〇八二・一〇八四・一七〇一・二六八一番には、七夕歌にはなかった「月」が詠み込まれている。これは男が夜道を歩いて女のもとに向かっているので、足元を照らす照明が必要なのであろう。なお一〇八四番は女性の歌でよさそうである。「待ち居らむ」とあって、「いさよふ月」を待っているようでありながら、その裏で女はなかなか来ない男を待っている。というより「いさよふ月」は沈みそうな月なので、男はもはや通って来そうもない。

　一四一四番は、男女が共寝する時間帯が「夜更け」となっている。二二五二番は「来ませ」とあるので、やはり女の立場から男の来訪を願っている歌である。ちょうどこの歌と呼応する歌が『古今集』に、

　　萩が花ちるらむ小野の露霜に濡れてを行かむ夜はふくとも　（二二四番）

とある。もちろんこちらは男の立場からの歌である。両歌は類歌というより作品を超えた贈答として鑑賞できそうである。

　こうして『万葉集』を見渡してみると、「夜更け」は男が女のもとに通う時間でもあるし、男女が共寝する時間としても歌われていることがわかった。はっきりした時間は示されていないけれども、それだけ幅広い時間帯を含んでいることになる。

二、『万葉集』の「さ夜更けて」の検討

「夜更け」が歌に用いられる際、接頭語の「さ」をつけて「さ夜更けて」となることも少なくない。前述の小林氏は、これを「午前三時に向かう動き」としてとらえておられる。それを証明するために『万葉集』の歌を例示され、「さ夜更けて」が「暁」と連続していることを論じておられる。確認のために『万葉集』で「さ夜更け」が詠まれている歌を見ておきたい。

・我が背子を大和へ遣るとさ夜ふけて暁露に我が立ち濡れし　（一〇五番）
・我が船は比良の湊に漕ぎ泊てむ沖辺な離りさ夜更けにけり　（二七四番）
・さ夜更けて堀江漕ぐなる松浦船楫の音高し水脈速みかも　（一一四三番）
・大葉山霞たなびきさ夜更けて我が船泊てむ泊まり知らずも　（一二二四番）
・さ夜更けて夜中の潟におほほしく呼びし船人泊てにけむかも　（一二二五番）
・我が船は明石の水門に漕ぎ泊てむ沖辺な離りさ夜更けにけり　（一二二九番）
・旅にして妻恋すらしほととぎす神奈備山にさ夜更けて鳴く　（一九三八番）
・天の原振り放け見ればぬばたまの夜も更けにけりさ夜更けて　（三二八〇番長歌）
・雁が音もとよみて寒しにぬばたまの夜も更けにけりさ夜更くと　（三二八一番長歌）
・さ夜ふけて暁月に影見えて鳴くほととぎす聞けばなつかし　（四一八一番）

まず二七四・一二二四・一二二五・一二二九番の四首は、「さ夜更け」たことで船泊りをしている。このうち二七四と一二二九番は類歌と考えられる。一二二五番は「さ夜更け」ることで「夜中」に時間が移行している。前述の一七〇一番も、「さ夜中」へと「夜は更け」ている。ということは「さ夜更けて」は瞬間的な時間ではなく、経過する時間を表わしていることになりそうだ。一九三八番は、「さ夜更け」て鳴いている時鳥を、妻が恋しくて鳴いていると見立てている。この歌の長歌にも「ほととぎす妻恋すらしさ夜中に鳴く」（一九三七番）とある。これによれば「さ夜中」（長歌）と「さ夜更け」（反歌）は同一時間帯を示していることになる（子の刻あたりであろうか）。

小林氏も論に引用されている大伯皇女の歌（一〇五番）の場合、なるほど「さ夜ふけて」から「暁」に時間が経過している。これは皇女が弟の大津皇子と夜が更けるまで語り合い、暁になったので露に濡れながら（涙を流しながら）弟を見送ったという歌である。ここで「さ夜ふけて」と「暁」が一首の中に詠まれているのは重要であろう。

もう一首、同じような内容の歌として四一八一番もあげられる。これも「さ夜更けて」の時間を過ぎて「暁」に至ったと解せる。要するに「さ夜更けて」が過ぎると「暁」（午前三時）になるのである。(6) また『新古今集』の、

短か夜の残り少なく更けゆけばかねて物うき暁の空　（一一七六番）

にしても、「短か夜」が「更けゆく」（経過した）結果「暁」になると詠じている。しかも夜が残り少なくなるというのだから、この場合は漠然と「丑」の刻あたりと見てよさそうである。

それはさておき、ほととぎすが鳴く時間に注目すると、一九三七・一九三八番（『後撰集』一八七番に再録）のように「夜更け」「夜中」に鳴いているものもあれば、四一八一番のように「暁」に鳴いているものもある。「暁」とほととぎすの取り合わせは他にも、

常人も起きつつ聞くぞほととぎすこの暁に来鳴く初声　（四一七一番）

と詠まれている。これは立夏の前日の夜から暁にかけてのものである（特別な例）。暁になれば翌日、つまり立夏当日になるので「初音」ということになる。

また『古今集』にも、

・夏の夜のふすかとすれば郭公鳴くひと声に明くるしののめ　（一五六番）

・時鳥夢かうつつか朝露のおきて別れし暁の声　（六四一番）

などと詠まれている。一五六番の「しののめ」は「暁」と重なる時間帯である。六四一番の「おきて」には「朝露が置きて」と「男女が起きて」が掛けられている。当然「暁の声」は、ほととぎすが男女の「暁の別れ」の到来を告げているのである。

それに対して、

・五月雨の空もとどろに郭公なにをうしとか夜ただ鳴くらむ　（『古今集』一六〇番）

・聞かでただ寝なましものを時鳥なかなかなりや夜半の一声　（『新古今集』二〇三番）

と「夜」や「夜半」に鳴いている例もある。ほととぎすの鳴く時間は、日付変更時点の前後ということになる。だからこそ、

五月雨にもの思ひをれば時鳥夜深く鳴きていづち行くらむ　（『古今集』一五三番）

のように「夜深し」と結びついているのである（「夜深し」は午前三時の前後の時間帯）。

三、平安時代の「さ夜更けて」「夜更け」の検討

『万葉集』において、「夜更け」が何時頃かを明確に示している例は見当たらなかった。そこで次に平安時代の作品として『平中物語』一〇段をあげてみたい。

また、このおなじ男、女どもありけり。それ、来にけり。夜ふくるまで、物語などして帰りていひたる。

さ夜ふけて嘆き来にしをいつの間に夢に見えつつ恋しかるらむ

返し

嘆くてふことぞことわり思ひせば夜半に来て寝ず帰らましやは　（474頁）

これは女の方が男のところに来ている点、また女の方から歌を詠みかけている点が尋常ではない。それはさておき、ここには「夜ふくるまで」「さ夜ふけて」「夜半」が用いられており、

同時間帯をいい換えていることがわかる。

では「夜ふくるまで、物語などして帰り」というのは、一体いつ帰ったのだろうか。通常の後朝ならば「暁」に帰ったと見てよさそうである。「寝ず」に「子」の刻が掛けられているとすると、『伊勢物語』六九段「伊勢斎宮譚」の、

女、人をしづめて、子一つばかりに、男のもとに来りけり。男はた、寝られざりければ、外の方を見いだしてふせるに、月のおぼろなるに、小さき童をさきに立てて人立てり。男、いとうれしくて、わが寝る所に率て入りて、子一つより丑三つまであるに、まだ何ごとも語らはぬにかへりけり。（172頁）

が踏まえられている。そうなると暁になる前に帰ったとも考えられる。

次に『大和物語』六六段の例をあげてみたい。

としこ、千兼を待ちける夜、来ざりければ、

さ夜ふけていなおほせ鳥のなきけるを君がたたくと思ひけるかな（297頁）

「いなおほせ鳥」は古今伝授「三鳥」の一つである。来るといった千兼はついに来なかった。そこで「さ夜ふけた」時間に「いなおほせ鳥」が鳴いたのを、あなたがお出でになって戸を叩いたのかと思ったことですという歌を送った。こういった歌の常套として、来ない男の代わりに鳥が訪れたあるいは有明の月が出たと歌うことが多い。なお「いなおほせ鳥」は現在の「せ

きれい」のこととされているが、不詳としておきたい。

百人一首にも「さ夜更けて」が二首に用いられている。赤染衛門の、

やすらはで寝なましものをさ夜更けてかたぶくまでの月を見しかな（五九番）

と、参議雅経の、

み吉野の山の秋風さ夜更けてふるさと寒く衣打つなり（九四番）

の二首である。赤染衛門の歌は、男が来ると約束して来なかったので「つとめて」送った歌である。来ない男の代わりにずっと月を見ていたのであるから、月の運行が時間の経過を教えてくれていることがわかる。

これは『古今集』にある、

さ夜ふけて天の戸渡る月影にあかずも君をあひ見つるかな（六四八番）

のパロディになっている。『古今集』では、ほんの束の間だけでも逢瀬を持つことができているからである。

次に「夜更け」であるが、『うつほ物語』では、具体的に「夜更け」と「丑」が使われているところが見つかった。

「丑二つ」と申せば、「夜更けにけり。しばしうち休みてこそ」とのたまひて、入らせたまひぬ。（蔵開中巻454頁）

これは仲忠が朱雀帝と話をしている場面である。当然「丑二つ」と申したのは「時奏」である。(7) それを聞いた帝が「夜更けにけり」といっているのだから、午前一時半はまさに「夜更け」の範疇に入っていることがわかる。なお「しばしうち休み」というのは朝まで寝るのではなく、翌日（午前三時）になるまでの一時間半と見ておきたい。

次に『落窪物語』では、継母腹の四の君と権帥の結婚のことが、「夜うち更けて、帥いましける。少将しるべして、導き入れつ」（312頁）とある。それについて新編全集の頭注一四には「結婚三日目までは夜更けに来て朝早く帰るのが当時の風習」と説明されている。確かに権帥は「明けぬれば出でたまひぬ」（同頁）と帰っているが、この「明け」は早朝ではなく午前三時過ぎとすべきであろう（頭注の「朝早く」は「暁に」とあるべきか）。

その権帥は、四の君を伴って慌しく大宰府に赴任する。その出立は、

夜更けてなむ、母北の方帰りける。寅の刻に皆下りぬ。車十余なむありける。（337頁）

とあって、「寅の刻」（午前三時）に都を出立している。それ以前の「夜更け」に継母が帰っているのだから、素直に読めば「夜更けて」は子か丑の刻になる。

続いて『大和物語』一六八段には、

目をさまして、夜や更けぬらむと思ふほどに、時申す音のしければ、聞くに、「丑三つ」と申しけるを聞きて、男のもとに、ふといひやりける。

人心うしみつ今は頼まじよ

といひやりたりけるに、おどろきて、

夢に見ゆやとねぞすぎにける

とぞつけてやりける。しばしと思ひて、うちやすみけるほどに、寝過ぎにたるになむありける。（403頁）

とある。「時申す音」「申しける」というのはやはり「時奏」のことである。これは「おなじ内にありけり」（402頁）とあるので、宮中でのできごとであった。

通って来ると約束した男（良少将）を待っていた女は、「丑三つ」（午前二時）の「時奏」を聞き、「丑三つ」に「憂し、（男のつれなさを）見つ」を掛けて上の句を送ったところ、男から「子ぞ過ぎ」（子の刻が過ぎたに寝過ぎたを掛ける）と洒落た下の句が送られてきたというものである（『平中物語』一〇段の「寝ず」とも響き合う）。ここでも「夜や更けぬらむ」の後に「丑三つ」とあるので、「丑三つ」が「夜更け」の時間帯であることがわかる。なおここは「暁」になる前であるが、この時点でもはや男の通って来る時間が過ぎたことを意味していることになりそうだ。

時代は下るが『弁内侍日記』も見ておきたい。そこには、

「夜は更けぬるか、丑の杙《くひ》の程か」と問はせ給ふを、誰も何とも申さざりしを、少納言、

「心のうちに御返し定めてありつらん、いかが」と聞こゆれば、弁内侍、
うたたねにねやすぎなましさ夜中の丑のくひともさして知らずは　（165頁）

とあって、前出の『大和物語』一六八段の「ねぞすぎにける」と同様の言語遊戯になっている。ここでは「夜は更けぬるか」と「丑の杙の程か」が対になっている。必然的に「夜更け」と「丑」の刻が同時間帯を示していることになる。「丑」の刻だからこそ「子や過ぎ」なのである。それを「さ夜中」としているのだから、「夜更け」と「さ夜中」と「丑」の刻は同じ時間帯になる。そのことは『古今集』の、

さ夜中と夜はふけぬらし雁が音のきこゆる空に月わたる見ゆ　（一九二番）

歌に「さ夜中」と「夜はふけ」が一緒に詠み込まれていることからもわかる（『万葉集』一七〇一番との重複歌）。それについて新編全集の頭注には、

「夜中」は第二句にいう「夜はふけぬ」よりも真夜中に近い時刻で、　（96頁）

と記されている。これは「夜はふけ」が進行して「夜中」になるということである。「夜更け」の時間帯の中で「夜中」へ進行していることになる。「夜中」は、夜の真ん中ではなく、夜の後半になる。だからこそ「丑」とも重なるのである。

もう一例『今昔物語集』の例を出しておきたい。巻一九―第一七には大斎院選子のことが描かれている。若い公達が雲林院の不断念仏の聴聞から帰る時のこと、

此の殿上人共雲林院に行て、丑の時許に返けるに、斎院の東の門の細目に開きたりければ、（510頁）

と、斎院に立ち寄ったのは「夜更ぬれば」という時間帯であった。ここも「夜更」と「丑の時」が重なっていることがわかる。

それは斎院の女房達も同様で、長月二十日頃の「月の明かりければ、居明さむと思て居たりけるに」（512頁）、「夜の痛く深更《ふけ》ぬれば」（512頁）とあって、日付が変わる近くまで起きていた。そこからさらに時間が進行して、「夜も明け方に成れば」（513頁）と午前三時の日付変更時点を迎えている。

続いて『土佐日記』の冒頭部分はどうだろうか。冒頭部分には、

それの年の師走の二十日あまり一日の日の、戌の時に門出す。（15頁）

と述べられており、戌の刻（午後七時から九時まで）に出立している。当時は夜になって出立するのが習わしだったようだ。その直後に、

日しきりにとかくしつつ、ののしるうちに夜更けぬ。（15頁）

と「夜更け」になっている。これは戌の刻から時間が経って、子の刻以後になったと読める。「夜更け」は必ずしも丑の刻に限ったものではなかった。

以上、「夜更け」は主に子の刻から丑の刻にかけての時間帯に用いられているといえそうで

ある。(8) なおここに引用した用例は、「時奏」の論（本書第一章）で引用した例と重複していることをお断りしておく。

四、平安時代の「夜いたく更け」の検討

「夜更け」がさらに進行した表現として、「夜いたく更け（ぬ）」があげられる。前章の『今昔物語集』にも出ていた。『うつほ物語』楼の上下巻には、犬宮への琴の伝授の中で、

夜いたう更けぬれば、七日の月、今は入るべきに、光たちまち明らかになりて、かの楼の上と思しきにあたりて輝く。（550頁）

と描かれている。七日の月は昼間に出て夜の十二時頃に沈むので、この「いたう更け」は子の刻のことになる。その後さらに時間が経過しており、琴を聞いていた源涼は、

聞きたまふに、飽くべき世なう、暁までも聞かむと思すに、夜中多く過ぐるほどに弾きやみたまひぬ。（551頁）

とあって、暁に至るまでずっと聞いていたいと思ったが、その前に演奏は終ってしまった。ここに「夜中多く過ぐる」とあるのは、「いたう更け」よりさらに進行して暁に近い時間となったのだろう。いずれにしても「夜中」と「夜更け」が重なる時間帯、あるいは「夜更け」から「夜中」に移行していることがわかる。

『枕草子』からは、小林氏も引用されている特徴的な2例をあげてみたい。一つ目は第四章と重複する『枕草子』二九三段の、

例の、夜いたく更けぬれば、御前なる人々、一人二人づつ失せて、御屛風、御几帳のうしろなどに、みな隠れ臥しぬれば、ただ一人、ねぶたきを念じて候に、「丑四つ」と奏すなり。「明けはべりぬなり」とひとりごつを、大納言殿、「いまさらにな大殿籠りおはしましそ」とて、寝べきものともおぼいたらぬを、「うたて、何しにさ申しつらむ」と思へど、（446頁）

である。最初に「夜いたく更けぬれば」とあるので、普通の「夜更け」よりも時間が「暁」に近づいていることがわかる。だからこそ周囲に侍っていた女房達が姿を隠している（退出している）のだろう。

その後に「丑四つ」と「奏す」とあるのは、「時奏」の声である。その声に清少納言が反応して、「明けはべりぬなり」とつい口にした。「丑四つ」は午前二時半であり、日付が変わる（寅になる）三十分前である。従来これを「夜が明けた」と訳していたが、まだ午前三時になっていないので完了の意味にはならない。この「ぬ」はいわゆる確述の助動詞であり、「もうすぐ午前三時（日付が変わる）になりそうだ」という意味である。

その清少納言のつぶやきを聞きとがめた伊周は、即座に「いまさらな大殿籠しおはしましそ」

と先手を打った。ただし清少納言にいったにしては敬語が重過ぎるので、これは中宮定子に向けての発言と見ておきたい。そう考えると清少納言の「明けはべりぬなり」にしても、定子に聞こえるようにいったことになる。「ひとりごつ」は必ずしも独り言ではないことに留意したい。(9)

もう一つの一三〇段は以下のように記されている（第九章と重複）。

頭弁の、職にまゐりたまひて、物語などしたまひしに、夜いたうふけぬ。「明日御物忌なるに籠るべければ、丑になりなばあしかりなむ」とてまゐりたまひぬ。（244頁）

これは行成とのやりとりが描かれた有名な場面である。(10) ここでは「夜いたうふけぬ」とあって、その後で「丑になりなばあしかりなむ」といって退出しているので、素直に読めば丑の刻になる前、つまり子の刻（午後十一時から午前一時）に清少納言のもとを去ったことになる。やはり「夜更け」は丑の刻ばかりではなく子の刻も含んでいたのである。反面、「いたうふけぬ」とあっても「暁」近く（丑の刻）とは限らないこともわかる。そのことは『有明の別れ』に、

子ひとつと奏するに、いとふけにけりと、いまぞおどろかせたまひて、いらせたまひぬれば、（創英版314頁）

とあって、時奏の「子ひとつ」を耳にした帝は「いとふけにけり」と口にしている。

それ以外にも二七四段（成信の中将）には、清少納言と式部のおもとが「今宵は内に寝なむ」

といって廂《ひさし》で臥しているところへ成信がやってくる。

しばしかと思ふに、夜いたうふけぬ。「権中納言にこそあなれ。こは何事をかくゐては言ふぞ」とて、みそかにただいみじう笑ふも、いかでかは知らむ。暁まで言ひ明かして帰る。（425頁）

ここも「今宵」（今夜）から「夜いたうふけ」になり、「言ひ明かし」て「暁」になって帰っている。

また『浜松中納言物語』巻二には、

夜の更けゆくままに、昔物語聞きどころあり、をかしく、わりなき御心なぐさむばかり申しなどすれば、急ぎ帰り給はぬに、夜いたう更けぬ。今宵はなほここにておはしますべく、せちにとどめ聞こえさすれば、わりなうてやすらひ給ふに、明けがた近うなれば、うちへ入り給ひてうち休まむとし給ふに、（143頁）

とあって、中納言は大弐に帰りを引き止められている。ここではまず「夜の更けゆくままに」とあって、次に「夜いたう更けぬ」とあるので、「いたう」が時間の経過を示していることになる。それは「今宵」（今夜）の範疇でもあった。そこからさらに時間が経過して「明けがた近」くになる。これはまだ午前三時になっていないが、かなり接近している。

この後二人は同衾するが、中納言は男女の契りを忌避する。そこに「なかなか、ことあり顔にあかつき起きせむも、わざとがましければ」(145頁)とあって、本来なら暁に起きて帰るのだが、ここではあえて「大殿籠り過ごし」(同頁)ている(疑似後朝)。この時間の流れを見れば、「夜更け」から「夜いたう更け」となり、さらに「明けがた近う」から「暁」に時間が経過していることになる。

『拾遺集』には藤原仲文の、

冷泉院の東宮におはしましける時、月を待つ心の歌、男どものよみ侍りけるに

有明の月の光を待つほどにわが世のいたく更にけるかな　(四三六番)

という歌が出ている。冷泉院がなかなか即位できないことを裏の意味にして、表は月の出を待っているうちにすっかり夜が更けたと詠んでいる。ここには「夜が更けた」ことと「私が年老いた」ことを掛けている。時系列としてはまだ有明の月は出ていないことになる。有明の月は暁に出ている月なので、暁以前に出ていてもよさそうだが、ここでは「有明」＝「暁」となっているようである。

五、『源氏物語』の「夜更け」「夜いたく更け」「更かす」「更け」の検討

『源氏物語』桐壺巻で、靫負命婦が北の方の邸を退出するところに、

「夜いたう更けぬれば、今宵過ぐさず御返り奏せむ」と急ぎ参る。　(31頁)

と告げて宮中に戻っている。「今宵過ぐさず」というのは明日にならない（今夜の）うちにである。「夜いたう更け」ると、日付変更時点が近づくので急いで戻ったのだ。宮中では帝が寝ないで帰りを待っていた。一方、弘徽殿では「月のおもしろきに、夜更くるまで遊びをぞしたまふなる」（35頁）とあって、同じ時刻に管絃の遊びをしていた。

命婦が帝に報告を済ませた後、

右近の司の宿直奏の声聞こゆるは、丑になりぬるなるべし。人目を思して夜の御殿に入らせたまひても、まどろませたまふことかたし。朝に起きさせたまふとても、明くるも知らでと思し出づるにも、なほ朝政は怠らせたまひぬべかめり。（36頁）

と時奏の声で丑の刻になったとあるのだから、命婦が北の方の邸を去ったのは子の刻あたりであろうか（時間的には余裕があった）。ついでながら「朝」はつい明るい朝を想像するが、「明くるも知らで」という引歌は、まだ暗い午前三時（翌日）と見るべきであろう。

夕顔巻にも時奏の記事があるが、それも「夜いたう更け」の時間を知る上では貴重である。源氏は夕顔を六条某院に連れ出すが、そこで夕顔が急死する。それは「宵過ぐるほど」（164頁）の時間だった。その後で源氏は、

内裏を思しやりて、名対面は過ぎぬらん、滝口の宿直奏今こそ、と推しはかりたまふは、まだいたう更けぬにこそは。（166頁）

と悠長なことを思っている。新編全集の頭注を見ると、名対面は毎夜亥の一刻（午後九時）とあり、滝口の宿直奏はその後なので九時半過ぎと書かれている。要するに亥の刻であるが、それを「まだいたう更けぬ」としているのであるから、亥の刻は「夜いたう更け」た時刻ではないことになる。そうなると自ずから子・丑の刻に限定されてくる。

その後「夜半も過ぎにけんかし」（168頁）と時刻が経過し、そして「からうじて鶏の声はるかに聞こゆる」（169頁）となる。「鶏鳴」（午前三時）は日付変更時点（暁）を告げるものであり、物の怪などが退散する時間でもあった。

若紫巻にも時間帯を絞り込める記述がある。源氏が北山の僧都と面会した折、僧都は、「初夜いまだ勤めはべらず、過ぐしてさぶらはむ。」（214頁）と告げて退出した。そこで源氏は隙をもてあますが、「初夜といひしかども、夜もいたう更けにけり。」（215頁）と時刻が表示された後で祖母尼君と対面する。

「初夜」を亥の刻の勤めとすると、午後九時から十一時になる。これをそのまま受け取れば、亥の刻を「夜もいたう更けにけり」としていることになるが、僧都は源氏と対面していたことで、九時からの勤めが遅延したのであろう。するとここは亥の刻が過ぎて子の刻になっていたと解釈できる。子の刻であれば「夜もいたう更けにけり」にふさわしい時刻であった。最終的に、

　暁方になりにければ、法華三昧おこなふ堂の懺法《せんぽふ》の声、山おろしにつきて聞こえくるいと尊く、滝の音に響きあひたり。（218頁）

と「暁方」に至っている。もともと源氏は「わらはやみ」の治療のため「今宵（夜）は静かに加持などまゐりて」（205頁）、翌日帰る予定であったので、暁方になった時点でもう帰ってもいい翌日になったことになる。

　同様に須磨巻で源氏が花散里を訪問しているところも、まず「その夜は」（174頁）から始まり、次にわざと「いたう更かして」（同頁）花散里を訪問し、

　いと忍びやかに入りたまへば、すこしゐざり出でて、やがて月を見ておはす。またここに御物語のほどに、明け方近うなりにけり。（175頁）

と話しているうちに「明け方近う」なっている。その後に、

　鶏もしばしば鳴けば、世につつみて急ぎ出でたまふ。例の、月の入りはつるほど、よそへられて、あはれなり。（同頁）

とあることで、「暁」になったことが察せられる。ここに「出でたまふ」とあるが、これは物語特有の構文で、後にもう一度「明けぐれのほどに出でたまひぬ」（176頁）と繰り返されている。これは「例の、月の入りはつるほど、よそへられて」（175頁）と呼応しているようだが、二十日近い月はこの時間には沈まないので、「明けぐれ」の暁闇は月が雲に隠れたのであろう

か。(11)

続いて真木柱巻の男踏歌の場面に、

　御前、中宮の御方、朱雀院とに参りて、夜いたう更けにければ、六条院には、このたびはところせしと省きたまふ。朱雀院より帰り参りて、春宮の御方めぐるほどに夜明けぬ。ほのぼのとをかしき朝ぼらけに、いたく乱れたるさまして、（382頁）

とあって、「夜いたう更けにければ」ということで六条院への訪問は省略されている。そのためもあって、「春宮の御方めぐるほどに夜明けぬ」時間になる。続いて「ほのぼのとをかしき朝ぼらけに」とあるので、この「夜明けぬ」は夜明けではなく、午前三時のことである。だからこそ「朝ぼらけ」に続くのである。この「ほのぼのと」の語感に惑わされてはなるまい。(12)

次に紫の上が発病するところを見ておきたい。若菜下巻に、

　夜更けて大殿籠りぬる暁方より、御胸をなやみたまふ。（212頁）

とある。これも「夜更け」から「暁方」へ時間が進行している例である。その時、源氏は女三の宮のところで女三の宮と大殿籠っていた。それについては、

　対には、例のおはしまさぬ夜は、宵居したまひて、人々に物語など読ませて聞きたまふ。（212頁）

とあって、夜更けて床についていた後、暁になってから突然発病したのである。

最後に椎本巻の例を見ておこう。八の宮が山寺で亡くなったのが、「この夜半ばかりになむ亡せたまひぬる」（189頁）であった。その報告が届いたのが、

八月二十日のほどなりけり。おほかたの空のけしきもいとどしきころ、君たちは、朝夕霧のはるる間もなく、思し嘆きつつながめたまふ。有明の月のいとはなやかにさし出でて、水の面もさやかに澄みたるを、そなたの蔀上げさせて、見出だしたまへるに、鐘の声かすかに響きて、明けぬなりと聞こゆるほどに、（188頁）

とある。八宮が山寺で夜半に亡くなった後、その報告のために八宮邸を訪れたのが午前三時だと考えれば、時間の経過はスムーズであろう。(13)

まとめ

以上、小林論に導かれながら、「夜更け」「さ夜更けて」の用例を再検討してみた。その結果、『万葉集』の用例は漠然とした時間帯が多かったが、わずかながら「暁」に続く例も見られた。平安時代になると具体的に子・丑の刻に限定されるなど、「暁」（午前三時）を意識した、そして「暁」に近接した時間帯に集中していることが明らかになった。というのも、そこに男女の逢瀬と「後朝の別れ」が絡んでいるからである。私がもっとも主張したいのはこの点である。

これはなにも「夜更け」だけではなく、「夜半」「夜中」「夜をこめて」「よもすがら」「今夜」

「夜一夜」などにも共通する時間概念のあり方なので、「夜半」「夜中」と「夜更け」の位置関係あるいは重なりなど、もう少し研究を深める必要がありそうだ。(14)

なお類似している「夜深し」との決定的な違いは、「夜更け」が「暁」に接続する（食い込まない）時間であるのに対して、「夜深し」は夜の時間帯を越えて「暁」と重なる（食い込む）ことである。そのことは『源氏物語』に「夜深き暁月夜」（賢木巻105頁）・「夜深き朝の鐘の音」（総角巻238頁）とあることによって明らかである。(15)

一見些細な問題にも見えるが、こういった時間表現は案外重要ではないだろうか。

注

（1）吉海直人「後朝の時間帯「夜深し」」『源氏物語』「後朝の別れ」を読む—音と香りにみちびかれて—』（笠間選書）平成28年12月。そこで「関連する動詞「夜更かす」は10例認められる（「夜更く」になると46例あげられる）」と述べている。

（2）吉海直人「平安文学における時間表現考—暁・朝ぼらけ・あけぼの・しののめ—」古代文学研究第二次27・平成30年10月（本書所収）、同『源氏物語』「あさけの姿」考」国語と国文学97—6・令和2年6月（本書所収）

（3）吉海直人「時間表現「夜をこめて」の再検討—小林論への疑問を起点にして—」日本文学論究79・令和2年3月（本書所収）、同「『百人一首』「閨のひま」考」解釈66—3、4・令和2年

3、4月、同「「さ夜更けて」の掛詞的用法」解釈61―9、10・平成27年9、10月参照。

（4）小林賢章氏「「さ夜更けて」―午前三時に向かう動き」『「暁」の謎を解く―平安人の時間表現』（角川選書）平成25年3月、同「「かささぎの……」の歌の詠歌時間―「夜ぞ更けにける」の解釈―」同志社女子大学日本語日本文学26・平成26年6月参照。

（5）七夕（七日）の頃はちょうど半月なので、「月の舟」が活用されることも少なくない。それに対して平安時代になると、漢詩の影響を受けて「かささぎの橋」が多く詠まれるようになる。『百人一首』所収の、

かささぎの渡せる橋に置く霜の白きを見れば夜ぞ更けにける　（大伴家持）

もその一例である。その意味でもこれが家持の歌でないことは明らかである。

（6）ただしこの歌は「春過ぎて夏来向かへば」（四一八〇番）という長歌の反歌であり、これをほととぎすの初音の時期（四月一日）だとすると、「暁」に月が出るはずはない（新月）ので、ここは「立夏」と見たい。

（7）吉海直人『『源氏物語』の「時奏」を読む』國學院雑誌121―5・令和2年5月（本書所収）

（8）小林賢章氏は、「「さ夜更けて」は、「丑の杭刺す」や「丑二つ」、「丑三つ」の時間と共起していた。」（210頁）とされている（注4選書）。なるほど逢瀬においては暁になる直前の例が多いようである。

（9）吉海直人「『源氏物語』夕顔巻の再検討―「ひとりごつ」の意味に注目して―」同志社女子大学大学院文学研究科紀要12・平成24年3月（『『源氏物語』の特殊表現』（新典社選書）平成29年2月所収）

（10）注（3）参照。
（11）源氏が花散里を訪れたのは三月二十日直前であるから、当然有明の月であって、暁に沈むことはない（「明けぐれ」にもならない）。吉海直人「女性たちへの別れの挨拶―須磨下向へのカウントダウン」『『源氏物語』「後朝の別れ」を読む』（笠間選書）平成28年12月参照。
（12）吉海直人「「ほのぼのと明く」考―『伊勢物語』第四段を起点にして―」日本文学論究81・令和4年3月（本書所収）
（13）小林賢章氏「アク考」『アカツキの研究―平安人の時間』（和泉選書）平成15年2月参照。
（14）総角巻には「夜更くるまでおはしまさで、御文のあるを、さればよと胸つぶれておはするに、夜半近くなりて」（279頁）云々と匂宮の来訪があり、「夜更け」から「夜半近く」に時間が進行していることがわかる。また空蟬巻には老女から「夜半に、こはなぞと歩かせたまふ」と見とがめられた際、「暁近き月隈なくさし出でて」（127頁）とあり、暁直前だったことがわかる。そのことは「夜半、暁」という表現が夕顔巻170頁・早蕨巻355頁・浮舟巻183頁・夢浮橋374頁にあり、「夜半」から「暁」に時間が続いていることの参考になる。
（15）『更級日記』の「暁には夜深く下りて」（326頁）・「暁、夜深く出でて」（345頁）なども証拠にあげられる。

第九章　「夜をこめて」の再検討
――小林論への疑問を起点にして――

はじめに（「夜をこめて」表現に注目）

『百人一首』にも収録されている清少納言の、

　夜をこめて鳥の空音にはかるともよに逢坂の関はゆるさじ　（『枕草子』一三〇段）

歌に関して、かつて従来の常識的な解釈に対して批判的な私見を述べ、これを後宮における擬似恋愛ゲームとして読むべきだと主張したことがある。(1)

これでこの歌について私が論じることはもうないと思っていたのだが、その後、小林賢章氏が「「夜をこめて」考」を発表され、そこで清少納言が歌に用いた「夜をこめて」という時間表現の意味について、「一晩中」あるいは「夜通し」と口語訳すべきことを提唱された。(2)

　小林氏は長く「あかつき」を核として平安時代の時間表現を精力的に研究されており、私も教えられることが多いのだが、この「夜をこめて」の解釈に限っては、論旨がわかりにくいこともあって賛同しかねる点がある。そこで小林論の検証を行いつつ、あらためて時間表現としての「夜をこめて」について再検討してみた次第である。その過程で、清少納言歌の解釈の複雑さも浮き彫りになってきた。

一、小林論への疑問

小林氏は定石として、従来の『枕草子』・『後拾遺集』・『百人一首』の注釈書を総合的に調査され、「夜をこめて」の解釈が①「まだ夜の明けないうちに」系・②「一晩中」系・③「夜が深い」系に三分類されることを指摘しておられる。そのことに無関心だった私は大いに反省させられた。この違いについては、「まだ夜の明けないうちに」系は函谷関の故事寄りで、「一晩中」系は逢坂関寄りの解釈ではないだろうか。「夜が深い」系は時間的に「まだ夜の明けないうちに」系に近いようである。

どうやらそれが「夜をこめて」の時間帯の解釈に及んでいるようなので、小林氏が「夜をこめて」に注目されたのは慧眼であろう。もっとも小林氏は、「夜をこめて」を単純に「一晩中」・「夜通し」とされているわけではなかった。小林氏の口語訳は極めて便宜的であり、実際のところは「午前一時から午前三時まで」の二時間であることを最大の主張としておられる。そのことは自ら、

ヨモスガラなどと比較すると、夜をこめては時間的には短いだろうから、厳密に言うと、
「夜通し」、「一晩中」ではないだろう。（195頁）
と述べておられる。(3)
小林氏が「夜もすがら」と比較されているのは、以前「夜もすがら」についても研究されており、(4)むしろこれこそが「一晩中」・「夜通し」という訳にふさわしい時間表現とされているからである。それに対して「夜をこめて」が時間的に短いというのは、始まりの時間が「夜もすがら」は午後十一時からであるのに対して、「夜をこめて」は午前一時だからとのことである。比較すると二時間短いというか、後半だけ（半分）になっている。
その上で、こういった紛らわしい口語訳を提示されていることについては、
「一晩中」、「夜通し」よりは短い時間だが、夜をこめてには現代語には相当する単語がない。終了時点だけ意識して、「一晩中」、「夜通し」と口語訳しておくのが、ベターな訳であると思われる。（200頁）
と弁明されている。「終了時点だけを意識して」というのは、午前三時（夜の終り・あかつきの始まり）のことである。終了時点に限っていえば、「夜をこめて」も「夜もすがら」も同一というのが小林論の主旨である。逆に開始時間の違いやそれに伴う時間の長短は、小林氏にとってはさほど問題にならないようである。そのため開始時間についての論証はほとんど行われ

ていなかった。

小林氏の関心が「午前三時」に集中していることは、これまでの小林氏の御研究によって十分理解できる。しかしこの便宜的な口語訳から、小林氏の真意を汲み取ることは容易にはできそうもない。かつて小林氏は「あかつき」の時間帯をめぐって、「日付変更時点」という新しい用語を提起されているのだから、もし「夜をこめて」に相当する言葉がないのであれば、それにふさわしい言葉を自ら提案（造語）されてしかるべきであろう。

少なくとも「午前一時から午前三時まで」というわずか二時間を、「夜もすがら」と同様に「一晩中」・「夜通し」と訳して済ますのは無謀であり、決して「ベターな訳」とは受け取れない。それどころかかえって誤解される恐れもある。むしろそういった時間表現の曖昧さを批判されてきたのがこれまでの小林氏なのだから、こんな妥協案で済ませていいわけがない。これが私の第一の意見（反論）である。

第二の意見は、小林氏の説明に違和感があったことである。それは「まとめ」最末尾の、

> 但し書きをするまでもないが、ヨヲコメテを「夜が明けるまで」と口語訳することは間違っているし、「夜が深い」と口語訳することは何を言っているのか分らないと言える。（200頁）

という但し書き部分である。何も「但し書き」に目くじらを立てなくてもといわれそうだが、

私が引っかかったのは、「夜をこめて」を「夜が明けるまで」と口語訳した事例があげられていない点であった（どの注釈書の説なのかも不明）。小林氏が論文の中で具体的に引用しておられる口語訳には、前述のように「まだ夜の明けないうちに」とあるのだから、ひょっとするとこれは小林氏の勘違い（思い込み）ではないだろうか。

些末なことにこだわるようで恐縮だが、何しろ「明ける」と「明けない」では大きな違いだから、これを安易に「夜が明ける」として引用されるのは納得できない。小林氏はそれ以前に、

「夜の明けないうちに」などの口語訳は、ある部分はあっているが、午前三時を意識していない点と三時までの時間の経過が示されていない点が問題といえる。（181頁）

と述べておられたのだから、この「夜の明けないうちに」が「夜が明けるまで」に変わる必然性が見出せない。

二、辞書的説明

とりあえず「夜をこめて」に解釈上の問題が存していることは確認できた。もう一つの「夜が深い」に関して、小林氏の「何を言っているのか分らない」という発言については、もっと具体的に何がどうわからないのかを説明していただきたい。というのも『広辞苑』の「夜をこめて」項には、都合よく「まだ夜が明けない。まだ夜が深い」と出ているからである。また

『日本国語大辞典第二版』の「よを籠める」項には、

まだ夜が明けず、夜明けまでに時間がある間に…する。

とやや詳しく記されている。さらに角川『古語大辞典』の「よを籠む」項には、

まだ夜明けまで間がある時間を選んで何かをすることを表す。

とほぼ同様のことが書かれていた。この二つの大きな辞書は、意味をコンパクトにまとめるのではなく、やや説明的になるのを承知の上で、下に続く動詞と呼応させようとしていることがわかる。

それにしても「夜をこめて」に関しては、語義的にどうしてそんな訳になるのか、確かにわかりにくい点がある（きちんと説明されていない）。そこで田中重太郎氏『枕冊子全注釈三』（角川書店）を見たところ、「夜を籠める」の語釈として、

夜の更け方が浅く、夜が明けるまで長い時間がある意。（145頁）

と説明されていた。もしそうなら、「まだ夜の明けないうちに」をもっとわかりやすく「夜が明けるまでにまだ間がある頃」とでもいい直す方がベターかもしれない。

その点、『全訳読解古語辞典第五版』の「夜深し」項の「関連語」には、

「夜深し」は夜明けを念頭において、それにはまだ時間があるころをいい、「夜を籠めて」は夜を次の日に継ぎ足す意で、夜半を過ぎてからのころをいう。また、「夜更く」は夕方

を基準にして、夜がすっかり深くなった意を表す。

という興味深い説明が出ていた。「夜を次の日に継ぎ足す」は意味がよくわからないが、「夜をこめて」を「夜半を過ぎてからのころ」としているのは注目に値する。もっとも「夜半を過ぎて」というのが具体的にいつごろ（何時以降）なのかは読み取れない。しかしこの説明は小林氏のいわれる「午前一時から午前三時まで」と重なる（もっとも近い）ように思える。というより、小林氏のように何時から何時までといった具体的な提示は、注釈書の中に一つも見当たらなかった。となると小林論は新説であろうから、その根拠を確かめる必要がありそうだ。

ここまできて、最近の辞書・注釈書類には「一晩中」・「夜通し」という意味を掲載していないものが増加していることに気が付いた。だからといって、短絡的に小林論が間違っているといいたい訳ではない。むしろ小林氏は、辞書や注釈・論文の誤りを是正することを目標に、長らく時間表現の研究を地道に（独自に）行っており、ここでも「一晩中」としている注釈書が少ないことを指摘された上で、持論を展開しておられるからである。

ただここでは、小林氏が「一晩中」を「午前一時から三時まで」といい換えられていることに疑問を抱いている。

三、「丑になりなばあしかりなむ」

では問題の清少納言の「夜をこめて」歌について、詳しく検討してみよう。まず『枕草子』一三〇段は以下のように記されている。

頭弁の、職にまゐりたまひて、物語などしたまひしに、夜いたうふけぬ。「明日御物忌なるに籠るべければ、丑になりなばあしかりなむ」とてまゐりたまひぬ。

つとめて、蔵人所の紙屋紙ひき重ねて、「今日は、残りおほかる心地なむする。夜をとほして、昔物語も聞え明かさむとせしを、鶏の声にもよほされてなむ」と、いみじう言おほく書きたまへる、いとめでたし。御返りに、「いと夜深くはべりける鳥の声は、孟嘗君のにや」と聞えたれば、立ち返り、「孟嘗君の鶏は函谷関をひらきて、三千の客わづかに去れりとあれども、これは逢坂の関なり」とあれば、

「夜をこめて鳥のそら音にはかるとも世に逢坂の関はゆるさじ

心かしこき関守侍り」と聞ゆ。また、立ち返り、

「逢坂は人越えやすき関なれば鳥鳴かぬにもあけて待つとか」

とありし文どもを、〈以下略〉　　　　　　　　　　　　　　（245頁）

ここで行成が帰った時刻を知る手掛かりとして、本文には「夜いたうふけぬ」・「夜をとほし

て」・「夜深く」・「鳥の声」などの時間表現がある。これらは当然「夜をこめて」と重なる時間帯であろう。それよりもっと明確なのは、「丑になりなばあしかりなむ」という行成の発言である。具体的に丑の刻（午前一時から午前三時）になったら都合が悪いというのだから、文脈からして行成は「午前一時前」に清少納言のもとを去ったことにならざるをえない。だから「残りおほかる」なのである。その点は小林氏も、

　行成は、「明日は宮中の御物忌みだから」と、丑の刻の前に作者のもとを去っていく。（178頁）

と述べておられる。ここで小林氏ははっきり「丑の刻の前」とされているのだが、それが何故か一行後になると、

　午前一時ごろ（「うしになりなば、あしかりなん」）に行成が清少納言のもとを去る。（178頁）

と、「午前一時ごろ」に微妙に表現が変えられている。「一時前」も「一時ごろ」も時間的にはたいして変わらないが、どうしてこういった時間表記のずれが生じているのだろうか。そう考えた時、小林論において「夜をこめて」は「午前一時から午前三時まで」なので、たとえわずかであっても「一時前」では時間的に不都合であることに思い至った。

もっとも小林氏はその後にも、

　藤原行成が子の刻に清少納言の所を立ち去ったのは、（179頁）

と「子の刻」に立ち去ったとしておられる。こういった表現は重要なので、子の刻なのか丑の刻なのか明言（統一）していただきたい。そうでないとこの時点で、小林論は『枕草子』の記述と齟齬をきたしていることになる。これが第三の素朴な意見である。

次に清少納言の返事にある、「いと夜深くはべりける鳥の声は、孟嘗君のにや」に注目したい。ここには清少納言らしく漢籍（孟嘗君の函谷関の故事）が踏まえられている。そこで確認のため『十八史略』所収の「鶏鳴狗盗」を参照してみたところ、

夜半函谷関に至る。関の法、鶏鳴きてまさに客を出す。

云々とあった。ここに「夜半」とあることに留意したい（『史記』にもあり）。というのも、前述した『全訳読解古語辞典第五版』の「夜半を過ぎてからのころをいう」とうまく整合していると思われるからである。

なお「夜半」の時間帯に関して小林氏は、

夜中は夜半《よは》と同一の時間帯を指し、午後十一時から（翌日の）午前三時までを指す。（188頁）

と説明しておられるが[5]、清少納言は行成が丑の刻以前に帰ったことを孟嘗君説話にたとえているのだから、当然この「夜半」はもっと限定して「午前一時前」と見るのが妥当であろう。果たして行成の言葉は、「夜をこめて」の始まりを示しているのだろうか。

これに関連して、小林氏が引用されている歌を一首取り上げてみたい。それは増基の、

伊勢の国にて潮の干たる程に、三渡といふ浜を過ぎんとて、夜中に起きてくるに路も見えねば、松の原の中に泊りぬ。さて夜の明けにければ、

夜をこめて急ぎつれども松の根に枕をしても明かしつるかな　（『増基法師集』二八番）

である。わかりにくいかもしれないが、詞書に「夜中に起きて」とあるのだから、この「夜をこめて」は「一晩中」ではなく、「夜中に起きて急いで出立した」と解するのがふさわしい。(6)というのも「明かし」た（午前三時を過ぎた）時には松の原で休憩していたからである。

それよりも小林氏がここで、

夜をこめては、夜中と呼ばれる時点から午前三時までの時間を経過する意味であったといえる。夜もすがらなどより、時間の幅が短いと想像されるのだった。（190頁）

と述べておられることに留意したい。これに従えば「夜中」は午後十一時以降になる。これは『全訳読解古語辞典第五版』と同じ見解であろう。問題は小林氏が、「夜もすがら」と「夜をこめて」の時間の長短に関して「想像される」の一言で片付けておられる点である。これは希望的観測であり、論証したことにはなるまい。

四、「夜半」と「夜深し」

前章において『枕草子』の「夜をこめて」歌は、丑の刻以前（午前一時前）が適当であることを述べた。次に同じ「夜をこめて」歌を掲載している『後拾遺集』について検証しておきたい。

大納言行成ものがたりなどし侍りけるに、うちの御物忌みにこもればとていそぎかへりて、つとめて鳥の声にもよほされてといひおこせて侍りければ、夜深かりける鳥の声は函谷関のことにやといひにつかはしたりけるを、たちかへりこれは逢坂の関に侍りとあればよみ侍りける　　清少納言

夜をこめて鳥のそらねにはかるともよに逢坂の関はゆるさじ　　（九三九番）

『枕草子』を意識してか、『後拾遺集』では比較的長い詞書を伴っている。なおこの歌は藤原定家撰の『八代抄』にも採録されているので、ついでにそれも引用しておこう。

大納言行成卿御物忌みにこもるとて夜深く出でて、鳥のそらねにいそぎつるよし申して侍りけるを、夜深かりけるは孟嘗君のにやと申したりける返事に、是は逢坂の関なりと言ひ遣はしたりければ　　清少納言

夜をこめて鳥のそらねにはかるともよに逢坂の関はゆるさじ　　（一六五三番）

こちらも同様に長い詞書を伴っている。それは詞書がないと歌の成立事情がわかりにくいからであろう。『後拾遺集』の詞書で気になるのは、「夜深かりける鳥の声」である。『八代抄』には「夜深かりけるは」とあるし、『枕草子』にも「夜深くはべりける鳥の声」とあった。前述のように、小林氏は「夜をこめて」を「「夜が深い」と口語訳することは何を言っているのか分らない」と批判されていたが、「夜が深い」という訳はこの「夜深し」を意識した（解釈した）ものであろう。

しかも孟嘗君の故事を踏まえているのだから、『後拾遺集』や『八代抄』の詞書は、前述の『十八史略』にあった「夜半」を「夜深し」に置き換えていると見ても良さそうだ。(7)『枕草子』との違いは、具体的な「丑になりなばあしかりなむ」がないことである。要するに『後拾遺集』や『八代抄』からでは「夜をこめて」の開始時間は特定できないのだ。

ところで先に小林氏が、行成が帰った時刻を「午前一時ごろ」と改変しておられることを指摘した。それがさらに「夜をこめて」歌の現代語訳になると、今度は「午前二時に鳴くなんて」（180頁）となっている。「午前一時ごろ」が、いつの間にかさらに「午前二時」（丑の三刻）まで一時間も引き下げられているのだ。これが単なるケアレスミスなのかどうかも含めて、小林氏の説明を伺いたい。

その上で、本章では『枕草子』の「夜をこめて」歌の示す時間について、小林論より少し早い子・丑の刻（午後十一時から午前三時）を提案したい。それこそ必然的に「夜が深い」時間であり、「まだ夜が明けない」時間でもあった。それに連動して、「夜をこめて」の範囲についても、「夜半」が含まれることになる。

それに対して小林氏は、行成の「夜をとほして」という言葉に注目された上で、

> その残念の中身は、「夜をとほして、むかし物がたりもきこえあかさむとせしを」であることは明白だ。（180頁）

とされている。しかしこのことは必ずしも「明白」ではあるまい。確かに行成は無闇に早く退出したことの弁明として、反実仮想的・願望風に述べている。しかしながらこれが直接「夜をこめて」を導いているとはいいがたい。というのも、その後に函谷関・逢坂関と話が展開しているからである。

ともに虚構である点は一致しているものの、行成が「夜をとほして」（暁まで一緒に語り明かしたかった）と弁明したのに対して、清少納言は「孟嘗君のにや」（暁以前に早く帰るための策略）と反論しているのだから、行成の「夜を通して」なら「一晩中」でもかまわないが、清少納言の「夜をこめて」歌には当てはまりそうもない。

五、継続動詞か瞬間動詞か

ところで小林氏は、「夜をこめて」に後接する動詞の用法を、継続動詞と瞬間動詞の二つに分類されている（190頁）。この指摘に異論はない。しかしながら清少納言の「夜をこめて」に後接する「空音にはかる」を継続動詞とされて、「一晩中」・「夜通し」という口語訳を施しておられる点はいささか納得しかねる。

ここで行成は、一晩中清少納言のところにいたかったといっているのだから、そう解釈することもできる。ただし行成は、丑の刻以前に帰っているのだから、帰った時点に注目すると、瞬間動詞としか解せない。これをクリアーしなければ、小林論は成り立たない。清少納言が引用した函谷関の故事においても、たった一回の鳴き真似によって関所を「夜半」（開門よりずっと前）に通過しているではないか。

もちろん函谷関の故事とは違って、清少納言の歌を「たとえ午前三時まで（一晩中）繰り返し鶏の鳴き真似をし続けたとしても、逢坂の関は決して開きません」（あなたとはそんな仲ではありません）のように継続動詞として解釈することもできなくはないし、そう解釈している注釈書もある。行成に一晩中うそ鳴きをさせるのも、解釈としては滑稽味が増して面白いだろう。ただその場合、何故午前一時からになるのかの理由（根拠）が不明瞭である。実のところ行成は、丑の刻になる前まで清少納言のところにいた。その滞在時間は「夜をこめて」の時間帯に含まれるのではないだろうか。これを切り捨てる理由が私にはわからない。これが第五の意見である。

もともとこの章段は、後朝風な構成（虚構）になっていた。だから午前三時を告げる鶏鳴は、男女の別れの合図として機能しているはずである。それに対して「逢坂の関」は、その対極にある男女の逢瀬に機能するものである。たとえ同じ「関」であっても、時間前に通る函谷関と、男女の逢瀬を意味する逢坂の関では、その実態（ベクトル）が正反対になっている。そう考えた時、「鶏鳴」（鳥のそら音）が男女の逢瀬の妨げになるものではないこと、むしろ男女の逢瀬にまったく機能しないものであることに気付いた。これが私見（前稿）の主旨である。(8)

もう一度整理してみよう。行成にしても函谷関の故事にしても、定刻よりずっと早く帰っていることがポイントであった。ところが話が逢坂の関になった途端、ポイントが逢瀬に転換されている。従来の解釈はこの点を看過（軽視）してきたのではないだろうか。『枕草子』を研究されている藤本宗利氏は、これをあくまで後朝風の遊戯ととらえて、

その鶏の声は、きっと恐ろしい私のもとから早く逃げだしたくてうずうずしていた誰かさんがこしらえた、偽り事でございましたでしょう。

と斬新な訳を提示しておられる。(9)函谷関の関守は騙せても、賢い関守である私は鶏の鳴き真似

（うそ鳴き）に騙されて、まだその時間でもないのに関を開けてあなたを早く帰したりはしません、というユニークな新訳である。

従来の説は、清少納言と行成の恋愛を本気だと考えていたようである。だから真面目に逢坂の関を男女の逢瀬として、清少納言がそれを拒否していると考えられてきた。しかしながらこれは両者とも擬似後朝という演出を楽しんでのことと見たい。というのも行成が清少納言のところから去るのは、その前提として既に逢坂の関を越えていることになるからである。それこそが『枕草子』世界の具現ではないだろうか。小林氏にしても、行成を「清少納言の恋人の一人」（178頁）とわざわざコメントされているのだから、そこから両者の会話が虚構であり遊びであることはおわかりになっているはずである。

ひょっとすると「夜をこめて」歌は、両義的な二重構造になっているのかもしれない。つまりどちらかが正しいのではなく、どちらの解釈も可能だということである。そもそも函谷関の関は、定刻になると開くものである。それを早く開けさせて通るために、「鳥の空音」が機能している点を重視したい。これは早いか遅いかだけの問題なのである。

それに連動することだが、「夜をこめて」歌の本文異同についてはどうであろうか。これまでほとんど問題になっていなかったようだが、「夜をこめて」歌の古い資料は二句目が「鳥のそら音に」本文になっている（『枕草子』も）。これだと下の句にもかかるので、「鶏の鳴き真似によって」と解釈するしかあるまい（小林論でも「に」本文）。その場合、「鳥のそら音」は比喩表現となる。

それに対して『百人一首』では「鳥のそら音は」となっており、「に」が「は」に改変されている。この場合は並列あるいは強意となり、函谷関における鳥の鳴き真似と、逢坂の関を通すことを別々というか対比して考えることになる。要するに「は」だと「夜をこめて」は上の句だけにかかるわけである。だから「鳥のそら音」は逢坂の関とは無縁になる。というのも、逢坂の関は「鳥のそら音」で開くものではないからである。(10)

この改変が定家の作意（苦心）だとすると、定家は前述のようなベクトルのずれに気付き、それを解消するためにあえて並列の「は」に変更・改訂したのかもしれない（そうでも考えないと合理的な説明がつけにくい）。その定家の真意がこれまで伝わらなかったことで、こういった解釈のずれが生じているのではないだろうか。

六、和歌の用法

「夜をこめて」と後朝との結びつきについて、小林氏は「夜をこめて」を含む豊富な和歌の例をあげられて論じておられる。その御指摘は傾聴に値するものである。ただしはっきり午前一時を示す例は一例も見られない。後朝の歌ということで男女の別れの時刻（午前三時）が主題になってくるからである。小林論には引用されていないが、清少納言と恋仲だったとされている藤原実方の歌を例にあげてみたい。

女のもとより夜深く帰りてつかはしける　藤原実方朝臣
竹の葉に玉ぬく露にあらねどもまだ夜をこめておきにけるかな　（『千載集』八四五番）

これも典型的な後朝の歌である。詞書に「夜深く帰りて」とあって、歌に「まだ夜をこめておき（置き・起き）」とあるのだから、これは「一晩中・夜通し」ではなく、まさしくまだ「夜深」い時間に起きて帰ったという意味であろう。

これに関連して、凡河内躬恒と壬生忠岑の問答歌の例をあげたい。

みつね
あはむとて待つ夕暮と夜をこめて行く暁といづれまされり　（『躬恒集』Ⅲ二四四番）

ただみね
待つほどは頼みも深し夜をこめて起きて別るることはまされり　（『躬恒集』Ⅲ二四五番）

まず躬恒が男女の逢瀬について、「待つ夕暮」と「行く（帰る）暁」とどっちが（辛さが）優っているかを尋ね、それに忠岑が歌で答える形式になっている（一種の優劣問答）。この2例は「夜をこめて」が中間にあるので、逢っている間中、つまり「一晩中」でも良さそうに思われる（その結果、暁になる）。ただし対比されているのは夕暮（逢う時）と暁（別れる時）であるから、必然的に「夜をこめて」は暁側にウエイトが掛かっているはずである。まして「夜をこめて起きて別るる」とあるのだから、ここは「一晩中行く」・「一晩中起きて（いて）」ではなく、「一晩中共寝して（した後で）」と解すべきであろう。

ついでながら、「夜をこめて」歌の出典である『後拾遺集』には、もう一例「夜をこめて」の用例が見られる。それは、

惟任朝臣にかはりてよめる　　永源法師

夜をこめて帰る空こそなかりつれうらやましきは有明の月　（六六六番）

である。部立が恋二であることから、これも後朝の歌（代作）であることが察せられる。この歌も「一晩中」と解せないことはないが、男は後朝の別れをしなければならないのに、いつまでも空に残っている有明の月がうらやましいと歌っている。これを「夜をこめて帰る」構文と見れば、「一晩中過ごした後で帰る」ということになる（ならざるをえない）。

以上、和歌における「夜をこめて」を検討した結果、午前三時以後の「あかつき」の時間帯と連動している例が複数あることがわかった（後朝の歌はむしろこちらが主であろう）。この点について小林氏は、

夜をこめてには、午前三時までの時間帯を意味する用法と午前三時以降を意味する用法と二つ存在する。（182頁）

と二種類の用法があることを述べられている（「夜深し」に類似）。私としては「午前三時」で通せそうにも思えるが、もしそうなら「午前三時」に限定せず、「午前三時を中心とする前後の時間」とすべきではないだろうか。小林氏は、あくまで「午前三時まで」にこだわっておられるが、二つの用法があると認めていながら、その片方だけを強調されるのは論理的ではあるまい。これが第六の意見である。

まとめ

ここまで小林論の検証を通して、大きく六つの意見を提示してきた。確かに「夜をこめて」は日付変更時点である午前三時と深く関わっている。一方、案外広い時間帯をカバーしていることも見えてきた。だからこそ「夜をこめて」は、「午前一時前」の時間帯も含むことができるのである。

ここで問題を整理しておこう。「まだ夜の明けないうちに」系は、行成が去った時点や函谷関の故事を重視して口語訳しているのに対して、「一晩中」系は行成の願望を重視して口語訳している。「一晩中」を主張される小林氏は、これを好材料と見て「午前一時から三時」説を提唱されているわけである。ここに至って小林論の根拠は、『枕草子』の「丑になりなばあしかりなむ」の解釈にしかないことがわかった。他の多くの「夜をこめて」歌を検討しても、午前一時という具体的数値は浮上しないからである。

以上、「夜をこめて」を再検討してきた結論として、本章では狭義的な小林論ではなく、広義的な午後十一時から午前三時までを提案したい。小林氏が重視しておられた「丑になりなばあしかりなむ」は、かえって小林論の反証になっていないだろうか。

これは小林論と大きく異なるように見えるが、実際は小林論を核としながら、その前の時間を少し加えただけのことである。そうなると清少納言の「夜をこめて」歌に関しては、瞬間動詞的に「午前一時前」と解釈することもできそうだし、継続動詞的に「一晩中」と解釈することも可能なのではないだろうか。というのも、両方とも「夜をこめて」の時間帯の範疇にあるからである。あるいは清少納言は、「夜をこめて」に両義的な意味を含ませているのかもしれない。

果たして午前一時から午前三時までに限定した方がいいのか、それともやや拡大した方がいいのだろうか。私としては「夜をこめて」も「夜もすがら」と同じ時間帯と考え、「夜もすがら」は「一晩中」、「夜をこめて」は「深夜に」と使い分けたい。これについては小林氏の反論を待って、さらなる「夜をこめて」の用例の検証や議論が必要になるであろう(11)。

なお小林氏は、定時法に基づくことで「暁」を「夜明け」と厳密に切り離しておられる(12)。確かに定時法であれば、視覚的な太陽の明るさは不要となる。ただし多くの古語辞典が「夜をこめて」を「まだ夜が明けないうちに」としているのは、夜明け前の視覚が通用しない真っ暗な時間帯を想定しているからであろう（小林氏同様、それよりうまいいい方が見つからないのかもしれない）。もしそうなら、夜明けから遡る自然時法的な辞書の説明と、「暁」を起点とする定時法的な小林論とは、実のところ指している時間帯はさほど変わらない（重なっている）のではないだろうか。

注

（1）吉海直人「清少納言歌（六二番）の背景―行成との擬似恋愛ゲーム―」『百人一首を読み直す―非伝統的表現に注目して―』（新典社選書）平成23年5月、同『『枕草子』「頭の弁の、職にまゐりたまひて」章段について（教室の内外（3）所収）」同志社女子大学日本語日本文学24・平成24年6月参照。

（2）小林賢章氏「「夜をこめて」考」同志社女子大学学術研究年報62・平成23年12月

（3）小林氏は後に『「暁」の謎を解く―平安人の時間表現』（角川選書）平成25年3月に「「夜をこめて」―いつ「鳥の空音」をはかったか?―」として再録されているので、こちらから引用させていただいた。なお副題の「を」は「に」の方がふさわしいのではないだろうか。

（4）小林賢章氏「ヨモスガラ考」『アカツキの研究―平安人の時間』（和泉選書）平成15年2月、同「「夜もすがら・夜一夜」」『「暁」の謎を解く―平安人の時間表現』（角川選書）平成25年3月。

ただし論点は「夜もすがら」の終了時間は午前三時ということに集中しており、開始時間は検討も論証もされていない。

（5）ただし小林氏は注（4）前著の「アカツキとヨハ」において、「ヨハは子の刻と丑の刻に対応する語であり、ヨナカは夜の真中で、子の刻ごろに対応する語である」と時間帯を区別しておられた。その後、お考えを変更・修正されたのであろうか。

（6）小林氏は、「通常なら、日付変更時点（午前三時）過ぎに旅に立つのだが、干潮の間に「みわたりのはま」を通り過ぎようとしたのだった。さすがに夜中に出発したので、疲れたのか、「みわたりのはま」を過ぎたあたりで、一服でもしたのだろう。それが、「まつばら（松原）のなかにとまりぬ」だ」（189頁）と解説されている。いつが干潮なのかわからないものの、ここは三渡の浜を過ぎようとしたが、暗くて道がよく見えなかったので、手前の松原で明るくなるまで待った、あるいは干潮の時刻まで待ったとは解釈できないのだろうか。

（7）吉海直人『『源氏物語』「夜深し」考―後朝の時間帯として―』古代文学研究第二次19・平成22年10月（『源氏物語』「後朝の別れ」を読む―音と香りにみちびかれて―』（笠間選書）平成28年12月所収）。

（8）圷美奈子氏など「この歌は、実は、清少納言の失敗作として、この世に生み出された一首なのであった」（『続・王朝文学論―解釈的発見の手法と論理―』（新典社）令和元年5月・87頁）と分析しておられる。

（9）藤本宗利氏『『枕草子』の宮廷文学的性格―「とりのそら音」をめぐって―』『枕草子研究』（風間書房）平成14年2月

（10）　行成の「逢坂は人越えやすき関なれば鳥鳴かぬにも開けて待つとか」という返歌では、もはや「鳥の空音」も「鳥の音」も不要になっている。

（11）　古い『亭子院歌合』に「しののめに起きて見つれば桜花まだ夜をこめて散りにけるかな」（二二番）がある。この歌には「まだ」があるので「一晩中散った」ではなく、「しののめ」になる前に（深夜のうちに）散ったと解すべきであろう。

（12）　小林氏は『アカツキの研究—平安人の時間』において、「アカツキ」の時間帯を午前三時から日の出前までと定義されていた。それが後の『「暁」の謎を解く—平安人の時間表現』では、午前三時から午前五時までに訂正しておられる。そのため前著では、「アカツキ」の後半に「あけぼの」「しののめ」「朝ぼらけ」を位置づけることができたのであるが、近著ではそれができなくなっている。それもあって小林氏は、あらためて「アサボラケ考」同志社女子大学学術研究年報63・平成24年12月において、「朝ぼらけ」が「あかつき」と同様暗い時間帯（同一時間帯）であることを述べておられる。なお注（7）の吉海論は小林氏の前著を参考にして論じているため、「あかつき」の終了時間を夜明けにしていたので、小林氏の修正を受けて『源氏物語「後朝の別れ」を読む—音と香りにみちびかれて—』（笠間選書）では、私なりに訂正して掲載している。

第三部　『源氏物語』の時間表現（暁は後朝の別れの時間）

第十章　『源氏物語』桐壺巻野分章段の時間表現

はじめに（野分章段に注目）

桐壺更衣は光源氏を出産した後、あっけなく亡くなってしまった。その後に語られるのが野分章段である。それは、

野分だちて、にはかに肌寒き夕暮のほど、常よりも思し出づること多くて、靫負命婦《ゆげひのみやうぶ》といふを遣はす。（26頁）

と「野分」めいた風が吹く夕暮に、桐壺帝が靫負命婦を勅使として祖母北の方の邸に遣わすところから始まっている。これが秋の彼岸の頃であれば、亡き桐壺更衣の鎮魂章段として機能していることになる。そのため背景に白楽天の『長恨歌』がこれでもかと引用されるのであろう。ということで『長恨歌』の引用も大事な要素なのだが、本章で注目したいのは物語が、

夕月夜のをかしきほどに出だし立てさせたまひて、やがてながめおはします。（26頁）

とあることである。野分章段は夕方の月が出ている時間に宮中を出立した靫負命婦が、その夜のうち（午前三時前）に宮中に戻ってくるまでのことが長々と語られている。ある意味、物語の時間が停滞しているともいえるのだが、その停滞している時間の経過を、時計代わりに告げているのが、月の運行の描写であった。

これに関して私は『源氏物語入門　〈桐壺巻〉を読む』（角川ソフィア文庫）において、

命婦の物語が夕月夜に始まって、月の入りで終わっていることである。これはまさしく〈月の物語〉なのだ。宮中と北の方の邸の二つを回り舞台としながら、その間を命婦が勅使として往復する。そしてその三者の上に、秋の夜の月が煌々と悲しく照っているのである。（107頁）

と解説している。私はふと中島敦の『山月記』が脳裏に浮かんだ。(1)かつて高校の現代国語の教科書で学習した際、やはり月の運行が気になった経験があったからである。ひょっとして中島敦は、桐壺巻を踏まえているのかと思ったほどである。

それはさておき、野分章段における月の描写に注目して、あらためて『源氏物語』の時間表現について考えてみたい。

一、「夕月夜」

最初に「夕月夜」について考えてみたい。古くは少ないながらも『万葉集』に二首、

・夕月夜暁闇の朝影にわが身はなりぬなれを思ふがに　（二六六四番）

・夕月夜暁闇のおほほしく見し人ゆゑに恋わたるかな　（三〇〇三番）

と歌われていた。ここで注目すべきは、「夕月夜」と「暁闇」がセット（対）になっていることである。もっといえば、「夕月夜」は「暁闇」の枕詞として用いられているので、主体は「暁闇」の方にある。要するに「夕月夜」が出ている時は、必然的に「暁」には月が早く沈んで暗闇になるということである。暁の始まりは午前三時なので、月が出ていなければあたりは真っ暗であった。

『万葉集』の「夕月夜」は、「暁闇」の枕詞として機能しているわけだが、では『源氏物語』はどうだろうか。『源氏物語』に「夕月夜」は7例用いられているが、[2] 和歌の用例は一例も見られなかった。『源氏物語』の散文の「夕月夜」の特徴は、恋の訪問場面に使用されていることである。たとえば蓬生巻では、「艶なるほどの夕月夜」（344頁）に源氏は花散里を訪れようとしていた。また藤裏葉巻では、「七日の夕月夜」（439頁）に夕霧と雲居雁が逢っている。要するに恋人のもとを訪れる時間が「夕月夜」（宵）ということになる。

その「夕月夜」は、賢木巻において源氏が野宮の六条御息所を訪ねる場面でも、

　はなやかにさし出でたる夕月夜に、うちふるまひたまへるさまにほひ似るものなくめでたし。（87頁）

と用いられている。なお賢木巻も桐壺巻同様、

　月も入りぬるにや、あはれなる空をながめつつ、恨みきこえたまふに、ここら思ひあつめたまへるつらさも消えぬべし。（88頁）

と「月も入りぬる」とあって、月の運行が時間の経過を告げる時計代わりに用いられていた。[3]それに対して桐壺巻は恋の訪問ではなく、靫負命婦が祖母北の方を訪問するわけだが、それにしても桐壺帝と桐壺更衣の代理・代行と見ることができそうだ。

　さて、靫負命婦が祖母北の方の邸に到着すると、

　野分にいとど荒れたる心地して、月影ばかりぞ、八重葎にもさはらずさし入りたる。（27頁）

と、「野分だちて」に呼応して「荒れた」邸が描かれ、さらに「夕月夜」に呼応した「月影」（月の光）が射し込んでいると語られる。もっともこれは、

　とふ人もなき宿なれど来る春（秋）は八重葎にもさはらざりけり

（『古今六帖』一三〇六番）

を踏まえた引歌表現であった。人の訪れがない場合に、月影や季節が訪れると詠まれる。擬人化された「月影」は、自ずから訪問客の不在（荒れ果てた邸の様子）を強調するものである。あるいはこれは祖母北の方の心象風景とも読めそうだ。そうなるとこの月の光にしても、来訪した靫負命婦の喩と見ることもできる。

二、「今宵過ぐさず」

そこから靫負命婦と祖母北の方の長い会談（応酬）が続いている。ここは室内ということもあって、月は見えない。その代わりに、

言ひもやらずむせかへりたまふほどに夜も更けぬ。（31頁）

と時間の経過が表記されていた。「夜も更けぬ」（夜更け）とは、用例的にはほぼ子の刻から丑の刻の時間帯（午後十一時〜午前三時）になっていることが多い。すると「夕月夜」から既に五時間ほど経過していることになる。

さらにその後の命婦の発言の中に、

「夜いたう更けぬれば、今宵過ぐさず御返り奏せむ」と急ぎ参る。（31頁）

とある。前の「夜も更けぬ」から「夜いたう更けぬれば」に時間が推移していることから、ここにも時間の経過が読み取れる。

ここで問題にしたいのは「今宵過ぐさず」である。「今宵」という漢字を見ると、つい「宵」の字が目に入ってしまう。「宵」の意味は夜の早い時刻だから、「今宵」もその方向で受け取ることで誤解が生じてしまう。この「今宵」は「今夜」のことであり、「今宵過ぐさず」とは明るくなる前にではなく、明日（翌日）になる前に（今夜のうちに）という意味だった。今日と明日の日付変更時点は、古典（旧暦）では丑の刻と寅の刻の間にある。ここでは寅の刻（翌朝）になる前に、つまり丑の刻までに宮中に戻らなければならないことになる。こう考えると、「夜更け」は暁を意識した表現ということになる。

もっとも「急ぎ参る」とあっても、そこで命婦はすぐに帰ったわけではない。というのも、その後で命婦は桐壺帝の弁明を長々と語っているからである。これは『源氏物語』特有の表現であり、最初に「参る」と予定を提示して、その後であらためて「参る」までの経緯を詳しく述べる手法と見ておきたい。命婦は時間をかけて熱っぽく祖母君を説得し続けた。そしてどうやらうまく北の方を説得した時には、もう真夜中を過ぎて月も「入り方」になっていた。

月は入り方の、空清う澄みわたれるに、風いと涼しくなりて、草むらの虫の声々もよほし顔なるも、いと立ち離れにくき草のもとなり。（32頁）

これは室内から出て、牛車に乗り込む際に見えたのであろう。「入り方」の月というと、これも漠然と夜明け間近に感じられるかもしれないが、前述の「夕月夜」が「暁闇」の対であったことを想起すれば、まだ暁（午前三時）になっていない時間であることがわかる。だから「今宵過ぐさず」なのである。参考までに新編全集の頭注一には、

> 前に「夕月夜のをかしきほどに」（二六㌻）、「夜も更けぬ」（三一㌻）とあった。後の「月も入りぬ」（三六㌻）とともに、時間の推移を叙する手法。（31頁）

とコメントされている。

三、「月も入りぬ」

そうして命婦は、時間通りに宮中に戻っている。というより、かなり余裕をもって帰参しているようだ。それは北の方邸と宮中があまり離れていなかったからでもあろう。命婦が宮中に戻ると、弘徽殿の方から管絃の音が聞こえてくる。そこに、

> 月のおもしろきに、夜ふくるまであそびをぞし給ふなる。（35頁）

と記されている。これはもう一つの月の物語であった。桐壺帝が夕月夜に桐壺更衣を思って靫負命婦を使いにやったその同じ日、弘徽殿では観月の宴が催されていたのである。これなど聞こえよがしに管絃の遊びを催し、桐壺帝の心情に反抗しているのかもしれない。帝の見る月と弘徽殿の見る月は、全く異なるものだったのである。

ここにも「夜ふくるまで」という午前三時に向かう時間表現が用いられている。月に照らさ

れた二つの物語が、月の時間を共有して、同時並行して展開されていたのだ。もちろんこの時点では、まだ今夜の時間帯であった。

最後の締めくくりともいうべき「月も入りぬ」は、その後に用いられている。

月も入りぬ。

雲のうへも涙にくるる秋の月いかですむらん浅茅生の宿　（36頁）

やや奇妙なのは、月が沈んだ後で歌が詠まれていることである。どうせなら月が沈む前に、月を見て詠まれた方がいいのではないだろうか。とするとこの「ぬ」は、完了ではなく確述とすべきかもしれない（沈みそうで、まだ沈んでいない）。もちろんこの歌にしても、

九重のうちだに明き月影に荒れたる宿を思ひやるかな　（『拾遺集』一一〇五番）

を踏まえており、宮中の月と祖母北の方邸の月が対比させられているので、実際の月の有無は問題にならないのであろう。

もちろんここで「月」が沈んでも、まだ暁（翌日）になったわけではない。「夕月夜」は「暁」になる前に月が沈むからである。ここまでが月の物語であった。

四、「宿直奏」

ところで、野分章段に具体的な時刻は一切記載されなかったが、月が沈んだ後で公式の時刻

が告げられている。宮中と宮中外では時刻の意識が異なっていたのである。

右近の司の宿直奏の声聞こゆるは、丑になりぬるなるべし。人目を思して夜の御殿に入らせたまひても、まどろませたまふことかたし。朝に起きさせたまふとても、明くるも知らでと思し出づるにも、なほ朝政は怠らせたまひぬべかめり。（36頁）

「宿直奏」とは、近衛府の官人が毎夜定刻にその名を奏することで、「名対面」とも称されている。左近の官人は亥の一刻（午後九時）から子の四刻（十二時半）まで、右近の官人は丑の一刻（午前一時）から卯の一刻（五時）までを分担して奏した。

この「宿直奏」は夕顔巻にも、

内裏を思しやりて、名対面は過ぎぬらん、滝口の宿直奏今こそ、と推しはかりたまふは、まだいたう更けぬにこそは。（134頁）

とあって、時刻が話題になっていた。(4) 当時は丑の刻（夜）までが当日で、寅の刻（暁）以降が翌日と考えられていた。もしここが前（野分章段）からの続きであるとすると、命婦は丑の刻以前に宮中に戻れたことになる。当然、「月」も丑の刻以前に沈んだのだ。

桐壺帝はここでひどく「人目」を気にしている。かつて更衣を寵愛していた時は、全く周囲を気にしていなかったのに、更衣の死後に急変したのは何故であろうか。考えられることは、皇子たる光源氏の将来を案じての自重か、あるいは帝自身の立場を安泰にするためであろう。

どちらにしても意識的な配慮なのである。

それに続いて、

朝に起きさせたまふとても、明くるも知らでとおぼしいづるにも、なほ朝政は怠らせたまひぬべかめり。（36頁）

とある。この「朝」こそは翌日の午前三時（暁）以降である。続く「明くるも知らで」は、例によって引歌表現であり、

玉簾明くるも知らで寝しものを夢にも見じと思ひかけきや（『伊勢集』五五番）

と、伊勢が『長恨歌』の屛風を見て詠んだ歌を踏まえている。最後の「朝政は怠らせたまひぬべかめり」にしても、『長恨歌』の「是より君王早朝せず」を引用したものであった。

まとめ

以上、桐壺巻の野分章段の時間表現に注目してみたわけだが、月が時計代わりに用いられていることがおわかりになったであろうか。また宮中では、時刻を告げる時奏が機能しており、それを巧妙に物語に利用していることも明らかになった。

平安朝の物語にも、時計（漏刻）はきちんと踏まえられていたのである。時刻に支配される中で、物語が進行していることがわかれば、それを物語全般にあてはめることもできるはずだ。

要するに『源氏物語』における時間表現は、看過できない重要な要素だったのである。

注

（1）吉海直人『源氏物語入門〈桐壺巻〉を読む』（角川ソフィア文庫）でも、「頭上の月はまた夜の時間を支配し、読者に時の経過を告げていく。中島敦の『山月記』を思い浮かべるとわかりやすいかもしれない」（107頁）と記している。

（2）具体的には、桐壺巻・賢木巻・明石巻・蓬生巻・篝火巻・藤裏葉巻・浮舟巻に各1例用いられている。その反対語が「暁月夜」（賢木巻と初音巻の2例）である。

（3）吉海直人「『源氏物語』賢木巻における六条御息所との「暁の別れ」」同志社女子大学大学院文学研究科紀要21・令和3年3月（本書所収）

（4）吉海直人「『源氏物語』の「時奏」を読む」國學院雑誌121―5・令和2年5月（本書所収）

第十一章　『源氏物語』賢木巻における六条御息所との「暁の別れ」

はじめに（「暁の別れ」）

賢木巻は、『源氏物語』のターニング・ポイントになっている非常に重要な巻の一つである。この巻には桐壺院の崩御や藤壺の出家など、源氏の人生において看過できない重要な要素（事件）がいくつも含まれているからである。

その賢木巻には、二つの「暁の別れ」が描かれている。一つは源氏と朧月夜との別れであり、もう一つが源氏と六条御息所との別れである。本来ならばここにもう一つ、源氏と藤壺の「暁の別れ」を加えたいところであるが、こちらは「暁の別れ」の体裁になっていないので、重要ではあるもののここで一緒に論じることはできない。

本章では、嵯峨野（野宮）における六条御息所と源氏の特殊な別れに焦点を絞って考えてみたい。なお賢木巻というのは、神社と縁のある神の木「榊」（国字）が巻名になったものである。これは源氏が御息所に榊の枝を渡して歌の贈答をするところからの命名なので、この場面が賢木巻で一番重要なところといえる。

一、野宮の別れ

最初に少しばかり賢木巻の概略を説明しておきたい。前巻・葵巻で源氏の父桐壺帝が譲位され、弘徽殿腹の兄・一の皇子（皇太子）が即位して朱雀帝となる。これを契機に源氏の政治的不遇が始まる。それでも桐壺院が存命であるうちはまだ良かった。それは桐壺院がいわゆる院政を敷いていたからである。その桐壺院が賢木巻で崩御され、さらに新皇太子（後の冷泉帝）の母・藤壺中宮も出家してしまう。政権は葵の上の父左大臣側から朱雀帝の外戚となった右大臣側に移り、頼みの左大臣も致仕してしまう。そのため源氏の昇進はストップしてしまい、源氏にとっては面白くない日々が続いた。

葵巻の天皇譲位に伴って斎宮の交替が行われた。六条御息所の娘が斎宮に卜定され、野宮で精進潔斎の日を過ごす。その後で伊勢に下向するわけだが、続く賢木巻ではそのことが、

斎宮の御下り近うなりゆくままに、御息所もの心細く思ほす。（83頁）

と語られる。前巻の葵巻の車争いで屈辱を受けた御息所は、生霊となって出産直後の葵の上を取り殺した。その折、物の怪となった姿を源氏に見られた御息所は、もはや源氏との関係は修

復不能と判断し、自ら斎宮に卜定された娘に従って伊勢へ下向することを決意するものの、その内心は揺れていた。源氏にしても、葵の上に憑依した御息所を目の当たりにしたことで、御息所への愛情はもはや完全に冷え切っていた。残っているのは、いかに御息所と美しく別れるかである。これも物語では大事な要素なのだ。

しかし源氏はなかなか動かなかった。斎宮の伊勢下向予定日が目前に迫った九月七日、源氏はようやく重い腰をあげ、六条御息所との最後の面会のために野宮（嵯峨野）を訪れる。しかし、それは面会（別れの挨拶）だけでは済まなかった。というのも、源氏が野宮（神域）で一夜を過ごしたからである。本文にはまず、

野宮に参でたまふ。九月七日ばかりなれば、むげに今日明日と思すに、女方も心あわたたしけれど、立ちながらと、たびたび御消息ありければ、いでやとは思しわづらひながら、いとあまり埋れいたきを、物越しばかりの対面はと、人知れず待ちきこえたまひけり。（84頁）

と書かれている。御息所は源氏からの面会申し入れを拒否しつつも、源氏からの度々の消息を見て、内心では「人知れず待ちきこえたまひけり」と、秘かに源氏の来訪を待ち望んでいた。そのことは、源氏の提案したせめて「立ちながら」でもという他人行儀な対面が、「物越しばかり」に変化（許容）していることからも察せられる。これによって滞在時間が長くなった。

「立ちながら」というのは、病気見舞いとか物忌みの折のやり方である。夕顔巻で死に穢れた源氏は「立ちながらこなたに入りたまへ」（173頁）といって頭中将と面会している。「物越し」というのは、御簾などを隔ててのやや他人行儀な対面のことであり、末摘花巻でも源氏との面会に「物越しにて聞こえたまはむ」（280頁）と設定されていた。それでも「立ちながら」よりはずっとましである。二人は表向き儀礼的な対面の中で、複雑な思いを抱きながら一夜を過ごして別れる。本章ではその「暁の別れ」の描写をあらためて分析してみたい。

二、『源氏物語』の名文中の名文

従来、源氏は忍び歩きの折には五、六人の従者を伴っていることが多かった。今回は「大将の君」という高い身分にふさわしく、「睦まじき御前十余人ばかり、御随身」（85頁）六名という少なからぬ供を従えていた（その中に惟光や良清が含まれているかどうかは不明）。それはもはや「忍び歩き」とは呼べない供揃えの数ではないだろうか。

その源氏一行が嵯峨野に近づくところで、『源氏物語』の中でも名文中の名文とされている文章が道行風に語られている。

はるけき野辺を分け入りたまふより、いとものあはれなり。秋の花みなおとろへつつ、浅茅が原もかれがれなる虫の音《ね》に、松風すごく吹きあはせて、そのこととも聞きわかれぬほ

どに、物の音ども絶えだえ聞こえたる、いと艶なり。（85頁）

本文に「秋の花」とある。「春の七草」（七草粥）が食用の植物であるのに対して、「秋の七草」は観賞用の植物である、その中の「女郎花」が『古今集』以来、嵯峨野の代表的な秋の花とされている。ところで旧暦九月七日といえば、秋の紅葉がようやく彩りを添え始める頃なので、晩秋には多少間がある。それにもかかわらず、ここには「秋の花みなおとろへつつ」と、むしろ冬枯れの荒涼たる風景が広がっている。そのことは新編全集頭注一七にも、「以下の情景は、九月上旬よりも冬枯れに近い感じ」とコメントされていた。これなど異常気象、あるいは暦のずれなどで説明すべきものではあるまい。

この季節のずれに注目すると、どうやら源氏が「分け入」っているのは、表向きは雑草の茂る野のように見えながら、それは同時に御息所の心の中に分け入る意味も含まれている。源氏は嵯峨野に向かっているのであるが、実のところ既に御息所の心象風景の中に入り込んでいたのである。新編全集の頭注一九にも、「このあたり不毛の意の心象風景」と記されているし、「嵯峨野の秋色は、もの思う人御息所の心象の風景でもある。源氏の気持はおのずから引き込まれてゆく」（86頁）とも記されている。要するに荒涼としているのは、嵯峨野の情景というより御息所の心なのである。こういったいわゆる情景一致の描写は、桐壺巻の野分章段など『源氏物語』にしばしば用いられている手法の一つであった。

それに続いて、野宮の方から聞こえてくる「琴の音」に注目したい。これまでの視覚的な荒涼とした風景は、「かれがれ」（草枯れ・虫の声嗄れ）という掛詞（韻文的技法）によって、たちまち聴覚世界へと一転している。さらに聴覚にしても「虫の声」は「松風の音」へ、そして「琴の音」へと自然から人事に移っている。こんな短い文章でありながら、見事な転換の筆致である。しかも「松風の音」「物の音」には、村上天皇妃であった斎宮女御（徽子）が嵯峨野で詠じた、

琴の音に峰の松風通ふらしいづれの緒より調べそめけん　（『拾遺集』四五一番）

が引歌として踏まえられている。

この斎宮女御は自ら斎宮に卜定され、斎宮をやめた後で村上天皇の後宮に入内しただけでなく、斎宮となった娘（規子内親王）と一緒に伊勢へ下向した経験もあるので、御息所のモデルとされている人物である。本文には「親添ひて下りたまふ例もことになけれど」（83頁）とあるが、史実としては斎宮女御本人の例があげられる。「琴の音に」歌など、詞書に「野宮に斎宮の庚申し侍りけるに、松風入夜琴といふ題をよみ侍りける」とあって、まさに嵯峨野で詠まれた歌であった。それを踏まえているからこそ松風が寂しく吹き、その風に乗って遠くから琴の音が聞こえてくるという設定になっているのである。

もちろんただ遠くから「琴の音」が聞こえてきたのではなかった。御息所は源氏が来訪する

ことを承知の上で、あえてその時間を見計らって琴を弾いているはずだからである。この「琴の音」は、源氏を野宮深くへと、そして御息所のもとへといざなう御息所からのシグナルでもあったのだ。(1)その「琴の音」に吸い寄せられ絡めとられるように、源氏は野宮に分け入っていくのである。最初はいやいや出向いた源氏だったが、この名文を通過することで、恋人のところに向かう男性へと変貌していることが読み取れる。

三、「夕月夜」

さて、源氏一行が野宮に到着すると、

はなやかにさし出でたる夕月夜に、うちふるまひたまへるさまにほひ似るものなくめでたし。（87頁）

と、折から夕方の月（半月）が源氏の姿を美しく照らし出した（また視覚世界に戻っている）。これに関して新編全集の頭注一六には、「上旬の月で、夕方から出る。物語では、恋の訪問の場面に多用される」と示唆的なことが記されている。

「夕月夜」が恋の訪問場面に多用されるという指摘は首肯できるが、七日の月が「夕方から出る」というのはどうだろうか。月の出を調べてみると、旧暦七日の月はもっとずっと早く、既にお昼には出ているとあった。そうでないと明け方以前に沈むことはあるまい。

そのため明るいうちは太陽の光に押されて目立たなかったけれども、夕方になって日が翳ったことで、月の光は輝きと存在感を増した。ここでは源氏の美しい姿を映し出す効果的な照明として、巧妙に「夕月夜」が利用されていると見たい（ただしそんなに明るいはずはない）。とすれば源氏はその効果を承知の上で、到着時間まで計算してやってきたとも考えられる。源氏にしても演出効果を狙っていたのであろう。

さてその時の源氏の衣装は、

ことごとしき姿ならで、いとう忍びたまへれど、ことにひきつくろひたまへる御用意いとめでたく見えたまへば、（85頁）

であった。これについて新編全集の頭注二四には「外見をやつしているのとは逆に、心はこまやかに行き届いている」とある。これは「忍び歩き」と見ることで、服装をやつしていると解釈してのコメントであろう。しかし「ことにひきつくろひ」は、決して心だけではなさそうだ。なにしろ相手がハイセンスな御息所であるし、これが最後の対面であることを考慮すると、源氏は精一杯センスのいいものを身に付けているのではないだろうか。「忍び歩き」という判断は、お供の人数からして同意できるものではない。

この源氏に対する称賛は、帰り際にも「ほの見たてまつりたまへる月影の御容貌、なほとまれる匂ひ」（90頁）とある。この記述から、源氏は衣装に香を焚きこめていたことがわかる。

ただしここに「月影」とあることに注目してほしい。これを安易に帰り際に出ている月と見てはならない。何故ならば、それ以前に「月も入りぬるにや」（88頁）とあって、とっくに月は沈んでいるはずだからである。さすがに新編全集の頭注七では、「七日ごろの月の入りは早く、夜半のうちに没する」（同頁）と記されている（ただし前述の「夕方から出る」月とは矛盾する）。ということは、あたりは真っ暗だということである。

ここで前に「夕月夜」とあったことを思い出してほしい。「夕月夜」と「暁闇」の関係については、古く『万葉集』に、

・夕月夜暁闇の朝影にわが身はなりぬなれを思ふがに（二六六四番）

・夕月夜暁闇のおほほしく見し人ゆゑに恋わたるかな（三〇〇三番）

などと歌われていた。夕月夜と暁闇がセット（対）になっているという以上に、「夕月夜」は「暁闇」の枕詞と見ることができる。要するに夕方に月が出ている時は、必然的に暁には月が沈んで暗闇になるということである。暁の始まりは午前三時なので、もともとあたりは真っ暗だった。その時刻の唯一の自然照明が有明の月なのだが、それは下旬の月では可能であっても、上旬の月は早く沈むので「暁闇」になるのである。歌の「朝影」は暁後半（夜明け）のか細い日の光であろうか。

『万葉集』の「夕月夜」が「暁闇」の枕詞になっているのに対して、『源氏物語』に「夕月夜」

は7例あるが、(2)和歌の用例は1例も見られなかった。『源氏物語』は「夕月夜」を散文化する中で、恋の訪問場面に使用しているといえる。たとえば蓬生巻では、「艶なるほどの夕月夜」(344頁)に源氏は花散里を訪れようとしていた。また藤裏葉巻では、「七日の夕月夜」(439頁)に夕霧と雲居雁が逢っている。要するに恋人のもとを訪れる時間が「夕月夜」なのである。

ここにさりげなく用いられている「夕月夜」から、読者はそういった対極的な情報まで読み取らなければならないのだ。『源氏物語』を読むというのは、単にあらすじを知るだけではなく、こういった読みによってより多くの情報を知ることであるから、これは一方では楽しい読み解き作業でもあった。

四、「榊の憚り」

そのことを踏まえて前述の「月影の御容貌」を考えると、これは帰り際の源氏の様子ではありえないことになる。ここは夕月夜に浮かびあがった昨夜の「うちふるまひたまへるさまにほひ似るものなくめでたし」という源氏の姿を回想・反芻していると解釈したい。なお清水好子氏によれば、この「月影の御容貌」という複合表現はこれ以前に見られず、紫式部の造語とのことである。(3)

源氏がどこまで意識して振舞っていたかはわからないが、物語はタイミングをはかったかのように、源氏の美しい姿を月明かりによって浮かびあがらせ、それを御息所側に効果的・印象的に見せ付けている。そう考えると、やはり源氏はやつした服装ではなかったと読みたい。

そういった効果的な登場の後、源氏は簀子にあがり、廂にいる御息所と御簾越しに対面する。これが先の「物越し」の対面である。おそらく女房たちは気をきかして退出しているのであろう。そこで源氏は、どこで用意したのか榊を一枝中に差し入れて言葉をかける。

榊をいささか折りて持たまへりけるをさし入れて、「変らぬ色をしるべにてこそ、斎垣も越えはべりにけれ。いと心憂く」と聞こえたまへば、

神垣はしるしの杉もなきものをいかにまがへて折れるさかきぞ

と聞こえたまへば、

少女子があたりと思へば榊葉の香をなつかしみとめてこそ折れ（87頁）

すると御息所の方から『古今集』所収の「我が庵は三輪の山もと恋しくはとぶらひ来ませ杉立てる門」（九八二番）歌を踏まえて「しるしの杉」と詠じている。それに対して源氏は、神楽歌（『拾遺集』所収）にある「榊葉の香をかぐはしみとめ来れば八十氏人ぞまとゐせりける」（五七七番）を踏まえて返歌している。ここでは神楽歌の「香をかぐはしみ」を「香をなつかしみ」に改変しているが、これも梅野きみ子氏によって紫式部の造語と認定されている表現である(4)。どうも賢木巻には、『源氏物語』独自の造語がちりばめられているようである。それを発

掘するのも楽しみの一つであろう。

源氏は、野宮という神域にふさわしい常緑の榊葉を提示することによって、そこに御息所に対する不変の心を込めている。『源氏物語』の中に「榊」の用例は、「榊」5例（葵巻1例・賢木巻4例）、「榊葉」3例（賢木巻1例・若菜下巻2例）の計8例用いられている。そのうちの5例が賢木巻に集中しているので、野宮神社を舞台に描かれる賢木巻は、間違いなく榊の巻といえる（若菜下巻は住吉神社の「榊葉」）。

ただし葵巻に「榊の憚り」（27頁）とあったように、神域（精進潔斎中）における逢瀬はタブーであった。そのことは源氏自身十分承知しているはずだが、それにもかかわらずここで御息所に異常接近しているのだ。

なおこの箇所には『伊勢物語』七一段（神のいがき）の、

むかし、男、伊勢の斎宮に、内の御使にてまゐりければ、かの宮に、すきごといひける女、わたくしごとにて、

ちはやぶる神のいがきもこえぬべし大宮人の見まくほしさに

男、

恋しくは来ても見よかしちはやぶる神のいさむる道ならなくに（175頁）

が踏まえられているようである。同じく斎宮にまつわる贈答であるし、「神のいがき」を越え

るとある点、「恋しくは」歌が同じく『古今集』の「我が庵は」歌を本歌としている点など、「榊」は用いられていないものの共通要素は多い。(5)

五、別れのための逢瀬

簀子にあがった源氏は、「御簾ばかりはひき着て、長押におしかかりてゐたまへり」（88頁）とある。これは御簾と御簾の隙間から廂側に顔を差し入れているのであろう。それがいかにも御簾を着ているように見えるので「はひき着て」なのである。

当初は簀子にいた源氏だが、別れの際に歌を詠んだ源氏は御息所の手を取っており、いつの間にか二人はかなり接近しているように読める。ここは御息所が簀子に接近しているというより、源氏が廂に入り込んでいるのではないだろうか。そしていよいよ「暁の別れ」になる。

　やうやう明けゆく空のけしき、ことさらに作り出でたらむやうなり。
　　あかつきの別れはいつも露けきをこは世に知らぬ秋の空かな
　出でがてに、御手をとらへてやすらひたまへる、いみじうなつかし。(6)風いと冷やかに吹きて、松虫の鳴きからしたる声も、をり知り顔なるを、さして思ふことなきだに、聞き過ぐしがたげなるに、ましてわりなき御心まどひどもに、なかなかこともゆかぬにや、
　　おほかたの秋の別れも悲しきに鳴く音な添へそ野辺の松虫

悔しきこと多かれど、かひなかりければ、明けゆく空もはしたなうて出でたまふ。道のほどいと露けし。（90頁）

源氏の歌に「あかつきの別れ」とある点、これを素直に受け取れば、二人はそこで逢瀬を持ったと解するのが妥当であろう。だからこそ源氏は後朝の歌を詠じているのである（もちろん疑似後朝でもかまわない）。なおこの「あかつきの別れ」には、「御息所の伊勢下向による別れ」、あるいは「秋との別れ」も含まれており、重層的な別れ表現になっている（鞱晦）。先に季節のずれを指摘したが、この「秋の別れ」（晩秋のイメージ）も同様である。あるいはこのために晩秋のイメージが付与されているのかもしれない。そうなると「秋」にはさらに「飽きる」意が掛けられていることになる。

すると「おほかたの」歌は、「秋の別れ」によって御息所が源氏に飽きられて悲しいと訴えているのだ。それが恋の常套であり、後の朧月夜の歌にも「明く」と「飽く」の掛詞が用いられていた。ただし「あかつきの」と「おほかたの」は、贈答らしい響き合いに乏しいようにも思える。その意味ではこの二首を源氏の歌とする方がすっきりする。

それはさておきこの文章の少し前に、

月も入りぬるにや、あはれなる空をながめつつ、恨みきこえたまふに、ここら思ひあつめたまへるつらさも消えぬべし。（88頁）

と記されており、二人は「あはれなる空をながめ」とあった。これも別れに際して二人が並んで空を眺めている点、典型的な「後朝の別れ」のシーンといえる。これによれば、御息所の方から端近な外が見えるところまで出てきたことになる。もしこの時二人の間に逢瀬があったのなら、源氏は神域（榊の憚り）のタブーを犯したことになる。では源氏は、それによって御息所の下向を阻止するつもりだったのだろうか。

しかしその後の事態は何も変化していない。そうなるとここは、悩める御息所を心安らかに伊勢へ下向させるための源氏のパフォーマンスだったと読める。(7) 野宮を訪れる前に、

つらきものに思ひはてたまひなむもいとほしく、人聞き情けなくやと思しおこして、野宮に参《まう》でたまふ。（84頁）

とあったからである。もちろん源氏にしても、自分を悪者のイメージのまま御息所と別れたくなかったのであろう。

そう考えるとこの場面で、源氏が「心弱く泣きたまひぬ」（88頁）と涙を見せているのが目につく。源氏が意識的に演技しているとまでは断言できないものの、そういった源氏の涙ぐましい努力（演出）によって、御息所の苦悩も「こころ思ひあつめたまへるつらさも消えぬべし」（88頁）とあり、二人は円満に別れたことになる。ただしこれは草子地なので、御息所の本心かどうかはわからない。末尾に「道のほどいと露けし」とあるのは、源氏の涙を夜露にたとえ

る情景一致の手法であった。

ここであらためて考えてみたいことがある。野宮の一夜において、二人に逢瀬（実事）はあったのだろうか、それともあくまで擬似後朝なのだろうか。ここで再度「夕月夜」に戻って考えてみたい。

「夕月夜」に連動（呼応）するのが「あかつきの別れ」だが、源氏の歌にあるように「暁」に別れたとすると、その時は前述のように「暁闇」の状態、つまり月のない真っ暗闇だったはずだ。すると「ややう明けゆく空のけしき」とあるのは、どう考えたらいいのだろうか。暁の始まる午前三時だったら空は真っ暗である。それからずっと時間が経過し、夜明け前のあたりが白んでくる時刻になっているとしたら、そこに源氏の未練が看取される。

単なる「明けゆく」ならば、日付変更時点と考えていいのだが、「空」とあるとどうしても視覚的に見たくなる。ただし「明けゆく空もはしたなうて出でたまふ」（90頁）と繰り返されており、実際に源氏が帰ったのは、人目を憚らなければならない時間が近づいてからだった。

それでもまだ明るくなっていないとすると、最初の例はやはり午前三時の「明けゆく」ということになる。こういった描写によって、いかにも源氏は御息所との「後朝の別れ」を惜しんでいるように読みたくなるのだ。読者に誤読を促すのも、『源氏物語』の描写の巧妙さといえそうだ。

六、「野宮」の「曙」の記憶

この件はそれで完結しているのだが、この別れの記憶は物語の中でしばしば想起される。たとえば一年後に源氏は、

あはれ、このころぞかし、野宮のあはれなりしことと思し出でて、（賢木巻120頁）

と、御息所との別れを「あはれなりしこと」と思い出している。それだけではない。これが引き金となってさらに朱雀帝が斎宮下向のことを話題にすると、

我もうちとけて、野宮のあはれなりし曙もみな聞こえ出でたまひけり。（124頁）

と、源氏は野宮での一件を朱雀帝に「あはれなりし曙」として語っている。「うちとけて」とあるのは、源氏がつい心を許してしゃべったのだろう。

具体的な御息所との別れの場面では「あかつきの別れ」とあって、「曙」は用いられていなかった。それが回想の中では「曙」として再提起されている。それはさらに源氏が須磨流謫から帰京した後、御息所の娘斎宮女御に対面して、

昔の御事ども、かの野宮に立ちわづらひし曙などを聞こえ出でたまふ。（薄雲巻459頁）

と語っているところでも「曙」となっている。さすがに三回目となると、「かの野宮」となっている。これらはみな他者に語っているのだから、源氏は野宮での一件を「あかつきの別れ」

（後朝の別れ）とは口にできず、「曙」のできごととして語っているのかもしれない。その際決して「立ちわづらら」ってなどいないはずだが、相手が御息所の娘なので虚構を交えて語っているのであろう。というより、唐突に挿入されている、

　殿上の若君達などうち連れて、とかく立ちわづらふなる庭のたたずまひも、げに艶なる方に、うけばりたるありさまなり。（賢木巻89頁）

を踏まえることで、室内ではなく庭でのことだとカモフラージュしている。

　素直に読むと、「暁」と「曙」の時間帯は重なっている（互換性がある）ことになる。[8] もっとも源氏が「暁の別れ」であることを秘して、あえて「曙」と口にしたとすると、意図的な使い分け（隠蔽）が行われたことになる。そうなるとこの「曙」は、あくまで美的な情景であって、逢瀬の後という官能的なイメージはないことになる。

　ここであらためて時間表現について押さえておきたい。かつて時間の推移はタテの流れとして考えられていた。一般には、

　暁→しののめ→あけぼの→朝ぼらけ→朝

ととらえられていた。確かに帚木巻の空蟬との逢瀬の場面でも、「暁→しののめ→あけぼの」とあって、これを時間の推移ととらえることもできる。同様に橋姫巻の垣間見場面でも「暁→しののめ→あけぼの」と推移していた。これだと「あかつき」と「あけぼの」は異なる時間帯

に見えてしまう。

ところが最近の研究では時間の重なりに注目することで、ヨコ並び（時間の重なり）を考えるようになりつつある。(9) 帚木巻にしても橋姫巻にしても、同時間帯と見ることは十分可能だからである。それもあって、タテ型の考え方が変わってきた。たとえば「しののめ」と「あけぼの」は、必ずしも時間の違いではなく、「しののめ」が歌語で「あけぼの」は非歌語とされている。この視点が重要なのだ。ただし非歌語だった「あけぼの」が『源氏物語』以降歌語化されることで、かえって「しののめ」との区別が不分明になってしまった。そのためにわかりにくくなったのである。

次に「朝ぼらけ」に関しては、従来は夜明けに近いかなり明るい時間帯とされていたが、どう考えても暗い時間帯と思われる用例もあるし、「暁」題で「朝ぼらけ」が詠まれている歌もあって、かなり「暁」と重なっていることがわかってきた。その「朝ぼらけ」と「しののめ」にも重なりがあり、また「暁」と「あけぼの」にも重なりがあるということで、到底タテ系列では時間の重なりが合理的に説明できなくなったのである。

むしろ時間の重なりを考慮して、ヨコ並びに考えた方がよさそうである。というより、それぞれの時間表現には時間の幅があるため、必然的に重なりが生じることになる。たとえば「暁」は、最低でも午前三時から五時までの二時間ある。その暁が朝に連続しているとすると、「朝ぼらけ・しののめ・あけぼの」はすべて「暁」の時間帯に含まれるか、重なりを有すると考えた方がわかりやすい。

ただし物語では、あえて「暁」を「曙」といい換えているので、発話者の意図を考慮することも必要であった。

まとめ

本章では賢木巻を例にして、源氏と六条御息所との「暁の別れ」が暁の時間帯（午前三時以降）であり、意外に暗い時間に男女が別れることを論じた。だからこそ月の下旬には有明の月が印象的であること、逆に「夕月夜」（月の上旬）には暁前に月が沈むので暗闇になっていることから、「暁の別れ」が午前三時過ぎの暗い時間帯であることを論じた。

さらに「暁」を起点にして、従来はタテ系に考えられていた時間表現を、あらためてヨコ系として考えるべきであることを提案したい。ただし源氏はその「暁」を「曙」といい換えているることから、これも「暁」と同じ時間帯、後半のやや明るくなる時間帯と見ることもできる。(10)そうではなく、第三者に二人の逢瀬を知られたくないという判断が働くことで、あえて「曙」が選び取られているのであれば、単純にそれを同時間帯とするのもためらわれる。

こういったややこしさが、物語の時間表現を複雑にしている原因なのであろう。時間表現はもっと慎重に分析しなければなるまい。

注

（1）　吉海直人「『住吉物語』の琴をめぐって」國學院雑誌83―7・昭和57年7月（『住吉物語』の世界』（新典社選書）平成23年5月所収）

（2）　『源氏物語』の「夕月夜」は、賢木巻以外に桐壺巻・明石巻・蓬生巻・篝火巻・藤裏葉巻・浮舟巻に用いられている（計7例）。その反対が「暁月夜」（賢木巻と初音巻の2例）であるが、賢木巻にはその両方の用例が用いられている。

（3）　清水好子氏「作り物語から源氏物語へ」國文学17―15・昭和47年12月

（4）　梅野きみ子氏「光源氏の人間像―その「なつかし」を中心に―」椙山女学園大学研究論集人文科学篇30・平成11年3月、吉海直人・岸ひとみ「「香をなつかしみ」考―『源氏物語』の造語として―」解釈65―3、4・平成31年4月参照。

（5）　『伊勢物語』六九段「伊勢斎宮譚」では、ストレートに斎宮との禁忌が描かれているが、七一段では斎宮に仕える女房の話（「好きごと」を「杉子と」と解釈）になっているし、賢木巻では斎宮の母となっており、斎宮との直接の禁忌は避けられている。

（6）　高田祐彦氏「和歌が織りなす物語―賢木巻序盤の構造―」むらさき56・令和元年12月では、「なつかし」の使用に疑義を述べておられる。しかしこれは和歌の「香をなつかしみ」の本歌である「野をなつかしみ一夜寝にける」（『万葉集』一四二四番）の具現ではないだろうか。

（7）室伏信助氏「源氏物語の構造と表現―「賢木」巻をめぐって―」『王朝物語史の研究』（角川書店）平成7年6月

（8）小林賢章氏「アサマダキ・アケボノ考」同志社女子大学学術研究年報69・平成30年12月でも「同時性」の例としてあげられている。

（9）吉海直人「平安文学における時間表現考―暁・朝ぼらけ・あけぼの・しののめ―」古代文学研究第二次27・平成30年10月（本書所収）参照。なお『源氏物語』における用例数は、「暁」65例・「あさぼらけ」19例・「あけぼの」14例・「有明」12例・「あけぐれ」12例・「あさけ」3例・「しののめ」3例となっている。「あけぼの」の用例が多い反面、「しののめ」の用例は少ない。

（10）薫も宇治の姉妹を垣間見た時間帯を、匂宮には「見し暁のありさまなどくはしく聞こえたまふ」（橋姫巻153頁）と告げているのに、八宮には「前のたび霧にまどはされはべりし曙に」（橋姫巻157頁）と告げており、「暁」を「曙」にいい換えている。ここも姉妹の父である八宮に対しては「曙」という表現が選び取られているのではないだろうか（「暁」の垣間見を隠蔽している）。

第十二章　『源氏物語』賢木巻における朧月夜との「暁の別れ」

はじめに（再び「暁の別れ」）

六条御息所[1]に続いて、もう一つの源氏と朧月夜との「暁の別れ」について考察してみたい。六条御息所の特徴というか問題点は、「擬似体験」か否かにあった。それに対して朧月夜の場合は、後宮（弘徽殿）における大胆な密会（藤壺との密通を超える設定）であり、そのために「時奏」を含めた宮中固有の時間表現が多く描かれているという特徴が指摘できる。

そもそも朧月夜との唐突な出会いは前巻の花宴巻にあった。ただし積極的に求めた女性ではなく、藤壺の代償としての行きずりの逢瀬となっている（その点は空蟬巻の軒端の荻物語と類似している）。二月二十日あまりに南殿で催された桜の宴で、東宮に促されて春鶯囀を舞った源氏は、酔った勢いもあって藤壺をうかがったが、しっかり戸締りされていた。そこで弘徽殿をうかがったところ、こちらは戸が開いていていた。

もしさりぬべき隙もやあると、藤壺わたりをわりなう忍びてうかがひ歩けど、語らうべき戸口も鎖してければ、うち嘆きて、なほあらじに、弘徽殿の細殿に立ち寄りたまへれば、三の口開きたり。女御は、上の御局にやがて参上りたまひにければ、人少ななるけはひなり。奥の枢戸《くるるど》も開きて、人音もせず。かやうにて世の中の過ちはするぞかしと思ひて、やをら上りてのぞきたまふ。（356頁）

こんな不用心だから男女の間違いも起こるのだといいながら、源氏はその戸に吸い込まれていく。すると暗い中、美しい女性の声（聴覚）が聞こえてくる。

いと若うをかしげなる声の、なべての人とは聞こえぬ、「朧月夜に似るものぞなき」とうち誦《ず》じて、こなたざまには来るものか。いとうれしくて、ふと袖をとらへたまふ。（同頁）

これは和歌を「誦じ」ているから、源氏の耳に届いたのであろう。そこで都合よく向こうから近づいてきた女性の袖を源氏はとらえたのである。二人はそこで男女関係を持ってしまった。こうして源氏は、最初の朧月夜との「暁の別れ」を迎えることになる。ただし尋常の逢瀬ではないので、「後朝の別れ」も尋常ではなかった。もともと『源氏物語』は男女の濡れ場を省略する傾向にある。ここも、

らうたしと見たまふに、ほどなく明けゆけば、心あわたたし。（357頁）

とだけある。この「ほどなく明けゆけば」こそは、「官能の時間が一瞬のうちに過ぎ去る」（新編全集頭注二八）物語の省筆の手法であった。[2] そのことは直前にある「らうたし」からも読み取れる。「らうたし」は、逢瀬を持った男性が官能の時間を反芻する際に用いられる常套表現だからである。これは男性の優越感のあらわれともいえる。

源氏はなんとか朧月夜の素性を知ろうとして「なほ名のりしたまへ」（357頁）と尋ねるが、女は、

うき身世にやがて消えなば尋ねても草の原をば問はじとや思ふ　（357頁）

と歌を詠じるだけで素性を明かさない。このあたりは夕顔物語と類似している。女の側から歌を詠むのも異常であるが、それに源氏は、

いづれぞと露のやどりをわかむまに小篠が原に風もこそ吹け

と返歌をしている。もっと長く一緒にいたかったが、何しろ弘徽殿での危うい逢瀬なので、

言ひあへず、人々起き騒ぎ、上の御局に参りちがふ気色どもしげく迷へば、いとわりなくて、扇ばかりをしるしに取りかへて出でたまひぬ。　（358頁）

と扇を取り換えてさっさと退出している。「わりなし」という言葉がそれを象徴していた。なお二人の出逢いは女房が関与していないという特徴が指摘される。源氏は誰の助けも借りずに脱いだ衣装を着ることができたのだろう。

この花宴巻は桐壺帝の退位が前提となっており、何かと不遇をかこつ源氏の欲求不満が、右大臣の娘で弘徽殿の妹にあたる朧月夜との逢瀬に踏み切らせたとも読める。ただし最初は相手の女性が誰だかわからなかった。それが明らかになるのは、右大臣家で催された藤花の宴に招待された時である。これも巧みな物語展開といえよう。

一、賢木巻の政治状況

源氏は側近の良清や惟光を使って、逢瀬を持った女性の素性を探らせる。その際源氏は「かの有明出やしぬらむ」（359頁）と思っている。これは直前にあった「藤壺は、暁に参上りたまひにけり」（同頁）を受けているのであろう。そのため頭注二七には「有明月の夜に逢った女、朧月夜の君」と説明されている。これは「朧月夜」を「有明の月」にいい換えているのだろうが、藤壺の「暁」から考えると、朧月夜と別れたのも「ほどなく明け」た暁の時間帯で、その暗い暁の空に「有明の月」が出ていたことが察せられる。

この「有明の月」はその後も繰り返されている。源氏の独詠にも、

世に知らぬ心地こそすれ有明の月のゆくへを空にまがへて（360頁）

とあった。これについて新編全集頭注一五には、

「有明の月」は、男が女のもとを立ち去る後朝の代表的な景物で、夜明けの光で空に見失

いがち。その後朝の情趣に、相手の印象を詠む。（361頁）

とコメントされている。「後朝の代表的な景物」とする点は首肯されるが、時間的に夜明けとしているのは、まだ暗い時間と修正したい。

こうして源氏から「有明の女」と規定されたことで、語り手も「かの有明の君は」（362頁）と呼称として使っている（むしろこれが朧月夜の名称にされてもおかしくはあるまい）。だから再会も一か月後の「三月の二十余日」（363頁）、つまり「有明の月」が出ている頃に設定されていた（有明尽くし）。

もちろんだからといって正式に交際することになるわけではない。というのも源氏は、右大臣の婿として取り込まれるのは嫌だったし、朧月夜にしても東宮（朱雀帝）の後宮に女御として入内する予定だったからである。しかし源氏との関係が世間に噂されたことで、女御としての入内はできなくなったらしい。そこで、

今后は、御匣殿《みくしげどの》なほこの大将にのみ心つけたまへるを、（葵巻75頁）

とあるように、最初は御匣殿として宮中に出仕している。ここにある「今后」とは朱雀帝の即位によって皇太后（帝の母后）となった弘徽殿（朧月夜の姉）のことである（藤壺が中宮であることは変わらない）。後になって、

御匣殿は、二月に尚侍《ないしのかみ》になりたまひぬ。院の御思ひに、やがて尼になりたまへるかはり

なりけり。やむごとなくもてなして、人柄もいとよくおはすれば、あまた参りたまふ中にもすぐれて時めきたまふ。（賢木巻101頁）

と、欠員ができた尚侍に任命され、朱雀帝の寵愛を受けている。「あまた参りたまふ」は桐壺巻の「あまたさぶらひたまふ」の引用であろう。だからこそ「すぐれて時めきたまふ」と続いているのだ。(3) 桐壺更衣は更衣の身分で時めいたが、朧月夜は尚侍で時めいている。

もちろん桐壺更衣とは事情が異なっている。朧月夜は女御として入内できなかったものの、右大臣というしっかりした後見があったからである。とはいえ右大臣家にとっては大きな痛手であった。源氏と朧月夜の関係は単なる恋愛というだけではなく、源氏による朱雀帝政権への挑戦・反抗とも受け取れる行為だったのだ。この背景には『伊勢物語』の昔男（業平）と二条后（高子）の物語が踏まえられている。

そこで二人の縁が切れてしまえば、それ以上大きな問題にはならなかったのだが、「御匣殿なほこの大将にのみ心つけたまへる」とあるように、朱雀帝に出仕して寵愛を受けるようになってからも、朧月夜は引き続き源氏と密会を続けている。これはもはや不倫などというレベルのものではなく、密通さらには帝への裏切り（謀反）にあたるものである。源氏にとっては身の破滅を招きかねない危険な行為であり、結局はその発覚によって須磨流謫へと物語は展開していくことになる。

そんな中での源氏と朧月夜との危険な甘い逢瀬であった。先に源氏は藤壺との密通を経験しているので、それに比べれば大したことはないと甘く考えていたのかもしれない。当事者である朧月夜にしても、藤壺と違って拒否の姿勢は見せていない。藤壺の場合は王命婦という仲介の女房が必要だったが、朧月夜との密会では最初から女房の仲介も不要のようである（源氏の側近である惟光も不要）。もっとも連絡係として、途中から「中納言の君」という女房が設定されている。この中納言の君は密会の秘密を承知しているのであろう（弘徽殿に密告してはいない）。そして源氏は大胆不敵にも、後宮のみならず里邸（右大臣邸）にいる朧月夜を訪ねて逢瀬を重ねていた。

最初、朧月夜は後宮の登花殿に入居していたようだが、そこは「登花殿の埋れたりつる」（賢木巻101頁）とあるようにぱっとしないところだったので、姉の弘徽殿大后が、

后は、里がちにおはしまいて、参りたまふ時には梅壺をしたりければ、弘徽殿には尚侍《かむ》の君住みたまふ。（101頁）

と梅壺に移った際に、空いた弘徽殿を譲り受けている。普通に考えれば、女御でもない尚侍に殿舎が与えられることはあるまい。これこそ右大臣家の権力による特別待遇であろう（これが許されるのなら桐壺更衣の桐壺専有も可能であろう）。

それ程厚遇されているにもかかわらず朧月夜は、

御心の中には、思ひの外なりしことどもを、忘れがたく嘆きたまふ。いと忍びて通はしたまふことはなほ同じさまなるべし。（101頁）

と、源氏を弘徽殿（朱雀帝の後宮）に通わせていたのである（薫と匂宮を通わせた浮舟の先例）。読者ははらはらしながら物語を読み進めたに違いない。

二、朧月夜との後朝

以上のようなことを踏まえた上で、次の本文を見ていただきたい。

ほどなく明けゆくにやとおぼゆるに、ただここにしも、「宿直奏《とのゐまうし》さぶらふ」と声《こわ》づくるなり。またこのわたりに隠ろへたる近衛官《このゑづかさ》ぞあるべき、腹ぎたなきかたへの教へおこするぞかし、と大将は聞きたまふ。をかしきものからわづらはし。ここかしこ尋ね歩きて、「寅一つ」と申すなり。女君、

心からかたがた袖をぬらすかなあくとをしふる声につけても

とのたまふさま、はかなだちていとをかし。

嘆きつつわがよはかくて過ぐせとや胸のあくべき時ぞともなく

静心なくて出でたまひぬ。夜深き暁月夜のえもいはず霧りわたれるに、いといたうやつれてふるまひなしたまへるしも、似るものなき御ありさまにて、承香殿の御兄弟の藤少将、

藤壺より出でて月のすこし隈ある立蔀の下に立てりけるを知らで、過ぎたまひけんこそいとほしけれ、もどききこゆるやうもありなんかし。（賢木巻105頁）

これは二人の密会後の「後朝の別れ」が描かれている本文である。『源氏物語』は恋物語なので、本来なら逢瀬の場面を味わいたいところだが、肩透かしというか、二人の密会シーン（濡れ場）は描かれておらず、ここも「ほどなく明けゆく」という一語だけで片付けられている。物語には逢瀬のシーンを詳しく描く意図はなさそうである。ただしこの表現は、二人の逢瀬が満足のいくものであったことを暗示している。

かつて私は、男女の「後朝の別れ」がどう描かれているかに興味を抱き、『『源氏物語』「後朝の別れ」を読む』という本にまとめたことがある。(4) そのポイントの一つは、別れの時間、つまり男が帰る時間がいつかということであった。従来は単純に「夜が明ける前」といった漠然とした表現で済まされていた。というのも、「後朝の別れ」の場面に「明く」という言葉が頻出しているからである。該当本文も前と同様に「ほどなく明けゆく」から始められている。ではあたりは明るくなってきたのであろうか。

ところが意に反して、あたりは真っ暗であり、本当に夜が明けるまでにはまだ時間がある中で別れているシーンが少なくない。ここも「夜深き暁月夜」とあることに注目していただきたい。一般に「暁」（後朝）の時間帯に出ている月は、「有明の月」と称されている。「後朝の別れ」に「有明の月」が印象的に描かれているシーンは多い。夜が明けてくる（明るくなってくる）と月の光はぼやけてくるが、ここは真っ暗な「暁」の空に照っている月である。「月夜」とあってもいわゆる夜ではなく、暗い「暁」に出ている月であった。

本書でしばしば繰り返していることだが、「後朝の別れ」における「明く」には、一般的な「夜が明ける・明るくなる」以外に、「日付が変わって翌日になる」というもう一つの意味がある。(5)そのことは普通の古語辞典にも、

①夜が明けて朝になる。

②年・月・日・季節などが改まる。　（大修館書店『古語林』）

と記されているのだが、なかなか一般には浸透していない。

では古典の世界では、一体何時に日付が変わるのだろうか。現在では午前十二時を過ぎると翌日になる。それに対して古典では、午前三時が日付変更時点であった。これについては干支を想起していただきたい。子・丑・寅・卯という干支である。最初の子は午前十二時を中心にした前後の二時間、つまり午後十一時から午前一時までである。次の丑が午前一時から三時まで、「草木も眠る丑三つ時」というのは午前二時からの三十分にあたる。

その次の寅が午前三時から五時までであるが、この丑から寅に変わるところに日付変更時点があり、それを過ぎると、つまり寅になると翌日になる。午前三時は昨日と今日の（今日と明

日）の分岐点・境界線であり、「暁」の始まりでもあるのだ。当然この時刻は夏でもまだ真っ暗である。「暁」というと、その言葉の印象から明るくなるイメージを抱くかもしれないが、それは「暁」の時間帯の終わり頃のイメージでしかない。『後撰集』所収の、

夢よりもはかなきものは夏の夜の暁がたの別れなりけり　（一七〇番）

歌はそのことを如実に詠じている。二人の逢瀬は「夜」の時間帯に行われ、それが経過して午前三時を過ぎた時点が「暁方」（暁の始め頃）だからである。「後朝の別れ」は「暁の別れ」でもあるので、物語では暗い時間帯に描かれることが多い。だから「明く」とあった場合、文脈からあたりが明るいのかまだ暗いのかを判断して、「夜が明けた」とするのか「翌日になった」とするのかを判断しなければならない。もし「暁方」とあったら、まだ真っ暗だと思っていただきたい。

物語における「後朝の別れ」は、ほとんどが翌日になったと解釈してよさそうである。視覚で判断するのではなく、日付が変わるからこそ、男女は別れなければならないのだ。シンデレラが十二時にこだわるのは、日付が変わると魔法の効力が翌日まで持ち越せずに切れてしまうからであった。また幽霊や物の怪なども、午前三時を過ぎると姿を消すとされている。このことを押さえた上で、賢木巻の本文をもう少し詳しく見てみよう。

三、「宿直奏」について

二人が密会していたのは、前述のように後宮殿舎の一つである弘徽殿の細殿（廂の間か廊下）であった。もっと安全な密会場所もありそうなものだが、ここは花宴巻で、

弘徽殿の細殿に立ち寄りたまへば、三の口開きたり。（356頁）

とあったように、二人が初めて出会った思い出の場所だったのだ。だからわざわざ「かの昔おぼえたえる細殿の局に、中納言の君紛らはして入れたてまつる」（賢木巻105頁）を選んでいるのであろう。という以上に、桐壺院の崩御によって光源氏は政界から干されてしまい、むしろ自暴自棄になって危険な方へ自らを向けている感もある。

前掲本文の三行目に「大将」とあるのが光源氏である。この時源氏は近衛の右大将だったので、(6)官職でそう呼ばれているのである。四行目に「女君」とあるのが朧月夜である。本来ここは公的に「尚侍の君」（内侍所の長官）と称されるところだが、この時は源氏と密会しているので、朱雀帝の妻という資格ではなく、恋する一介の「女」として描写されていることになる。ここで源氏も「男（君）」と称されていれば、二人は恋する男女になるのだが、源氏の方は「大将」という公的な官職名のままであった。そしてどうやらこの呼称が、本文二行目にある「近衛官」と関わってくるようだ。

本文一行目に「宿直奏[7]」とあるが、これは夜の宮中を警護している近衛の役人が、三十分ごとに定刻と自身の姓名を上官に口頭で報告することである。ここは上官の一人が弘徽殿の女房のところに忍んで通っていたようで、それを同僚がからかって、その上官が密会している局の近くで、わざと大声で宿直奏をさせているのであろう。こんな面白い描写は他の物語には見られまい。

本文に「ただここにしも」とあるのは、源氏も近衛の上官であるから、密会が露見したのではと思って一瞬ドキッとしたのかもしれない。すぐに自分のことではないと判断したようだが、そんな危険を帯びた密会であった。要するにここで源氏が「大将」と称されていることで、「宿直奏」との関わりが納得されるのである。この読みが正しければ、物語には推理小説的な要素も多分に含まれていることになる。

話を時間表現に戻すと、一行目に花宴巻同様に「ほどなく明けゆく」とあり、二人の歌にも「明く」が引用されている。先ほど述べたように、この言葉につられて夜が明けて明るくなったと思ったら、それこそ大間違いである。源氏は室内にいたのだし、格子も閉じられているとすると、外の明るさはわからない。宮中なので出立を促す従者も不在である。視覚的に時間を判断することはできないので、「明けゆくにや」と推量しているのである。

それが正しかったことは、「宿直奏さぶらふ」・「寅一つ」という声、つまり聴覚で時間が告げられたことでわかる。寅は午前三時から五時までの二時間である。その二時間を三十分ごとに分け、一つ・二つ・三つ・四つとしているので、「寅一つ」は午前三時から三時三十分までを指す。ここは午前三時になったことを告げているわけである。その時刻に「明けゆく」「明く」とあるのだから、外が明るいはずはあるまい。これが決め手である。もちろん『源氏物語』が間違っている（嘘をいっている）わけではない。前に述べたように、この「明く」は日付が変って午前三時になった（翌日になった）ことを告げる「明く」だったのだ。(8)

この日付変更時点のことを強く主張されているのが小林賢章氏である。源氏と朧月夜との「後朝の別れ」の場面は、小林氏の『アカツキの研究　平安人の時間』（和泉選書）で二度（7頁・44頁）も引用されており、それで私も興味を抱いた次第である。では当時の人は視覚に頼らずに、どのようにして翌日になったこと、いい換えれば「後朝の別れ」の時間になったことを知りえたのだろうか。

幸いここは宮中である。宮中には時計があった。古く天智天皇の時代に、中国から漏刻という水時計がもたらされていたのである。その時計を司っていたのが暦博士であり、それをもとに宿直奏を行ったのが近衛府の役人と滝口の武士であった。なんと平安朝の宮廷では、時奏によってかなり正確に時刻を知ることができたのである。(9)

それ以外にも聴覚で時間を知る手立てはあった。一つは原始的なものだが、鶏鳴つまり鶏の鳴き声によって「暁」を知る方法である。『源氏物語』にも鶏鳴はしばしば用いられているし、清少納言の「夜をこめて」歌にも「鳥のそら音」[10]とあった。平安時代において、「鶏鳴」は決して庶民的なものではなく、貴族社会でも普通に用いられていたのである。もう一つ、寺の「後夜の鐘」も「後朝の別れ」の時刻を告げる時計として機能させられていた。

四、二人の贈答

ここで注目したいのは、「寅一つ」という声を耳にした朧月夜が、とっさに歌を詠んでいることである。普通の後朝であれば、帰った後で男性の方から歌が贈られてくる。それに女性が返歌するのだが、既に恋仲になって久しい二人なので、帰る前にしかも女性から先に詠んでもおかしくはない。

おそらくこの時、源氏は「宿直奏」の近衛官のことに気を取られていたのであろう。それを見抜いたのか、朧月夜は「宿直奏」を聞いて即座に「あくとおしふる声」と詠んだ。ここには掛詞が用いられている。そもそも「寅一つ」が、翌日になったことを聴覚的に告げているので、それを「明くと教ふる」と詠んでいるのだ。その「明く」には源氏から「飽きられる」意が掛けられている（これは後朝の常套か）。それが「かたがた」に連動して、「後朝の別れ」の悲しさと、源氏に飽きられた悲しさの涙で朧月夜の袖が濡れるとやや大袈裟に詠じている。ここに朱雀帝に対する後ろめたさなどは感じとれない。

それを「はかなだちていとをかし」と思った源氏は、朧月夜と同じく「明く」を掛詞として歌を返す。これが和歌の贈答の教養であった。それだけでなく、「わが世」には「夜」が掛けられている。また源氏は掛詞を「飽きる」ではなく、「胸が開く」（すっきりする）にずらして、たとえ夜が明けても私のあなたへの恋情はすっきりすることなどありません、とこちらも技巧的に答えている。もちろんそこには、朧月夜がいやになったわけではないという弁明も含まれていた。ここに藤壺との密会のような緊張感は感じられない。

ただし二人に別れの余韻に浸っている時間的余裕はなかったようで、歌の贈答が終った途端、源氏はあわただしく帰っている。ぐずぐずしていてあたりが本当に明るくなったら、それこそ後宮での密会が人目についてしまう恐れがあるからである（脱いだ衣装の着付けも省略）。

そこに前述した「夜深き暁月夜[11]」という、時刻に関わる表現が用いられている。「暁」は先ほどいったように、午前三時以降の時間帯を示す言葉である。終了時間については午前五時までとする説と夜明けまでとする説があるが、いずれにしても「暁」の後半になると視覚的に明るくなってもおかしくない。しかしこの場面は午前三時になり立てであり、「夜深き」ともあるので、まだ真っ暗であることに間違いはない。

そんな中、「後朝の別れ」では「有明の月」が照明として照っていることが少なくない。この「有明の月」にしても、夜が明ける頃の空に残っている月と思っている人が多いかもしれない（そう教わった?）。しかし大事なのは、「後朝の別れ」の暗い空に照っていることである。だから印象的なのだ。ここも「暁」に月が出ている「暁月夜」なので、その月明りで真っ暗ではなかったことになる。その月の光によって霧がかかっていることもわかるのだ。

そういった中で、源氏は、

いといたうやつれてふるまひなしたまへるしも、似るものなき御ありさまにて、承香殿の御兄弟の藤の少将、藤壺より出でて月のすこし隈ある立蔀の下に立てりけるを知らで、過ぎたまひけんこそいとほしけれ。（106頁）

とお忍びのやつした姿をしていたものの、それがかえって「似るものなき」と評価されている。「いといたうやつれて」とあるが、ここは宮中なのでそれなりの服装はしていたはずである。そういえば六条御息所との対面でも、「夕月夜」の中で「似るものなくめでたし」（87頁）と称讃されていた（賢木巻だけで源氏に四例も用いられている）。

それに続いて、承香殿女御の兄弟の少将が立蔀のそばに立っていたのに気付かなかったのは気の毒だと書かれている（草子地?）。源氏はうかつにも弘徽殿から帰る姿を見られてしまったのだ。普通の人なら暗くて誰だかよくわからないところだが、月は出ているし、「似るものなき」と称讃されていたので、源氏だということは少将にもすぐにわかったのだろう。源氏に対するプラス評価が、ここでは露顕（マイナス）に働いているのである。必ずしも現場を押さえられたわけではないが、こんな時間に弘徽殿から出てきたのだから、怪しまれて当然である。

ところでこの藤少将について、新編全集の頭注七には「藤少将が右大臣方の人だけに、穏やかにはすむまいとする。」（106頁）とあるが、これはどうだろうか。朱雀帝の承香殿女御といえば、後に髭黒の妹として再登場している人である。あるいはここが髭黒の最初の登場場面かもしれない。もちろん髭黒の兄弟でも別人でもかまわない。

それより「少将」というのは近衛の三等官である（源氏の部下）。ひょっとするとこの藤少将こそは、先ほどの「宿直奏」の[12]（女の局に忍んでいた）上官だったのではないだろうか。弘徽殿と藤壺は隣り合っているので、藤壺目当てに行われた「宿直奏」を、弘徽殿と聞き間違えたとしてもおかしくはあるまい。おそらく普段より大きな声だったのであろう。これまでそういった読みは示されていないようだが、そう考える方が筋が通るのではないだろうか。

ここを読んで読者はドキッとさせられたに違いない。幸いこのことは、後の物語で取り沙汰されることはなかった。藤少将は右大臣側の人ではなかったようだ。この後、賢木巻後半で源氏は右大臣邸での密会を、遂に右大臣に見咎められてしまう。それによって源氏の須磨流謫が展開していくのだから、ここは伏線的効果も認められそうだ。

まとめ

以上、本章では賢木巻における源氏と朧月夜の危険な密会に付随して、「暁の別れ」の場面を取り上げて考察した。ここに時間表現が鏤《ちりば》められていることの意味は納得されたであろう。宮中の後宮という空間だったからこそ、公的な「宿直奏」が巧妙に物語の展開に利用されていること、そして二人の「後朝の別れ」が暗い時間帯に行われていること、そのために視覚ではなく聴覚が重視されていることを読み取ってみた次第である。

これまで『源氏物語』の研究において、時間表現に対する関心は低かったようだが、特に近衛という官職と「宿直奏」との結びつきから読み取れる情報は、決して軽視できるものではない。そこから近衛という官職が巧妙に物語展開に利用されていることがおわかりいただけたであろうか。

こうして物語は、賢木巻における大きな政権交代と、二つの「暁の別れ」を描出することで、源氏の須磨下向（流謫）という新たな展開へと動き出していくのである。

注

（1）吉海直人「『源氏物語』賢木巻における六条御息所との「暁の別れ」」同志社女子大学大学院

文学研究科紀要21・令和3年3月（本書所収）

（2）「ほどなく明け」表現は、『うつほ物語』内侍のかみ巻に「ほどなく明くる暁」（167頁）とあり、『落窪物語』に「ほどなく明けぬれば」（80頁）とある。『源氏物語』では賢木巻に「ほどなく明けゆく」（105頁）、総角巻に「まどろむほどなく明かしたまふ」（335頁）、宿木巻に「ほどなく明けぬ」（406頁）と用いられていた。以後も『浜松中納言物語』に「ほどなく明けぬる」（70頁）、『夜の寝覚』に「程なく明けぬ」（32頁）・「ほどなく明けぬるなめり」（317頁）、『とりかへばや物語』に「ほどなく明けぬる心地」（494頁）、そして『とはずがたり』にも「ほどなく明けゆけば」（362頁）・「ほどなく明けゆく」（460頁）と用いられており、共寝のキーワードとして機能していることがわかる。その他、「ほどもなく明けぬる心地」（総角巻254頁）「ほどもなう明け」（東屋巻93頁）や和歌にも「夏の夜の月はほどなく明けぬれば」（『後撰集』二〇六番）と詠じられている。小林賢章氏「『浜松中納言物語』の時間表現」同志社女子大学学術研究年報65・平成26年12月参照。小林氏は「ほどなく明く」の用例4例を検討され、

「ほどなく明く」という表現は、当然、明けるまでの時間が短いことを意味するが、その理由は、好ましい出会いやよい出来事によって、時間を短く感じる場合に使われているようである。（85頁）

と結論づけておられる。

（3）このあたりは桐壺更衣のパロディ仕立てになっているようだ。そうなると愛の結晶として朧月夜の懐妊・出産も想定される。しかしながら藤壺の二番煎じになるのを回避したのか、子供は儲けていない。もちろん朧月夜は早死にすることもなく、若菜巻まで源氏の愛人役を長く演

じている。これも特殊な人物設定であろう。

（4）吉海直人『『源氏物語』「後朝の別れ」を読む―音と香りにみちびかれて―』（笠間選書）平成28年12月

（5）小林賢章氏「アク考」『アカツキの研究―平安人の時間』（和泉選書）平成15年2月

（6）源氏は紅葉賀巻で「源氏の君、宰相になりたまひぬ」（347頁）と参議になっており、続いて葵巻でいきなり「大将の君」（17頁）と出てくるが、いつ大将に任命されたのかは不明。桐壺院や左大臣が源氏の将来を考慮して、やや無理をして大将に昇進させているのであろう。

（7）『源氏物語』に「宿直奏」は3例しか用いられていない。「右近の司の宿直奏の声聞こゆるは、丑になりぬるなるべし」（桐壺巻36頁）・「滝口の宿直奏今こそ」（夕顔巻166頁）と賢木巻の3例である。その中で一番重要なのが賢木巻であった。

（8）小林賢章氏『「暁」の謎を解く―平安人の時間表現』（角川選書）平成25年3月、吉海直人「平安文学における時間表現考―暁・朝ぼらけ・あけぼの・しののめ―」古代文学研究第二次27・平成30年10月（本書所収）

（9）吉海直人『『源氏物語』の「時奏」を読む』國學院雑誌121―5・令和2年5月（本書所収）

（10）吉海直人「時間表現「夜をこめて」の再検討―小林論への疑問を起点にして―」日本文学論究79・令和2年3月（本書所収）

（11）吉海直人「『源氏物語』「夜深し」考―後朝の時間帯として―」古代文学研究第二次19・平成22年10月（『『源氏物語』「後朝の別れ」を読む―音と香りにみちびかれて―』（笠間選書）平成28年12月所収）。「夜ふかし」は夜の深さを示したもので、そのためしばしば「暁」とも重なっている。また『源氏物語』に「暁月夜」は2例しか見当たらない。もう1例は「影すさまじき暁月夜に」（初音巻159頁）である。なお「暁」は『源氏物語』に65例あり、巻別では夕顔巻の5例が最も多い。ある意味夕顔巻は、「暁の物語」でもあったことになる。

(12)　葵巻で桐壺帝は譲位しているので、それに連動して藤壺中宮も藤壺から退去しているはずである。朱雀帝の御代に藤壺に居住していたのは藤壺女御ではないだろうか。

第十三章　『源氏物語』「あさけの姿」考

はじめに（問題提起）

いくつかの時間表現の中に、「あさけ（朝明）」というやや珍しい言葉がある。これに関して、たとえば岩波『古語辞典』には、

アサアケの約。早朝。夜のあける頃。

と説明されている。ここでは「あさけ」を「あさあけ」の約としているが、「あさあけ」はかなり珍しい語のようで、辞書に立項されることはほとんどない。また複合語「あさけのすがた」については、

朝の光のなかに見える姿。女の許から、起きて帰る男の姿をいうことが多い。

と興味深いコメントが記されている。従来はこれで全く問題ないと考えられていたようで、他の辞書類もほぼ同様の説明になっている。要するに辞書の説明からは、この語に問題があるこ

とすら見えてこないのである。

これに対して長年時間表現を研究されてこられた小林賢章氏は、例によって辞書の説明が間違いであることを主張され、

アサケは奈良・平安時代には、丑の刻を過ぎ、寅の刻頃の時間帯を指して、当時の「夜明け」の意識を背景として使用されていた。(1)

と持説を展開しておられる。小林氏は、「あさけ」は「暁」と同じように翌日になった意味であり、当然まだ暗い時間帯なので、早朝とか夜の明ける頃では時間的に早すぎるし、視覚的に明るすぎると批判的に論じておられる。

要するに辞書が視覚的に明るくなる時間と見ているのに対して、小林氏はむしろ暗い時間と見るべきことを主張しておられるのである。「後朝の別れ」が暗い時間帯に行われていたと考える私は、(2)小林氏の御研究、特に「暁」や「明く」についての御論には賛成の立場にある。この「あさけ」の御論に関しても、『万葉集』の「あさけ」に関しては小林論に賛成である。

しかしながら小林氏は、『源氏物語』の代表的な「あさけの姿」を検討されておらず、それにもかかわらず「奈良・平安時代」と平安時代まで一括りに結論づけられている点は賛成しかねる。というより『源氏物語』の用例は、小林論にとって都合の悪いものであった。もっとも、小林氏は「あさけ」を対象に論じておられるのであるから、『源氏物語』の「あさけの姿」は

分けて考えることもできるので、私の批判は的外れかもしれない。

もう一つ、小林論で賛成できないのは、

> 中世以降は、アサケはまだ早朝男が女の家を去る時間と捉え、アサアケは文字通り夜明けころと理解されていた。

と、意味の変遷・言葉の二分化を論じておられる点である。というのも、「あさあけ」と訓読した例が他にあげられていないし、小林氏が分化の例としてあげておられる『増鏡』の例にも再考の余地がありそうだからである。

そうこうしているうちに、山口正代氏によって夕霧の「あさけの姿」についての論が発表された[3]。山口氏は遡って『万葉集』の二例及び『古今和歌六帖』の用例まで検討されているが、小林論を引用されていない点は残念である。もちろん山口氏の論は、時間表現ではなく美的形容、あるいは光源氏の心内にウエイトが置かれているので、まだ時間表現の視点から再検討することは可能と思われる。

ちょうどいい機会なので、お二人の御研究を踏まえた上で、あらためて時間表現としての「あさけ」について再検討し、「あさけの姿」という複合語の特殊性を論じてみたい。

一、『歌ことば歌枕大辞典』の分析

時間表現に限らず、「あさけ」の研究史としては小林論が嚆矢であり唯一の論であるが、もう一つ参照すべきものがある。それは『歌ことば歌枕大辞典』（角川書店）の「朝明」項である（刊行が接近しており、小林氏はこれを参照できなかったようである）。そこには短いながらも、

> 「あさあけ」の約。夜が明ける時分。夜明け方。類義語の「暁」よりも朝に近い時を指す。多く歌語として用いられ、「けさの朝明」「寝ねぬ朝明」「朝明のかぜ」「朝明の名残」「朝明の姿」などの語で詠まれることが多い。『万葉集』に例が多く「今朝の朝明秋風寒し遠つ人雁が来鳴かむ時近みかも」（巻一七・三九四七・三九六九・家持）、「君に恋ひ寝ねぬ朝明に誰が乗れる馬の足の音そ我に聞かする」（巻一一・二六五四・二六六一・作者未詳）、「我が背子が朝明の姿よく見ずて今日の間を恋ひ暮らすかも」（巻一二・二八四一・二八五二・人麻呂歌集歌）など例が多い。なかんずく、「朝明の姿」の語は、中古以降の作品においても有明の別れを官能的に表現する慣用句として多く用いられ、『源氏物語』には夕顔の巻に「つとめて、少し寝過ぐし給ひて、日さし出づる程に出で給ふ。朝明の姿は…」のほか、二例見られる。（八木京子氏執筆）

と解説されている。[4] 詳しく見ると、最初の語意の部分は辞書とほとんど変わりがない。続く

「「暁」よりも朝に近い時を指す」という説明は、おそらく『時代別国語大辞典上代編』（三省堂）「あかとき」項の【考】に、

> 明＝時で、平安時代ごろからはアカツキと変化した。しかし、〈中略〉夜明け前のまだ暗いうちをさす点、近代の慣用と異なる。だいたい、午前三時から五時ごろ。「鶏鳴」は一番鶏の鳴く時。〈中略〉同じく夜明け方を表す語にアサケがあるが、アカトキよりやや朝に近い時刻と思われ、むしろ第七例の「会明（アケボノ）」というのが、それに近いようである。

とある後半部分（アサケの説明）からの引用ではないだろうか。

なお『時代別国語大辞典上代編』で注目したいのは、末尾付近に「会明（アケボノ）」に近いとされていることである。「第七例」というのは、具体的には『日本書紀』推古天皇一九年夏の「鶏鳴時《あかとき》を取りて藤原池の上に集ふ。会明《あけぼの》を以ちて乃ち往く」（『日本書紀2』565頁）である。それ以前に仁徳天皇即位前紀にも「夜半に発ちて行く。会明《あけぼの》に菟道に詣り」（25頁）とあった。ここで「あさけ」と「あけぼの」の近似性が指摘されていることには留意しておきたい。

もう一点、『歌ことば歌枕大辞典』で注目すべきは、「あさけの姿」を「中古以降の作品においても有明の別れを官能的に表現する慣用句として多く用いられ」と規定しているところである。これは岩波『古語辞典』の説明を踏まえているのだろうか。官能的かどうか、多く用いら

れているかどうかはさておき、「有明の別れ」の時間帯であること、いい換えれば「後朝の別れ」に付随するものであるという指摘は重要と思われる。

ただし「有明の別れ」の時間帯にしても、小林氏が主張されているように、もっと暗い時間帯に修正すべきであろう。(5)というのも、空が暗いからこそ有明の月が明るく印象的に見えるからである。仮に「あさけ」を暗い時間帯だと見れば、帰る男の姿は視覚ではっきりとはとらえにくいことになる。そのあたりのことを含め、慎重に用例を分析していきたい。

二、『万葉集』の用例の検討

最初に20例もの用例を有する『万葉集』について分析してみたい。なお上代の文献は訓読という観点も看過できないので、まずは漢字表記の違いに注目してみよう。『万葉集』で「あさけ」と読まれている歌20例の表記を調べてみたところ、

朝開—三六四・一一五九・一五五九・一六〇七・二一四五・二一八五・四一七三

旦開—一五一七・一五四四・一九五四・一九六四・三一〇八・三一〇九

朝明—一一六一・二四九六・二六六二・二八五二

安佐気—三五九一・三九六九・四四八七

となった（数字は国歌大観番号）。なお一〇三〇番の左注に「朝明の行宮」とあるが、これは三

重県の地名なので除外した。
まず「安佐気」という仮名表記があるので、「あさけ」と読むことには根拠があることになる。ただ用例が多い「朝開」「旦開」を採用せず、「朝明」表記を使用している点が気になる。おそらくそれは『万葉集』に「あさびらき」と読む「朝開」が存しているからであろう。『万葉集』には「朝ぼらけ」に類似した「あさびらき」が六首詠まれているが、すべてその後に「漕ぐ」という動詞がきているので、「漕ぐ」を導く枕詞（船を漕ぎ出す時間）と見ることも可能である。角川『古語大辞典』「あさびらき」項など、「朝の船出」とだけコメントして済ましている。
参考までに「あさびらき」の表記をあげてみると、
安佐妣良伎―三五九〇・四〇二九・四〇六五
安佐婢良伎―四四〇八
旦開―三五一
朝開―一六七〇
となっていた。こちらは「安佐妣良伎」「安佐婢良伎」表記が四例もあるので、「あさびらき」と読むことに問題はなさそうである。ただ「旦開」「朝開」各一例に関しては、「あさけ」表記と共通している。すると訓の違いは、五音で読むか三音で読むかということと、その後の「漕ぐ」に続くか続かないかで決められていることになる。

こういった漢字が同じで読みが異なる場合、意味も異なるのであろうか。それとも意味は同じなのだろうか。もともと「あさびらき」は、潮の干満に伴って船を漕ぎ出す早朝の時間を意味しているので、視覚的な明暗は問題視されてこなかった。ただ、

珠洲《すず》の海に朝開して漕ぎ来れば長浜の浦に月照りにけり　（四〇二九番）

は月が照っていたとあるので、まだ夜の明けていない暗い時間帯であることが察せられる。

それに対して「あさけ」の方は、「雁が音」（一五一七・一五四四・二一八五・三九六九）・「ほととぎす」（一九五四・一九六四・四四八七）・「にわとり」（三一〇八）・「朝烏」（三一〇九）・「雉」（四一七三）と、約半数の歌に鳥の鳴き声（聴覚）が詠み込まれている。中でも、

・物思ふと寝ねず起きたる朝明にはわびて鳴くなり庭つ鳥さへ　（三一〇八番）

・あしひきの八つ峰の雉鳴きとよむ朝明の霞見れば悲しも　（四一七三番）

の前の歌は、鶏の鳴き声によって夜が明けた（翌日になった）ことを聴覚的に察知している。また後の歌には「暁に鳴く雉を聞きし歌」という題詞が付いており、鶏同様「暁」を告げる鳴き声であることがわかる。(6) やはり小林論の方が正しいようだ。

なお『古今六帖』にある、

あしひきの山をの雉鳴きとよむあさけの姿見れば悲しも　（一一八三番）

は、前述の「あしひきの」歌の異伝と考えられているが、「朝明の霞」が「朝明の姿」になっている点に注目したい。というのも『万葉集』に既に「朝明の姿」を含む歌が二首あるからである。それは、

・我が背子が朝明の姿（形）よく見ずて今日の間を恋ひ暮らすかも　（二八五二番）

・朝烏《あさがらす》早くな鳴きそ我が背子が朝明の姿（容儀）見れば悲しも　（三〇九五番）

である。この二首は「我が背子が朝明の姿」まで一致し、しかも二つとも「見（ず）」「見（る）」にかかっている。このうち「朝烏」歌は『古今六帖』にも、

朝烏いたくな鳴きそわぎもこがあさけの姿見れば悲しも　（四四七八番）

として再録されている。

前歌の「よく見ずて」に関して、新編全集の頭注では「既にかなり明るくなっていて、人目を憚って見なかったので言うか」と記されている。それに対して後の歌の「朝烏」はもっと早い時間に鳴いている。「見れば悲しも」とあるのだから、「よく見ずて」にしても見送るのが辛いので、あるいはもっと見たかったのにと解すべきであろう。この類歌として、

朝戸出の君が姿をよく見ずて長き春日を恋ひや暮らさむ　（一九三四番）

があげられる。「朝戸出」は朝に男が戸を開けて出ていくことである。

また「朝烏」歌は、前述の「あしひきの」（四一七三番）歌と「見れば悲しも」が共通してい

る点、類型的な歌と考えられる。これらは「後朝の別れ」、すなわち帰る男を見送る際に詠まれた歌であるから、「朝明の姿」とは帰っていく男の後姿を女が見送っていることになる。この「朝烏」に類似した、

暁と夜烏《よがらす》鳴けどこの山の木末《こぬれ》が上はいまだ静けし　（一二六六番）

もある。「夜烏」は「五位鷺」のことかともされているが、やはり暁を告げる鳥として詠まれているので、ここも暗い時間帯であると見て間違いあるまい。

こうしてみると、『万葉集』の「あさけ」及び「あさけの姿」は、小林氏が主張されているように、むしろ暗い時間帯としてとらえられそうである。

その上で「今朝の朝明」という表現が、夜から朝への変わり目（翌朝）を示す時間帯だとすると、当然あたりはまだ暗いことになる。そのことは「あさけ」と「鳥の声」（聴覚）が一緒に詠まれている歌が多いことからも察せられる。その中で、

・今朝の朝明雁が音鳴きつ春日山黄葉にけらし我が心痛し　（一五一七番）
・今朝の朝明雁が音寒く聞きしなへ野辺の浅茅そ色付きにける　（一五四四番）
・雁が音の寒き朝明の露ならし春日の山をにほは（もみた）すものは　（二一八五番）
・今朝の朝明秋風寒し遠つ人雁が来鳴かむ時近みかも　（三九六九番家持）

など、「雁」の鳴き声と一緒に詠まれているものは、秋から冬への季節の移り変わりも詠じて

いる。このうち一五四四番は『古今六帖』に、

今朝のあさけ秋風寒くききしなへ野辺の浅茅は色づきにけり　（三九〇〇番）

として再録されており、また二一八五番は、

雁鳴きて寒きあさけの露ならし春日の山をもみたすものは　（五八五番）

として再録されている。「雁が音寒く」が「秋風寒く」になっているのは、両歌の接近・混同によるのではないだろうか。

また「ほととぎす」と一緒に詠まれた、

・ほととぎす今朝の朝明に鳴きつるは君聞きけむか朝寝かねけむ　（一九五四番）
・物思ふと寝ねぬ朝明にほととぎす鳴きてさ渡るすべなきまでに　（一九六四番）
・ほととぎすまづ鳴く朝明いかにせば我が門過ぎじ語り継ぐまで　（四四八七番）

は、春から夏への変わり目を詠んでいる。「物思ふと」歌は前出三一〇八番（庭つ鳥）の類歌であり、鶏や雉同様、ほととぎすが暁の到来を告げていることがわかる。

三、漢字「曙」の読みをめぐって

ここまで『日本書紀』や『万葉集』の「あさけ」を調べているうちに、「あけぼの」や「あさびらき」（朝ぼらけ）との時間的な重なりが見えてきた。というのも、同じ漢字でありながら

訓読が異なるだけだからである。そこで視点を変えて「曙」という漢字の訓読について検討してみたい。これは『万葉集』より早く『古事記』安康天皇記に、

夜は、既に曙《あ》け訖《をは》りぬ。（335頁）

とあって、この「曙」は「あく」と訓読されている。(7)この例の少し前に、

明くる旦《あした》に、未だ日も出でぬ時に、（335頁）

と時間が示されているのも参考になる。この場合の「夜があく」というのは翌日になることであるが、「未だ日も出でぬ時」とあるので、日の出前の暗い時間帯を指していることは間違いない。

『古事記』にはもう一例、

「朝署に厠に入りし時に、待ち捕へ、搤《と》り批《ひだ》きて、其の枝を引き闕《か》きて、薦に裹《つつ》みて投げ棄てつ」とまをしき。（景行天皇記217頁）

がある。これは景行天皇が小碓命（倭健命）になぜお前の兄は食膳に出て参らないのかと尋ねた答えである。ここでの「朝署《あさけ》」は早朝のことであるが、倭健命は兄を待ち構えて殺していたことから、これもまだ暗い時間帯であろう。

この「朝署」について西郷信綱氏は、

別にアカトキ（後のアカツキ）という語が存するが、アサケの方が朝に近い時刻をいうよ

うである。アサケについては、右に引いた「我が背子が、アサケの姿」という句が印象的で、万葉には他にも「朝烏、早くな鳴きそ、我が背子が、アサケの姿、見れば悲しも」（一二・三〇九五）とある。つまり女のもとから朝起きて帰ってゆく男の姿をいう句だが、これは源氏物語などにも、「翌朝すこし寝過し給ひて、日さし出づる程に出で給ふ。あさけの姿は、げに人のめで聞えむもことわりなる御様なりけり。」（夕顔）と受けつがれている。（287頁）

と「あさけ」から「あさけの姿」にまで言及され、従来通り「朝に近い時刻」としておられる。[8]

次に新元号「令和」の出典となった『万葉集』巻五「梅花の歌三十二首并せて序」には、

加以、曙《あさけ》の嶺に雲移り、松は羅を掛けて蓋を傾け、（40頁）

とあり、ここでは「曙」を「あさけ」と訓読していた。『万葉集』に「あさけ」の用例は20例あったが、「曙」という漢字の訓読はこの1例だけである。これなど『枕草子』の「春はあけぼの」に類似しているが、上代では「会明」を除いて「あけぼの」という訓読は存在していなかった。

平安時代に至ると、『うつほ物語』嵯峨の院巻にのみ「曙」の用例が3例出ていた。

・曙に御簾を巻き上げて見たまふに、いと清げにおはします中にも、この九の君はすぐれて見えたまへば、（309頁）

・曙に、少将、この殿を出でむままに死ぬる身にてこそはあらめ。〈中略〉曙にいとをかし。（359頁）

これが現在「あけぼの」の初出とされている例だが、「曙」を「あけぼの」と訓読しているのは、後世の人々によるのではないだろうか。近接して2例出ている曙など直前に、

夜更けて、上達部、親王たちもものかづきたまひて、いちの舎人までものかづき、禄なんどしてみな立ちたまひぬ。（359頁）

とある続きなので、まだ暗い時間帯と思われる。これなど『万葉集』の序と同様に「あさけ」と読んでも問題なさそうである。仮に『うつほ物語』の例を「あけぼの」ではなく「あさけ」と読むことができれば、『蜻蛉日記』の、

曙を見れば、霧か雲かと見ゆるもの立ちわたりて、あはれに心すごし。（233頁）

が初出例ということになる。もしそうなら、「あけぼの」は単に平安時代語というだけでなく、『蜻蛉日記』以下の女流文学に用例の見られる女性語という限定解釈もできそうだ。(9)

次にやや異質な『和泉式部日記』の例をあげてみたい。

あけぼのの御姿の、なべてならず見えつるも、思ひ出でられて、（32頁）

これは和泉式部が敦道親王邸から帰る際に、宮の美しさを想起している場面である。これについて新編全集頭注一五には、

「あけぼの」の語は古くは見られず、『後拾遺集』以後に用いられる。『枕草子』にも「春は曙」とある。当時あらたに流行した情緒語。

と説明されている。「当時あらたに流行した情緒語」というのは、いかにも和泉式部にふさわしい。それはさておき「あけぼのの姿」は他に例を見ない珍しい表現であった。それを素直に和泉式部用語として受け入れるのも悪くないのだが、仮にこの「あけぼの」が漢字で「曙」と表記されていたとしたらどうだろうか。もしそうなら、前述の『うつほ物語』のように、これも「あさけの姿」の一例とすべきことになる。それが『枕草子』や『源氏物語』の流行の中で、後人によって「あけぼの」と訓読（誤読）されてしまった可能性も十分考えられる。

もちろん『うつほ物語』や『和泉式部日記』の読みは、私の思いつきにすぎないのだが、平安中期に「あさけ」の後退と「あけぼの」の進出が同時並行的に行われたことは認めてよさそうだ。そういった転換期に、二つの類似した時間表現が交錯・互換する可能性も否定できない。いずれにしても「曙」という漢字は、その訓読によって「あく」「あさけ」「あけぼの」という三つの読みに分かれていることが確認できた。それを踏まえて本題の「あさけの姿」の検討に移りたい。

四、『源氏物語』の「あさけの姿」

『源氏物語』に「あさけ」は3例用いられている。しかも3例とも「あさけの姿」という美的表現であり、逆に単独の「あさけ」の例は用いられていない。

最初は夕顔巻で、源氏が六条わたりの女性のところから帰る場面に、

つとめて、すこし寝すぐしたまひて、日さし出づるほどに出でたまふ。朝明の姿は、げに、人のめできこえんもことわりなる御さまなりけり。（142頁）

とある。西郷信綱氏は気付いておられなかったようだが、明らかに「あさけ」の用法に変化が生じている。

というのも、これ以前の『万葉集』の「あさけ」は、真っ暗か薄暗い（薄明るい）かの違いはあっても、まだ日の出以前の時間帯として処理できた。ところが夕顔巻には「つとめて」「寝すぐし」「日さし出づるほど」と畳みかけられており、どう考えても日の出後の明るくなった時間帯としか読めないからである。岩波『古語辞典』の「朝の光の中で」は、『源氏物語』夕顔巻の説明だったのだ。だからこそ源氏の優美な姿を見て女房達が称讃しているのである。

ただしこれは「御息所の目に映じた源氏の朝帰りの姿のすばらしさを叙したもの」（94頁）と、六条わたりの女性の視線と見ることもできる。(10)

後日、六条わたりから帰る源氏のことが再度、

霧のいと深き朝、いたくそそのかされたまひて、ねぶたげなる気色にうち嘆きつつ出でたまふを、中将のおもと、御格子一間上げて、見たてまつり送りたまへとおぼしく、御几帳ひきやりたれば、御頭もたげて見出したまへり。前栽の色々乱れたるを、過ぎがてにやすらひたまへるさま、げにたぐひなし。（147頁）

と描写されている。ここは中将のおもとが六条わたりの女性に源氏を見送らせているところである。山口氏も引用されているが、これは「あさけの姿」に準じた朝の視覚的描写と見てよさそうである。

次は野分巻であるが、その前に三番目の総角巻の匂宮の例を先に見ておきたい。

若き人の御心にしみぬべく、たぐひ少なげなる朝明の姿を見送りて、なごりとまれる御移り香なども、人知れずものあはれなるは、ざれたる御心かな。今朝ぞ、もののあやめも見ゆるほどにて、人々のぞきて見たてまつる。（284頁）

この直前の文章に、

明けゆくほどの空に、妻戸おし開けたまひて、もろともに誘ひ出でて見たまへば、霧りわたれるさま、所がらのあはれ多くそひて、（282頁）

とあり、匂宮は中君との逢瀬の後、中君と共に外の風景を眺めている。これなど夕顔巻の、

端近き御座所なりければ、遣戸を引き開けて、もろともに見出したまふ。（157頁）

と同様に、一種の「後朝の別れ」に際してのパフォーマンスと見てよさそうである。その後に、「山の端の光やうやう見ゆるに」（282頁）とあり、それが「朝明の姿」へと続いている。さらに「今朝ぞ、もののあやめもみゆるほどにて、人々のぞきて見たてまつる。」（284頁）とあるので、既にあたりは明るくなっていた。だからこそ中の君だけでなく女房達も物陰から匂宮の姿を覗くことができたのである。これについて新編全集頭注一一には、

後朝の別れは、まだ暗いうちが普通。今朝は三日目の翌朝であり、匂宮が「やすらひたまふ」ままに明るくなった。

と、帰るのが遅くなった理由について言及されている。この2例は、文脈から明るい中での用例と認めてよさそうである。

最後に夕霧に用いられている野分巻の例を検討したい。

殿の、御鏡など見たまひて、忍びて、「中将の朝明の姿はきよげなりな。ただ今はきびはなるべきほどを、かたくなしからず見ゆるも、心の闇にや」とて、わが御顔は古りがたくよしと見たまふべかめり。（275頁）

これは源氏が紫の上に向かって、十五歳になった息子夕霧の「あさけの姿」は美しいねと同意を求めているところである。本来は一夜を共にした女性のところから帰る男の姿であるべき

だが、ここで夕霧は野分（暴風）の被害にあった六条院のお見舞いに訪れているのだから、山口氏のいわれるように用法が他の2例とは違っている。それについて山口氏は立石和弘氏の論[11]を引用し、源氏の自己陶酔の典型的な例と分析しておられる。しかしこの部分、源氏は夕霧を紫の上のところから帰る後朝の場面に見立てていると見ることもできる。一見、源氏の優位性を際立てながら、紫の上と夕霧というカップル（密通）の可能性を読者に想起させているという読みもできそうである。

なおこの「あさけの姿」には、「あさぼらけの姿」（河内本・大島本）という本文異同も存しており、互換性がありそうだ（「朝朗」という漢字表記も「朝明」に類似している）。そのことはこの少し前の文章に、

中将下りて、中の廊の戸より通りて、参りたまふ。朝ぼらけの容貌いとめでたくをかしげなり。東の対の南のそばに立ちて、御前の方を見やりたまへば、御格子二間ばかり上げて、ほのかなる朝ぼらけのほどに、御簾捲き上げて、人々ゐたり。（273頁）

とあることを考慮すると、夕霧が「朝ぼらけの容貌」を称讃されていることと連動していると読める（前述の『和泉式部日記』に近い）。いずれにしても野分巻の「あさけの姿」は「朝ぼらけ」の後、あるいは「朝ぼらけ」と互換性を有する時間であり[12]、当然日の出よりは前ということになる。ただし室外にいる夕霧の顔が見えるほどには明るかったはずである。

ということで野分巻は、他の2例ほどには明るくなっていないことになる。そうなると『源氏物語』の「あさけの姿」は、第一に『源氏物語』以前の「あさけ」よりかなり明るい（許容範囲を超えている）といえる。ただし野分巻は、他の2例よりは早い時間帯になる。また『万葉集』における「朝明の姿」歌の視点はすべて女性であり、別れの情緒で詠まれていたが、『源氏物語』では女君だけでなく、女房達や光源氏という第三者の視点から、相手の美しさを評価しており、かなり特殊な用法として再構築されていることになる。

夕顔巻など玉上琢弥氏が、「自分の美しさを人に鑑賞させる好い機会をもったに過ぎない」（『源氏物語評釈第一巻』夕顔巻361頁）と述べておられるように、女性視点というより主人公の美しさをまわりの人々や読者に知らしめる表現へと変貌している。そのため明るさが要請された結果、「朝明」という漢字表記をそのまま解釈したのであろう。

五、『源氏物語』以外の「あさけ」

ここで参考までに、平安時代の歌語としての「あさけ」を調べてみたところ、勅撰集に5例の用例が見つかった。わずかながらも『万葉集』から命脈を保っていたことがわかる。ただし「朝明の姿」は認められない。

その5例とは、

①水くきのをかのやかたに妹とあれと寝てのあさけの霜のふりはも　（『古今集』一〇七二番）
②秋立ちていく日もあらねどこの寝ぬるあさけの風はたもと涼しも　（『拾遺集』一四一番）
③この寝ぬる夜のまに秋はきにけらし朝けの風の昨日にもにぬ　（『新古今集』二八七番）
④うたた寝のあさけの袖にかはるなりならす扇の秋のはつ風　（『新古今集』三〇八番）
⑤秋くればあさけの風の手を寒み山田のひたをまかせてぞきく　（『新古今集』四五五番）

である。『歌ことば歌枕辞典』にあったように、「あさけの風」と「寝る」表現が多い（「寝る」には後朝が継承されている）。①は大歌所に採用された歌であるから、詠み振りは『万葉集』に近いものがある。②も『万葉集』にある、

・秋立ちて幾日もあらねばこの寝ぬる朝明の風はたもと寒しも　（一五五九番）

からの再録である（『敏行集』にもある）。

③以下は『新古今集』所収であるから、『万葉集』以来詠まれなくなっていたものが、新古今時代に復活・流行したことになる。なお③④は②「秋立ちて」歌の本歌取りというか、秋の到来によって「あさけの風」が寒くなったことを主題にしている。

ついでながら藤原定家の『拾遺愚草』にも、

み空ゆく月もまぢかし葦垣の吉野の里の雪のあさけに　（二二三五四番）

と「あさけ」が用いられている。これなど坂上是則の、

あさぼらけ有明の月と見るまでに吉野の里に降れる白雪

（『古今集』三三二番）

の本歌取り歌といえるが、そうなるとやはり「あさぼらけ」と「あさけ」の時間的な互換性が看取される例となりそうだ。

次に『源氏物語』以後の『とりかへばや物語』の例も検討しておこう。女中納言が吉野の姉君と一夜を過ごした後の擬似後朝の場面に用いられている例である。

男の御さま、はたさらなり。いみじくめでたき朝けの御姿を、かたみにいとめでたしと見たまふにも、明かくなりゆけば、出でたまひぬ。

（248頁）

これは男装の女中納言との擬似後朝であり、また「かたみにいとめでたし」とお互い見合っている点、姫君の「あさけの姿」も含まれており、かなり変容した用法になっている。いずれにしても『源氏物語』の「あさけの姿」は、後世の物語には継承されていないことがわかった。『歌ことば歌枕大辞典』にあった「有明の別れを官能的に表現する慣用句」にあてはまる例としては、まさに『有明の別れ』の冒頭にある、

「函谷に鶏鳴く」とかやうち誦じていでたまひにしあさけの御姿は、この世のほかにても、え忘るまじくのみ思ひいできこえたまふ。

（創英版34頁）

があげられる。ただしこの男君は冒頭部分だけにしか登場していないこと、なかなか通ってこない男君の回想シーンであることなど、必ずしも発展的な例とはいえそうもない。

最後に、小林氏が『増鏡』の例をあげて、「あさけ」から分離した「あさあけ」が明るい時間帯を指すように変貌したとされている点について検討しておきたい。問題の用例は、

雪のいみじう降りたる朝あけに、右近の馬場のかた御覧じにおはして御心の内に、
猶たのむ北野の雪の朝ぼらけあとなきことにうづもるる身も
（講談社学術文庫『増鏡中巻』「北野の雪」93頁）

である。まず肝心の「あさあけ」の用例がほとんど見当たらない、という資料的な問題があげられる。そのため小林氏は中世以前の「あさあけ」を否定しておられるが、それにはもっと詳細な検討が必要であろう。[13] あるいは「あさけ」は歌語で「あさあけ」は非歌語とも考えられる。

さて小林氏が例示された本文を見ると、「あさあけ」の直後に「朝ぼらけ」を詠じた歌があることに気付く。「あさあけ」が「朝ぼらけ」と重なる時間帯だとすると、『増鏡』の例は『源氏物語』野分巻を踏襲していることになる。またこの論文を書かれた頃の小林氏は、「朝ぼらけ」の終了時間を日の出までと考えておられたが、その後「暁」に重なる時間帯（午前五時終了）と説を改めておられる。[14] 現在の小林論からすれば、『増鏡』の雪の「あさあけ」は「夜明けころ」ではなく薄暗い時間帯とすべき例になるはずである。

まとめ

以上、本章では小林論・山口論を参照しつつ、『万葉集』と『源氏物語』の「あさけの姿」の比較を行ってきた。その結果、『源氏物語』では『万葉集』以来の後朝の悲しみから逸脱し、男の美的形容に変容していることを論じた。そのために「あさけ」の時間帯が明るくなったと考えたい。小林氏の「あさあけ」変容説についても、中世になってからではなく、『源氏物語』以後と修正できそうである。

それにしても「あさけ」は、その「朝明」という漢字表記からして「朝ぼらけ」「あけぼの」(15)との重なりを有しており、非常に汎用性が高い反面、意味（訓読）を確定しにくい表現であることが明らかになった。しかも「あさけ」は必ずしも瞬間的な時間ではなく、比較的長い時間帯を有するもののようなので、単に明るいか暗いかだけの議論では済まされないことを提起しておきたい。

今後は単独の時間表現としての研究ではなく、他の時間表現との整合性や重なりにも留意して論じる必要がありそうだ。その際、原本にまで遡れない写本の表記や訓読は、後人による解釈という視点にも留意すべきであろう。

注

（1）小林賢章氏「「アサケ（朝明）」考」『日本文学史論』（世界思想社）平成11年9月。ここで小林氏は、「あさけ」を「丑の刻と寅の刻の間、日付変更時刻ころ」（482頁）としておられる。なお本章の出発点は、同志社女子大学二〇一二年度提出の卒業論文（田村（廣海）典子『源氏物語』「朝明の姿」考」）で、小林論に『源氏物語』「あさけの姿」の検討がなされていないと指摘されていたことにある。

（2）吉海直人『源氏物語』「後朝の別れ」を読む―音と香りにみちびかれて―』（笠間選書）平成28年12月

（3）山口正代氏「夕霧の「朝明の姿」」島大国文31・平成17年3月。山口氏は「朝明の姿」が光源氏・息子の夕霧・孫の匂宮（光源氏の血筋）にのみ用いられていることを指摘した上で、夕霧の例の特異性を論じておられ、大変参考になった。

（4）なお片桐洋一氏『歌枕歌ことば辞典増訂版』（笠間書院）には「あさけ」も「あさけの姿」も立項されていない。

（5）小林賢章氏「アリアケとアケグレ」同志社女子大学総合文化研究所紀要17・平成12年3月（『アカツキの研究―平安人の時間』（和泉選書）平成15年2月所収）

（6）鶏の鳴き声は「鶏鳴」と称されているが、これは『日本書紀』推古天皇一九年（六一一年）夏条などでは「あかとき」と訓読されている。これによって「鶏鳴」が「暁」と同時間（日付変更時点）であることがわかる。

（7）『今昔物語集』でも「曙」を「あく」と訓読している例がある。「夜曙ヌレドモ」（巻十一―三二）・

「夜曙ヌレドモ」(巻一二―三八)・「曙ル程ニ成ヌレバ」(巻一三―一)・「夜曙ヌレバ」(巻一七―一三)・「夜モ曙方ニ成ヌ」(巻二一―一四)・「夜ヲ曙シツレ」(巻二一―二七)。

(8) 西郷信綱氏『古事記注釈第三巻』(平凡社) 昭和63年8月

(9) 吉海直人「平安文学における時間表現考―暁・朝ぼらけ・あけぼの・しののめ―」古代文学研究第二次27・平成30年10月(本書所収)。もちろん『蜻蛉日記』の例も「あさけ」の可能性はある。

(10) 山崎良幸・和田明美氏『源氏物語注釈二』(風間書房) 平成12年12月

(11) 立石和弘氏「鏡のなかの光源氏―光源氏の自己像と鏡像としての夕霧―」源氏研究2・平成9年4月

(12) それ以前に夕顔巻同様「日のわづかにさし出でたるに」(271頁) とあって、既に日の出を迎えていると読める。ところが後に「さやかならぬ明けぐれのほど」(273頁) ともある。もともと「霧のいと深き朝」であったが、次第に明るくなる描写はうまくつながらない。そのためか「さやかならぬ明けぐれ」には「さやかならぬあけぼの」(定家本・大島本) という本文異同も認められる。それでも「明けぐれ」「あけぼの」「あさけ」の時間帯は重なるのではないだろうか。

(13) たとえば『古今六帖』に「いかならむ日の時にかもわぎもこが裳引の姿朝明けに見ん」(三三三七番) があげられる。ただしこの歌は『万葉集』所収の「いかならむ日の時にかもわぎもこが裳引の姿朝にけに見む」(二九〇九番) の異伝である。

(14) 小林賢章氏「アサボラケ考」同志社女子大学学術研究年報63・平成24年12月。この論で小林氏は、「朝ぼらけ」を「暁」と同時間帯とする仮説を展開しておられる。

（15）小林賢章氏「アサマダキ・アケボノ考」同志社女子大学学術研究年報69・平成30年12月。小林氏は「朝ぼらけ」に続いて「あけぼの」も、「暁」の時間帯と重なるという仮説を提示されている。確かに「あさけ」「あさぼらけ」「あけぼの」には時間的な重なりが認められるが、それが部分的なのか完全一致なのかは、もっと多くの用例を検討する必要がありそうだ。

付録　時間表現に関する語彙の論文目録

目次

1〈暁・明けがた〉

1吉澤義則「「アカツキ」「シノノメ」「アケボノ」」『源語釈泉』（誠和書院）昭和25年7月↓『増補源語釈泉』（臨川書店）昭和48年5月
2高橋亨「源氏物語の内なる物語史」国語と国文学54―12・昭和52年12月↓『源氏物語の対位法』（東京大学出版会）昭和57年5月
3西村亨「あかつき」『新考王朝恋詞の研究』（桜楓社）昭和56年1月↓（おうふう）平成6年10月
4小町谷照彦「大君物語の始発―「橋姫」「椎本」の展開―」『源氏物語の歌ことば表現』（東京大学出版会）昭和59年8月
5河添房江「宇治の暁―闇と光の喩の時空―」『源氏物語の探究十三』（風間書房）昭和63年7月↓『源氏物語の喩と王権』（有精堂出版）平成4年11月↓『源氏物語表現史―喩と王権の位相―』（翰林書房）平成10年3月
6河添房江「源氏物語の暁―正篇の世界から―」『物語研究二』（新時代社）昭和63年9月↓『源氏物語の喩と王権』（有精堂出版）平成4年11月↓『源氏物語表現史』（翰林書房）平成10年3月

7井深彰子「中世女流日記文学の時の語彙―明け方と朝の語彙について―」日本文学ノート27・平成4年1月
8沼田純子『『和泉式部日記』の「あかつきおき」の章段について」ことばとことのは10・平成5年12月
9小林賢章「日付変更時点とアカツキ」同志社女子大学学術研究年報49Ⅳ・平成10年12月↓『アカツキの研究―平安人の時間』（和泉選書）平成15年2月
10小林賢章「アカツキとヨハ」同志社女子大学総合文化研究所紀要16・平成11年3月↓『アカツキの研究―平安人の時間』（和泉選書）平成15年2月
11早川厚一「平家物語の歴史叙述の方法と構想」『平家物語を読む―成立の謎をさぐる―』（和泉書院）平成12年3月
12河添房江「あかつき」『王朝語辞典』（東京大学出版会）平成12年3月
13小林賢章「アケガタ考」同志社女子大学学術研究年報51Ⅳ・平成12年12月↓『アカツキの研究―平安人の時間』（和泉選書）平成15年2月
14小林賢章「アケガタ追考」軍記と語り物38・平成14年3月
15安藤重和「道長使用暦暦注の日出入時刻と晝夜時間の「ズレ」をめぐって」愛知教育大学日本文化論叢10・平成14年3月

16小林賢章「「夕霧」の巻頭話の日時」同志社女子大学日本語日本文学14・平成14年6月
17小林賢章『枕草子』の新解釈—七〇段・一七三段・一七四段をめぐって—」同志社女子大学学術研究年報53Ⅰ・平成14年12月
18小林賢章『アカツキの研究—平安人の時間』（和泉選書）平成15年2月
19阿久澤忠「定家自筆『拾遺愚草』の「あか月」—「暁（あかつき）」の表記—」湘南短期大学紀要17・平成18年3月
20小林賢章『我身にたどる姫君』の一節の解釈」同志社女子大学日本語日本文学18・平成18年6月
21小林賢章「「かへるとしむ月のつかさめしに」の段試解」同志社女子大学大学院文学研究科紀要7・平成19年3月
22阿久澤忠「暁の月—手習の巻「暁に到りて月徘徊す」—」『源氏物語の展望一』（三弥井書店）平成19年3月
23吉海直人『源氏物語』橋姫巻の垣間見を読む」同志社女子大学日本語日本文学21・平成21年6月
24吉海直人『源氏物語』夕顔巻の「暁」—聴覚の多用—」國學院雑誌111—4・平成22年4月
→『源氏物語』「後朝の別れ」を読む—音と香りにみちびかれて—』（笠間選書）平成28年12月

25吉海直人『『源氏物語』東屋巻の薫と浮舟―逢瀬と道行き―』國學院雑誌111―12・平成22年12月→『『源氏物語』「後朝の別れ」を読む―音と香りにみちびかれて―』（笠間選書）平成28年12月

26小林賢章『『千載和歌集』のアカツキの周辺』同志社女子大学学術研究年報61・平成22年12月

27吉海直人「道綱母「嘆きつつ」歌の解釈をめぐって」解釈57―3、4・平成23年3月→『百人一首を読み直す―非伝統的表現に注目して―』（新典社選書）平成23年5月

28吉海直人「空蟬物語の特殊性―暁の時間帯に注目して―」國學院雑誌113―3・平成24年3月→『『源氏物語』「後朝の別れ」を読む―音と香りにみちびかれて―』（笠間選書）平成28年12月

29安永美保『『和泉式部日記』の一対幻想―手習い文章段の場合―』同志社女子大学日本語日本文学24・平成24年6月

30吉海直人「大君と薫の疑似後朝―宇治の暁に注目して―」立命館文學630・平成25年3月→『『源氏物語』「後朝の別れ」を読む―音と香りにみちびかれて―』（笠間選書）平成28年12月

31吉海直人『『百人一首』の「暁」考』同志社女子大学大学院文学研究科紀要13・平成25年3月→『百人一首を読み直す2―言語遊戯に注目して―』（新典社選書）令和2年9月

32小林賢章『「暁」の謎を解く―平安人の時間表現』（角川選書）平成25年3月

33佐藤勢紀子「紫式部の別れの日―家集冒頭二首に詠まれた年時―」日本文学62―9・平成25年9月
34大谷雅夫「椎本巻「山の端近きここちするに」考」文学16―1・平成27年1月
35保科恵「勢語四段と日附規定―「ほのぼのとあくる」時刻―」二松学舎大学論集58・平成27年3月
36小林賢章『和漢朗詠集』6番詩句の解釈」同志社女子大学学術研究年報66・平成27年12月
37吉海直人「書評　小林賢章著『「暁」の謎を解く』」同志社女子大学日本語日本文学28・平成28年6月（本書所収）
38飯塚ひろみ「百人一首のフランス語訳における夜明けの表現―「有明」「暁」「朝ぼらけ」―」同志社女子大学日本語日本文学30・平成30年6月
39吉海直人「平安文学における時間表現考―暁・朝ぼらけ・あけぼの・しののめ―」古代文学研究第二次27・平成30年10月（本書所収）

付〈暁の別れ・後朝の別れ〉

1坂田敬子「招婿婚の衰退と後朝の歌の題詠化」国文目白8・昭和44年3月
2松井健児「「野宮」における和歌的世界と必然―源氏物語にみる暁の別れ―」物語文学論究3・

昭和53年12月

3長谷川範彰『『源氏物語』における通過儀礼と和歌―婚姻儀礼としての後朝の歌―」『王朝文学と通過儀礼』（竹林舎）平成19年11月

4長谷川範彰「源氏物語と「後朝の別れの歌」序説」『源氏物語と和歌』（青簡舎）平成20年12月

5吉海直人「『源氏物語』「夜深し」考―後朝の時間帯として―」古代文学研究第二次19・平成22年10月→『『源氏物語』「後朝の別れ」を読む―音と香りにみちびかれて―』（笠間選書）平成28年12月

6長谷川美奈「『源氏物語』における後朝の別れの歌」学芸古典文学5・平成24年3月

7長谷川範彰『『源氏物語』の「後朝の別れの歌」と「後朝の文の歌」」『源氏物語と儀礼』（武蔵野書院）平成24年10月

8永池健二「後影を見んとすれば―後朝の別れ」『古代から近世へ日本の歌謡を旅する』（和泉書院）平成25年11月

9朝日眞美子「源氏物語総角巻における「暁の別れ」と漢詩文―「遠情」がもたらす表現―」女子大国文154・平成26年1月

10倉田実「男と女の後朝の儀式―平安貴族の恋愛事情―」大妻女子大学紀要文系46・平成26年3

月
11久富木原玲「六条御息所と朧月夜／大臣の娘たち―後朝の歌をめぐって」『女たちの光源氏』（新典社選書）平成26年5月
12小菅あすか「「賢木」巻における野宮の別れ―「あかつきの」「おほかたの」の二首をめぐって―」物語文学論究14・平成28年3月
13吉海直人『『源氏物語』「後朝の別れ」を読む―音と香りにみちびかれて―』（笠間選書）平成28年12月
14小林賢章『『陽成院親王二人歌合』の「ねざめのこひ」と「あかつきのわかれ」の時間」同志社女子大学学術研究年報68・平成29年12月
15吉海直人『『源氏物語』賢木巻における六条御息所との「暁の別れ」」同志社女子大学大学院文学研究科紀要21・令和3年3月（本書所収）

2〈明く・明かす・明けはつ・夜の明く〉

1小林賢章「「明く」考―『源氏物語』を中心に―」同志社女子大学学術研究年報46Ⅳ・平成7年12月→『アカツキの研究―平安人の時間』（和泉選書）平成15年2月
2小林賢章「『夜の寝覚』の巻四、第一・二段の時間」同志社女子大学日本語日本文学20・平

成20年6月
3小林賢章「『後拾遺和歌集』の動詞アク」同志社女子大学学術研究年報59・平成20年12月
4小林賢章「『蜻蛉日記』の時間表現アク、ヨ（夜）ノアク」同志社女子大学大学院文学研究科紀要9・平成21年3月
5小林賢章「和歌に於けるアケヌナリ」同志社女子大学日本語日本文学21・平成21年6月
6小林賢章「「芥川」の段私解―「夜の明く」ということ―」国語教室98・平成25年11月
7小林賢章「アケハツ考」同志社女子大学学術研究年報64・平成25年12月
8小林賢章『『浜松中納言物語』の時間表現』同志社女子大学学術研究年報65・平成26年12月
9保科恵「勢語四段と日附規定―「ほのぼのとあくる」時刻―」二松学舎大学論集58・平成27年3月
10小林賢章「『平中物語』のアク・ヨノアク―付『枕草子』七九段の方違えの解釈―」同志社女子大学大学院文学研究科紀要16・平成28年3月
11吉海直人「「ほのぼのと明く」の再検討―『伊勢物語』第四段を起点にして―」日本文学論究81・令和4年3月（本書所収）

3 〈あけぐれ〉

1細田恵子「八代集のありあけのイメージ」文学史研究15・昭和49年7月
2小島繁一「源氏物語交情の時空とその変容—やつし・まどひ・あけぐれ—」同志社国文学21・昭和57年12月
3上野英子「源氏物語に於ける「夢」の表徴—特に紫上臨終時の「明けぐれの夢」をめぐって—」実践国文学25・昭和59年3月
4木村正中「明け暗れの空」短歌32—2・昭和60年2月→『中古文学論集四』（おうふう）平成14年7月
5添田建治郎「万葉集「明晩」「明闇」訓読考」山口国文8・昭和60年3月
6井深彰子「中世女流日記文学の時の語彙—明け方と朝の語彙について—」日本文学ノート27・平成4年1月
7小林賢章「アリアケとアケグレ」同志社女子大学総合文化研究所紀要17・平成12年3月→『アカツキの研究—平安人の時間』（和泉選書）平成15年2月
8久保田淳「ことばの森（22）—あけぐれ（明け暗）」日本語学24—1・平成17年1月
9保科恵「勢語四段と日附規定—「ほのぼのとあくる」時刻—」二松学舎大学論集58・平成27年

3月

10小林賢章「『平中物語』のアク・ヨノアク―付『枕草子』七九段の方違えの解釈―」同志社女子大学大学院文学研究科紀要16・平成28年3月

11布村浩一「『高唐賦』文学圏としての『源氏物語』―「明けぐれの夢」に注目して―」『源氏物語〈読み〉の交響Ⅲ』(新典社) 令和2年3月

4〈あけぼの・朝ぼらけ〉

1吉澤義則「「アカツキ」「シノノメ」「アケボノ」」『源語釈泉』(誠和書院) 昭和25年7月 ↓『増補源語釈泉』(臨川書店) 昭和48年5月

2小山敦子「源氏物語語彙と解釈」国文学3―5・昭和33年4月

3石田穣二「「あけぼの」と「朝ぼらけ」」学苑290・昭和39年2月 ↓『源氏物語論集』(桜楓社) 昭和46年11月

4今西浩子「あけぼのの周辺」昭和学院短期大学紀要4・昭和43年3月

5上野理「「春曙」考」文藝と批評2―8・昭和43年4月

6東みづほ「「あけぼの」考」学習院大学国語国文学会誌19・昭和50年12月

7池田亀鑑「朝」『平安時代の文学と生活』(至文堂) 昭和52年5月

8稲賀敬二『枕草子・大鏡』（尚学図書鑑賞日本の古典5）昭和55年5月
9徳原茂実「朝ぼらけ有明の月と見るまでに」武庫川国文22・昭和58年11月→『古今和歌集の遠景』（和泉書院）平成17年4月→『百人一首の研究』（和泉書院）平成27年9月
10西山秀人『『枕草子』の新しさ―後拾遺時代和歌との接点―』学海10・平成6年3月
11中島千恵子「日本文学のあけぼの」早文会論集13・平成10年1月
12上野辰義「「春はあけぼの」と「春のあけぼの」―枕草子第一段雑考―」京都語文8・平成13年10月
13岡内弘子・大黒香奈「「春はあけぼの」をめぐって―清少納言の意識を探る―」香川大学教育学部研究報告第1部115・平成14年3月
14堀井令以知「曙としののめ」『ことばの由来』（岩波新書）平成17年3月
15宮崎荘平「「春はあけぼの」とその周辺―清少納言・紫式部の対比にも触れて―」芸文攷11・平成18年2月→『王朝女流文学論攷―物語と日記―』（新典社）平成22年10月
16伊藤夏穂「薫の「朝ぼらけ」詠―音を聞く時―」國學院大學大学院文学研究科論集37・平成22年3月
17小林賢章「アサボラケ考」同志社女子大学学術研究年報63・平成24年12月
18原由来恵「三巻本『枕草子』「春はあけぼの」章段のしくみについての私見」二松学舎大学

論集57・平成26年3月

19久保田淳「藤原俊成の「あけぼの」の歌について―歌ことば「あけぼの」に関連して―」日本学士院紀要70―1・平成27年9月

20飯塚ひろみ「百人一首のフランス語訳における夜明けの表現―「有明」「暁」「朝ぼらけ」―」同志社女子大学日本語日本文学30・平成30年6月

21吉海直人「平安文学における時間表現考―暁・朝ぼらけ・あけぼの・しののめ―」古代文学研究第二次27・平成30年10月（本書所収）

22小林賢章「アサマダキ・アケボノ考」同志社女子大学学術研究年報69・平成30年12月

23東望歩「『枕草子』初段考」文学・語学230・令和2年12月

5〈朝・朝まだき・あした・明日〉

1岩城準太郎「黄昏から黎明まで」国語と国文学2―10・昭和元年10月

2池田亀鑑「朝」『平安時代の文学と生活』（至文堂）昭和52年5月

3遠藤好英「記録体における「朝」の語彙―『後二条師通記』の場合―」国語学研究19・昭和54年12月

4稲岡耕二「万葉集の「今夜」・「明日」について」国際日本文学研究集会会議録11・昭和63年

3月
5井深彰子「中世女流日記文学の時の語彙—明け方と朝の語彙について—」日本文学ノート27・平成4年1月
6市井外喜子「「あした」の周辺」大東文化大学紀要人文科学30・平成4年3月
7西村真一「和歌における「夜」から「朝」へ」文学芸術24・平成12年7月
8米山忠雄「「明日早朝」考」解釈46—9、10・平成12年10月
9河野真奈美「明日の道ゆく旅人—『玉葉集』における〈明日〉を中心に—」解釈50—3、4・平成16年4月
10日野資純「「アサユフ（朝夕）」か、「アシタユフべ（朝夕）」か—今昔物語集の異訓—」日本語の研究2—4・平成18年10月
11井手至「「ゆふへの逢ひ、今日のあした」—時間帯を表わす上代語「ゆふへ、よひ、あした」をめぐって—」萬葉集研究28・平成18年11月
12秋澤亙「中の君の新枕の朝—『源氏物語』総角巻八月二十九日早朝の時間矛盾—」國學院大學大学院平安文学研究2・平成22年9月
13小林賢章「アサマダキ・アケボノ考」同志社女子大学学術研究年報69・平成30年12月

6〈あさけ〉

1 小林賢章「「アサケ（朝明）」考」『日本文学史論』（世界思想社）平成9年9月
2 山口正代「夕霧の「朝明の姿」」島大国文31・平成17年3月
3 吉海直人『源氏物語』「あさけの姿」考」国語と国文学97―6・令和2年6月（本書所収）

7〈有明・有明の月〉

1 細田恵子「八代集のありあけのイメージ」文学史研究15・昭和49年7月
2 小林信子・蒲野淳子「有明の月―和泉式部日記ノート―」東京成徳国文4・昭和56年3月
3 北沢初美『枕草子』の月―有明の月について―」枕草子探求2・昭和57年7月
4 小林賢章「アリアケとアケグレ」同志社女子大学総合文化研究所紀要17・平成12年3月↓『アカツキの研究―平安人の時間』（和泉選書）平成15年2月
5 小林賢章『枕草子』「月は」（二三四）段の解釈―アリアケとは―」同志社女子大学大学院文学研究科紀要4・平成16年3月
6 小林賢章『徒然草』のアリアケの周辺」同志社女子大学学術研究年報56・平成17年12月
7 鎌田清栄「平安人の見ていた有明の月を追って」古代中世国文学24・平成20年3月

8渡辺開紀「応永本『和泉式部物語』の矛盾―「十余日ばかりの有明の月」の表現をめぐって―」國學院大學大学院平安文学研究1・平成21年9月
9飯塚ひろみ「百人一首のフランス語訳における夜明けの表現―「有明」「暁」「朝ぼらけ」―」同志社女子大学日本語日本文学30・平成30年6月
10内田順子「残月考―有明の月との関わりを中心に―」和漢比較文学63・令和元年8月
11枡見テルヱ「尽日詠の夕月夜・有明の月に関する試論―『古今和歌集』『後撰和歌集』秋歌下巻末貫之歌の解釈―」和歌文学研究121・令和2年12月
12上原作和「中世源氏学の「准用」を疑う」文学・語学231・令和3年4月

8〈いりあひ・入相〉

1劉小俊「古典和歌における「鐘」の意象（一）―暁の鐘と入相の鐘―」岡大国文論稿30・平成14年3月→『古典和歌における鐘の研究―日中比較文化的考察―』（風間書房）平成18年12月
2小林賢章「イリアヒ考」同志社女子大学日本語日本文学19・平成19年6月
3劉小俊「古典和歌における「いりあひ」の用法」『工藤進思郎先生退職記念論文・随筆集』（記念の会）平成21年7月

9〈いさよふ・いさよひ・十六夜〉

1冨倉二郎「「いさよふ月」と「あちきなきその名」と」国語解釈1―4・昭和11年5月
2西丸光子「平安時代の文学と月―望月、いざよひの月、立待月、居待月、寝待月―」日本女子大学国語国文学論究2・昭和46年2月
3石田穣二「十六夜の月、砧の音」学苑397・昭和48年1月→『源氏物語攷その他』(笠間書院)平成元年7月
4菅野洋一「「いさよふ月にさそはれ」の解釈」解釈30―8・昭和59年8月
5田坂憲二「かの十六夜のさやかならざりし秋の事」いずみ通信9・昭和61年11月→「十六夜の月・二十日の月―源氏物語異文考証―」『源氏物語の人物と構想』(和泉書院)平成5年10月
6田村俊介「かの十六夜の女君―葵巻晩秋の新解釈―」中古文学47・平成3年5月
7清水婦久子「「山の端の」歌の解釈」『源氏物語の風景と和歌』(和泉書院)平成9年9月
8清水婦久子「源氏物語における「いさよひ」の風景」青須我波良54・平成10年12月
9吉海直人「「いさよふ月」と「いさよひの月」―『源氏物語』夕顔巻の一考察―」古代文学研究第二次14・平成17年10月

10清水婦久子「「山の端」と「月」」『光源氏と夕顔―身分違いの恋―』（新典社新書）平成20年4月
11吉海直人『『源氏物語』「いさよふ月」考』（教室の内外（3）所収）同志社女子大学日本語日本文学24・平成24年6月→『『源氏物語』の特殊表現』（新典社選書）平成29年2月
12西耕生「「かのいさよひ」の「秋のこと」（上）「有明」の意匠と葵の位相」文学史研究56・平成28年3月
13西耕生「「かのいさよひ」の「秋のこと」（下）「有明」の意匠と葵の位相」文学史研究57・平成29年3月

10〈鐘〉

1馬場婦久子「源氏物語の和歌表現―その位置、「秋風」「鐘の声」を中心に―」女子大文学31・昭和55年3月→清水婦久子「秋風と鐘の声」『源氏物語の風景と和歌』（和泉書院）平成20年4月
2柚山淳子「中世文学作品における鐘の音―音の表現と捉え方―」愛文20・昭和59年7月
3三田村雅子「〈音〉を聞く人々―宇治十帖の方法―」『物語研究1』（新時代社）昭和61年4月→『源氏物語感覚の論理』（有精堂出版）平成8年3月

4鈴木佐内「『新古今集』の慈円の歌にみえる「野寺の鐘」について」智山学報41・平成4年3月

5中川真『平安京音の宇宙』（平凡社）平成4年6月

6相沢雅子「『源氏物語』宇治十帖における聴覚表現―「鐘の音」を中心に―」共立レビュー30・平成14年2月

7劉小俊「古典和歌における「鐘」の意象（一）―暁の鐘と入相の鐘―」岡大国文論稿30・平成14年3月

8小林賢章『アカツキの研究―平安人の時間』（和泉選書）平成15年2月

9劉小俊「古典和歌における「鐘」の意象（その二）―聴覚素材としての特徴―」解釈49―3、4・平成15年3月

10劉小俊「古典和歌における「鐘」の意象（その三）―鐘の宗教性について―」岡大国文論稿32・平成16年3月

11劉小俊「日中古典詩歌における鐘の比較文化的考察」同志社女子大学学術研究年報56・平成17年12月

12劉小俊『古典和歌における鐘の研究―日中比較文化的考察―』（風間書房）平成18年12月

13高野祥子「王朝女流日記文学における「鐘の音」の機能―作品的特質との関わりをめぐって―」

日本大学大学院総合社会情報研究科紀要7・平成19年2月
14安道百合子「「鐘の音」に「音を添へ」るとき」古代中世国文学23・平成19年3月
15阿部好臣「源氏物語に響く「鐘」の音」語文131・平成20年6月→『物語文学組成論〈1〉源氏物語』（笠間書院）平成23年11月
16小林賢章「時鐘」『日蓮教学教団史論集』（山喜房佛書林）平成22年10月
17小林賢章『「暁」の謎を解く—平安人の時間表現』（角川選書）平成25年3月

11〈暮る・暮らす〉

1見尾久美恵「和歌にみられる「暮る」の表現—新古今歌人の時間意識—」『赤羽淑先生退職記念論文集』・平成17年3月
2小林賢章「クル、クラス考」同志社女子大学学術研究年報60・平成21年12月

12〈鶏鳴・鳥の声〉

1折口信夫「鶏鳴と神楽と」『折口信夫全集二　古代研究、民俗学篇一』（中央公論社）昭和30年4月
2室田浩然「鶏鳴の語の系譜（一）」解釈3—5・昭和32年5月

3室田浩然「鶏鳴の語の系譜（二）」解釈3―9・昭和32年9月
4益田勝実「黎明」『火山列島の思想』（筑摩書房）昭和43年7月
5吉澤義則『増補源語釈泉』（臨川書店）昭和48年5月
6上野英子「『源氏物語』における「鶏鳴」の意味―古代鶏鳴観の継承とその文学的深化―」実践国文学23・昭和58年3月
7鈴木日出男「鶏」国文学39―12（古典文学動物誌）・平成6年10月
8野田真吾『『蜻蛉日記』の聴覚表現―鳥の声、虫の音を中心に―」駒沢大学大学院国文学会論輯23・平成7年5月
9林田孝和「女三宮の結婚―鶏の声を起点に―」『論集平安文学4』（勉誠出版）平成9年9月↓『源氏物語の創意』（おうふう）平成23年4月
10高嶋和子「源氏物語動物考（その二十）―鶏―」並木の里48・平成10年6月↓『源氏物語動物考』（国研出版）平成11年3月
11内藤明『『万葉集』に鳴く鳥」『音の万葉集』（笠間書院）平成14年3月
12広瀬唯二「夕顔の巻の物の怪をめぐって―物の怪と鳥の声―」武庫川国文61・平成15年3月
13山本利達「日の始まりは寅の刻説存疑」『中古文学攷』（清文堂出版）平成15年10月
14神尾暢子「蜻蛉時鳥の鳴声映像」学大国文47・平成16年3月

15佐藤敬子「源氏物語の鶏鳴」松籟1・平成18年12月
16松井健児「をりしも時鳥鳴きて渡る―「花散里」の巻から―」むらさき43・平成18年12月
17朴喜淑「万葉集の「鳴く鳥」―「鳴く鳥」を歌うことの意味について―」百舌鳥国文22・平成23年3月
18鈴木道代「夜明けを告げる鳥」上代歌謡研究1・平成25年2月
19倉田実「男と女の後朝の儀式―平安貴族の恋愛事情―」大妻女子大学紀要文系46・平成26年3月
20趙倩倩「記紀の「長鳴鳥」説話について―鶏鳴と太陽の関係を中心に―」解釈62―11、12・平成28年12月
21吉海直人「後朝を告げる「鶏の声」―『源氏物語』の「鶏鳴」―」古代文学研究第二次29・令和2年10月（本書所収）

13〈こよひ・今夜・今宵・夜前〉

1橋本万平『日本の時刻制度』（塙選書）昭和41年9月
2井手至「上代の人々の一日に対する考え方について」武智雄一先生退官記念国語国文学論集・昭和47年2月

3遠藤好英「平安時代の記録語の性格―「夜前」をめぐって―」国語学100・昭和50年3月

4神野志隆光「古代時間表現の一問題―古事記覚書―」『論集上代文学6』（笠間書院）昭和51年3月

5池田亀鑑「夜」『平安時代の文学と生活』（至文堂）昭和52年5月

6斉藤国治「日本上代の日始の時刻について」古代文化33―2・昭和56年2月→『日本・中国・朝鮮　古代の時刻制度―古天文学による検証―』（雄山閣出版）平成7年4月

7伊地知鐵男「昼と夜の変り目」汲古1・昭和57年5月→『伊地知鐵男著作集Ⅰ　宗祇』（汲古書院）平成8年5月

8小林賢章『『平家物語』の日付変更時刻」軍記と語り物22・昭和61年3月→『アカツキの研究―平安人の時間』（和泉選書）平成15年2月

9岡崎正継「今昔物語集の「今夜」と「夜前」と」國學院雑誌87―9・昭和61年9月→『中古中世語論攷』（和泉書院）平成28年5月

10井手至「古代語「こよひ」の意味用法をめぐって」人文研究38―3・昭和61年12月

11稲岡耕二「万葉集の「今夜」・「明日」について」国際日本文学研究集会会議録11・昭和63年3月

12伊地知鐵男「古代の一日の始まりと沐浴回数」武蔵野文学37・平成2年1月

13玉村禎郎「中世後期の時を表す語彙―『太平記』の「今朝」「今夜」などをめぐって―」待兼山論叢27・平成5年12月
14佐々木恵雲『『源氏物語』における「こよひ」考」南山短期大学紀要21・平成5年12月
15小林賢章「日付変更時刻と今夜」『国語語彙史の研究十六』(和泉書院)平成8年10月↓『アカツキの研究―平安人の時間』(和泉選書)平成15年2月
16八嶌正治「「昨夜(よべ)」と「今宵(こよい)」」日本歴史584・平成9年1月
17山本利達「日の始まりは寅の刻説存疑」奈良大学研究紀要26・平成10年3月↓『中古文学攷』(清文堂出版)平成15年10月
18岩坪健「「こよひ」考―日付変更時刻との関わり―」同志社国文学92・令和2年3月

14〈しののめ〉

1吉澤義則「「アカツキ」「シノノメ」「アケボノ」」『源語釈泉』(誠和書院)昭和25年7月↓『増補版』(臨川書店)昭和48年5月
2井手至「「しののめ・いなのめ」攷―原始的住居と「め」―」万葉20・昭和31年7月
3石田穣二「「あけぼの」と「朝ぼらけ」」学苑290・昭和39年2月↓『源氏物語論集』(桜楓社)昭和46年11月

4細木郁代「しののめ　暁闇の惑い―宇治と帚木系巻を結ぶ時空」『源氏物語花摘完』（近代文芸社）平成12年3月

5上野辰義「「春はあけぼの」と「春のあけぼの」―枕草子第一段雑考―」京都語文8・平成13年10月

6上野辰義「源氏物語にみえる「しののめ」の歌」むらさき38・平成13年12月

7堀井令以知「曙としののめ」『ことばの由来』（岩波新書）平成17年3月

8久保田淳「ことばの森（25～27）―東雲（しののめ）一～三」日本語学24―5～7・平成17年4月～6月

9吉海直人「平安文学における時間表現考―暁・朝ぼらけ・あけぼの・しののめ―」古代文学研究第二次27・平成30年10月（本書所収）

15〈たそがれ・かはたれ〉

1石井博「カハタレ（彼誰）とタソガレ（黄昏）」人文社会科学研究36・平成8年3月

2玉村禎郎「「たそがれ」の語史」光華日本文学6・平成10年8月

3久保田淳「ことばの森（23）―かはたれ時・かはたれ」日本語学24―2・平成17年2月

4小林賢章「タソカレドキ考」同志社女子大学大学院文学研究科紀要10・平成22年3月

16〈ついたち・つごもり〉

1松岡浩一「三月朔日巳の日の類と源語成立年時―否定的結果の報告―」平安文学研究4・昭和25年7月
2安田尚道「和数詞による暦日表現と「ついたち」の語源」国語と国文学51―2・昭和49年2月
3竹村義一「源氏物語「月立つ」考―古代人の時間意識に関連して―」甲南女子大学研究紀要10・昭和49年3月
4内山守常「日本書紀朔日考（上）」横浜市立大学論叢27―1・昭和50年10月
5小島憲之「四季語を通して―「尽日」の誕生―」国語国文46―1・昭和52年1月
6横山猶子「浜松中納言物語に於ける尼姫君物語―巻四ついたちの日の意義について―」実践国文学28・昭和60年10月
7伊坂淳一「「つごもり（晦日）のはなし」存疑」国語国文56―3・昭和62年3月
8小池正胤「つごもり大つごもり―月と闇と人間―」高校通信東書国語298・平成元年12月
9周防朋子「平安朝における「つごもり」について―「尽日」意識との関わり―」甲南大学紀要（文学編）119・平成13年3月

10森本直子「古今集における漢文学の日本的受容―「弥生のつごもり」・「長月のつごもり」歌について―」学習院大学人文科学論集10・平成13年9月

11神尾暢子「期間規定と時点規定―「ついたち」と「つごもり」―」『伊勢物語の成立と表現』（新典社）平成15年1月

12上原作和「「ついたちごろのゆふづくよ」の詩学―桃園文庫本「浮舟」巻別註と木下宗連書入本―」国語と国文学91―11・平成26年11月

13枡見テルヱ「尽日詠の夕月夜・有明の月に関する試論―『古今和歌集』『後撰和歌集』秋歌下巻末貫之歌の解釈―」和歌文学研究121・令和2年12月

17〈つとめて〉

1米山忠雄「「明日早朝」考」解釈46―9、10・平成12年10月

2小林賢章「ツトメテ考」同志社女子大学学術研究年報54Ⅰ・平成15年12月

3秋澤亙「中の君の新枕の朝―『源氏物語』総角巻八月二十九日早朝の時間矛盾―」國學院大学大学院平安文学研究2・平成22年9月

18〈中の十日・十日〉

1原田芳起「「中の十日」の意義をめぐる問題」『平安時代文学語彙の研究』（風間書房）昭和37年9月
2高松政雄「「中の十日」考」解釈12―4・昭和41年4月
3原田芳起「中古文学語彙雑考（五）―「中の十日」の語義補説―」平安文学研究54・昭和50年11月
4武山隆昭「「中の十日」の語義攷」椙山女学園大学研究論集8―2・昭和52年2月
5神尾暢子「暦日規定の映像定着―竹取物語と伊勢物語―」『王朝国語の表現映像』（新典社）昭和57年4月
6小林賢章「「夕霧」の巻頭話の日時」同志社女子大学日本語日本文学14・平成14年6月
7神尾暢子「暦日映像と体制批判―時点規定の正月十日―」『伊勢物語の成立と表現』（新典社）平成15年1月

19〈昼・夜昼〉

1池田亀鑑「昼」『平安時代の文学と生活』（至文堂）昭和52年5月

2伊地知鐵男「昼と夜の変わり目」汲古1・昭和57年5月→『伊地知鐵男著作集Ⅰ』（汲古書院）平成8年5月
3長谷川政春「物語の夜・物語の昼―『堤中納言物語』序説―」東横国文学21・平成元年3月
4佐竹昭広「昼か夜か―『万葉集』巻二、一三三の歌など―」『折口学と古代学』（桜楓社）平成元年11月
5厚谷和雄「奈良・平安時代に於ける漏刻と昼夜四十八刻制」東京大学史料編纂所研究紀要4・平成6年3月
6朧谷寿「王朝の昼と夜―貴族たちの美意識と日常生活―」『雅―王朝の原像1』（講談社）平成6年3月
7小林賢章「「夜昼」考」『日本語の研究』（明治書院）平成7年11月→『アカツキの研究―平安人の時間』（和泉選書）平成15年2月
8青木毅「平安・鎌倉時代における類義動詞句「夜ヲ昼ニ成ス」と「夜ヲ日ニ継グ」との交替について」徳島文理大学文学論叢14・平成9年3月
9井手至「万葉びとの心性から見た昼夜のけじめ―一日の意識をめぐって―」『時の万葉集』（笠間書院）平成13年3月
10安藤重和「道長使用暦暦注の日出入時刻と昼夜時間の「ズレ」をめぐって」日本文化論叢10・

平成14年3月

11日野資純「古典語「ヒル（昼）」の語義・用法」日本語の研究8―1・平成24年1月

20〈ほのぼの・ほのぼのと〉

1小嶋孝三郎「「ほのぼのと」「ほのぼの」攷―平安朝物語日記等における用例に基づいて―」立命館文学170、171・昭和34年8月

2小嶋孝三郎「和歌における情趣的用語の考察―「ほのぼの（と）」の用例に基づいて―」立命館文学176・昭和35年1月

3木之下正雄「ほのぼの」『平安女流文学のことば』（至文堂）昭和43年11月

4石川常彦「「ほのぼの」考―新古今的情景構成の論のために―」国語国文43―7・昭和49年7月

5河原寛「「ほのぼのと」覚書」園田学園女子短大文芸10・昭和54年3月↓『語林彷徨』（和泉書院）昭和62年6月

6長江稔「「ほのぼのと」考―新古今集、後鳥羽院の御歌について―」解釈27―6・昭和56年6月

7東郷吉男「「ほのぼの」と「ほのぼのと」―平安時代の用例を中心に―」解釈27―12・昭和56年12月

8保科恵「勢語四段と日附規定―「ほのぼのとあくる」時刻―」二松学舎大学論集58・平成27年

3月
9小林賢章「ホノボノ考」同志社女子大学学術研究年報70・令和2年1月
10保科恵「[応用問題②]四時間の空白」『入門平安文学の読み方』（新典社選書）令和2年4月
11吉海直人「「ほのぼのと明く」の再検討―『伊勢物語』第四段を起点にして―」日本文学論究81・令和4年3月（本書所収）

21〈夕方・夕暮・夕べ・夕まぐれ・日暮〉

1岩城準太郎「黄昏から黎明まで」国語と国文学2―10・大正14年10月
2原田芳起「語彙事実としての対義語―朝霧・夕霧・夜霧―」『平安時代文学語彙の研究』（風間書房）昭和37年9月
3今井福治郎「夕暮の系譜」國學院雑誌65―8、9・昭和39年9月
4福島行一「万葉集の夕暮の歌」防衛大学校紀要12・昭和41年3月
5池田亀鑑「夕」『平安時代の文学と生活』（至文堂）昭和52年5月
6諸井康子「日本古代文学における夕日の心象―夕日詠の成立をめぐって―」十文字学園女子短大研究紀要9・昭和52年7月
7遠藤好英「記録体における「夕方」の語彙の体系―『後二条師通記』の場合―」国語と国文学

55―5・昭和53年5月
8中山緑朗「記録体の語彙―『小右記』の朝・夕方・夜の語彙―」学苑493・昭和56年1月
9河添房江「源氏物語における夕べ―その表現史的累層―」むらさき19・昭和57年7月↓『源氏物語表現史』（翰林書房）平成10年3月
10三方達一「古典和歌における「秋の夕暮」「夕暮」―特に「新古今集」の―」筑紫女学園短期大学紀要18・昭和58年3月
11今西祐一郎「「ひぐれ」攷」『奥村三雄教授退官記念国語学論叢』（桜楓社）平成元年6月
12村松佳奈子「八代集における「夕暮」の歌について」学習院大学国語国文学会誌40・平成9年3月
13佐藤武義「上代語「日暮」「夕暮」考」桜文論叢51・平成12年8月
14伊井春樹「源氏物語の表現―空の描写と夕暮れの季節―」本文研究3・平成12年8月
15日野資純「「アサユフ（朝夕）」か、「アシタユフベ（朝夕）」か―今昔物語集の異訓―」日本語の研究227・平成18年10月
16井手至「「ゆふへの逢ひ、今日のあした」―時間帯を表わす上代語「ゆうへ、よひ、あした」をめぐって―」万葉集研究28・平成18年11月
17小林賢章「ユフグレ考」同志社女子大学学術研究年報58・平成19年12月

22〈夕月夜〉

1西丸光子「三日月と夕月夜―平安時代の文学素材としての位置と性格―」国文目白8・昭和44年3月
2佐藤美知子「夕月夜潮みちくらし考」あけぼの5―2・昭和47年4月
3館入靖枝「夕月夜の隠し絵―七夕伝説と末摘花・雲居雁―」物語研究5・平成17年3月
4館入靖枝「続・夕月夜の隠し絵―末摘花から浮舟へ（七夕伝説を紐帯として）―」『源氏物語〈読み〉の交響』（新典社）平成20年11月
5上原作和「「ついたちごろのゆふづくよ」の詩学―桃園文庫本「浮舟」巻別註と木下宗連書入本―」国語と国文学91―11・平成26年11月
6枡見テルヱ「尽日詠の夕月夜・有明の月に関する試論―『古今和歌集』『後撰和歌集』秋歌下巻末貫之歌の解釈―」和歌文学研究121・令和2年12月

23〈夜半〉

1阪倉篤義「「よるの寝覚」と「よはの寝覚」」国語国文33―10・昭和40年3月
2柏木由夫「「よは」の語義をめぐって」平安文学研究73・昭和60年6月

3柏木由夫「歌語「よは（夜半）」について―後拾遺集を中心にして―」和歌文学研究51・昭和60年10月
4小林賢章「アカツキとヨハ」同志社女子大学総合文化研究所紀要16・平成11年3月→『アカツキの研究―平安人の時間』（和泉選書）平成15年2月

24〈よもすがら・夜をこめて〉

1阪倉篤義「「しみら」と「すがら」―ヒネモス・ヨモスガラの意味―」万葉41・昭和36年10月
2福井照之「和泉式部日記「窓うつ雨の音」考―「よもすがら」の歌の作歌事情―」山口大学教育学部研究論叢第1部人文科学・社会科学17・昭和43年3月
3峰岸明「「よもすがら」用字考―平安時代記録資料を対象として―」国語と国文学49―6・昭和47年6月
4日野資純「「よひとよ」と「よもすがら」―古典の解釈における方言の応用―」静大国文28・昭和58年2月
5小林賢章「ヨモスガラ考」同志社女子大学学術研究年報50Ⅳ・平成11年12月→『アカツキの研究―平安人の時間』（和泉選書）平成15年2月
6小林賢章「『源氏物語』のヨモスガラ」同志社女子大学学術研究年報57・平成18年12月

7吉海直人「清少納言歌（六二番）の背景―行成との擬似恋愛ゲーム―」『百人一首を読み直す―非伝統的表現に注目して―』（新典社選書）平成23年5月
8小林賢章「「夜をこめて」考」同志社女子大学学術研究年報62・平成23年12月
9吉海直人「教室の内外（3）」同志社女子大学日本語日本文学24・平成24年6月
10吉海直人「時間表現「夜をこめて」の再検討―小林論への疑問を起点にして―」日本文学論究79・令和2年3月（本書所収）
11吉海直人「『百人一首』「閨のひま」考」解釈66―3、4・令和2年4月→『百人一首を読み直す2―言語遊戯に注目して―』（新典社選書）令和2年9月

25〈夜・夜深し・夜更け〉

1小泉立身「まだ夜深きほどの」国文学8―6・昭和38年5月
2池田亀鑑「夜」『平安時代の文学と生活』（至文堂）昭和52年5月
3加納重文「平安貴族の夜―『源氏物語』鑑賞によせて―」解釈と鑑賞45―5・昭和55年5月
4中山緑朗「記録体の語彙―『小右記』の朝・夕方・夜の語彙―」学苑493・昭和56年1月
5小松光三「「夜深し」考」愛文19・昭和58年7月
6多田一臣「古代人と夜」千葉大学語文論叢15・昭和62年

7近藤信義「古代の一日と「ぬばたまの夜」（前篇）」立正大学文学部研究紀要4・昭和63年3月
8近藤信義「古代の一日と「ぬばたまの夜」（後篇）」立正大学文学部研究紀要5・平成元年3月
9厚谷和雄「奈良・平安時代に於ける漏刻と昼夜四十八刻制」東京大学史料編纂所研究紀要4・平成6年3月
10小林賢章「「夜昼」考」『日本語の研究』（明治書院）平成7年11月→『アカツキの研究—平安人の時間』（和泉選書）平成15年2月
11林田孝和「源氏物語の夜—恋の時空—」むらさき34・平成9年12月→『源氏物語の創意』（おうふう）平成23年4月
12井手至「万葉びとの心性から見た昼夜のけじめ—一日の意識をめぐって—」『時の万葉集』（笠間書院）平成13年3月
13吉海直人『源氏物語』「夜深し」考—後朝の時間帯として—」古代文学研究第二次19・平成22年10月→『『源氏物語』「後朝の別れ」を読む—音と香りにみちびかれて—』（笠間選書）平成28年12月
14小林賢章「「さ夜更けて」—午前三時に向かう動き」『「暁」の謎を解く—平安人の時間表現』（角

川選書）平成25年3月

15小林賢章「「かささぎの……」の歌の詠歌時間―「夜ぞ更けにける」の解釈―」同志社女子大学日本語日本文学26・平成26年6月

16吉海直人「「さ夜更けて」の掛詞的用法」解釈61―9、10・平成27年9月→『百人一首を読み直す2―言語遊戯に注目して―』（新典社選書）令和2年9月

17小林賢章「妖怪の活躍時間」同志社女子大学学術研究年報67・平成28年12月

26〈三更・五更〉

1藤原芳男「織女の袖続く三更の」神戸女子大学紀要1・昭和45年3月

2近藤信義「万葉集の時間表記とその表現―「三更」の訓みから―」立正大学国語国文24・昭和63年3月

3川島二郎「「三更刺而」考」山辺道36・平成4年3月

4小林賢章「五更考―更点法―」同志社女子大学日本語日本文学30・平成30年6月

27〈日付変更時点〉

1橋本万平『日本の時刻制度』（塙選書）昭和41年9月

2斉藤国治「日本上代の日始の時刻について」古代文化33—2・昭和56年2月→『日本・中国・朝鮮　古代の時刻制度—古天文学による検証—』（雄山閣出版）平成7年4月
3小林賢章『『平家物語』日付変更時刻』軍記と語り物22・昭和61年3月→『アカツキの研究—平安人の時間』（和泉選書）平成15年2月
4小林賢章「万葉の日付変更時刻」語文66・平成8年7月→『アカツキの研究—平安人の時間』（和泉選書）平成15年2月
5小林賢章「日付変更時刻と今夜」『国語語彙史の研究16』（和泉書院）平成8年10月
6小林賢章「日付変更時点とアカツキ」同志社女子大学学術研究年報49Ⅳ・平成10年12月→『アカツキの研究—平安人の時間』（和泉選書）平成15年2月
7勝俣隆「一日の境目午前三時に出現する鬼と幽霊」いずみ通信35・平成19年5月
8小林賢章『『万葉集』の日付変更時点と言うこと』同志社女子大学総合文化研究所紀要27・平成22年3月
9岩坪健「「こよひ」考—日付変更時刻との関わり—」同志社国文学92・令和2年3月

28〈暦日〉

1進士慶幹「時刻」解釈と鑑賞20—4・昭和30年4月

2橋本万平「古文に現れた時刻法について」国語と国文学35―8・昭和33年8月
3丸山林平「時刻法の変遷について―古典理解のために―」国文学4―14・昭和34年11月
4中野幸一「紫式部日記における二三の疑問―史実と暦日を中心として―」学術研究14・昭和40年12月
5田中元『古代日本人の時間意識―その構造と展開―』（吉川弘文館）昭和50年1月
6平野仁啓「古代日本人の時間意識」『続古代日本人の精神構造』（未来社）昭和51年11月
7内田正男「古典文学の周辺（1）暦日にふれて」日本古典文学会々報49・昭和52年4月
8池田亀鑑「朝」『平安時代の文学と生活』（至文堂）昭和52年5月
9広瀬秀雄『暦と時の事典』（雄山閣）昭和53年3月　↓　新装版（東京堂出版）平成5年9月
10永藤靖「記紀に現われた夜と昼の世界」『古代日本文学と時間意識』（未来社）昭和54年3月
11神尾暢子「暦日規定の表現映像―竹取物語を資料として―」『初期物語文学の意識　論集中古文学』（笠間書院）昭和54年5月
12中村昭「左注万葉の成立―暦日からみた万葉集の編集その一―」万葉研究4・昭和54年12月
13神尾暢子「伊勢物語と暦日表現―暦日規定の表現映像―」学大国文23・昭和55年1月
14神尾暢子「勢語表現と暦日規定―期間規定と時点規定―」学大国文24・昭和56年2月
15神尾暢子「暦日規定の映像定着―竹取物語と伊勢物語―」『王朝国語の表現映像』（新典社）昭

和57年4月
16安藤亨子「枕草子の明暗―二、六、十月の暦日表現をめぐって―」和洋国文研究19・昭和59年3月
17内田正男『暦と時の事典』（雄山閣）昭和61年5月
18室井努「平安期の和語「暦日」について」文芸研究133・平成5年5月
19武井睦雄『『土佐日記』における暦日表記例はどのような《よみ》を期待されていたか」聖徳大学研究紀要30・平成9年12月
20室井努「江戸期における古代の暦日表現観（上）―土左日記の日付の読み方をめぐって―」弘学大語文25・平成11年3月
21上村希『『伊勢物語懐中抄』第一一七段における暦日表現」國學院大學近世文学会会報7・平成13年3月
22吉住弘恵「日記文学における暦日表現についての一考察―「方違え」で読む『蜻蛉日記』―」日本文学研究37・平成14年3月
23室井努「土左日記の暦日「はつかあまりひとひのひ」についての考察」金沢大学国語国文35・平成22年3月
24湯浅吉美「前近代日本人の時間意識」埼玉学園大学紀要人間学部篇15・平成27年12月

25深澤瞳「『蜻蛉日記』下巻における藤原遠度の求婚と暦日意識―藤原実資女・千古の場合を例として―」武蔵野大学日本文学研究所紀要5・平成29年9月
26吉海直人「時間表現に関する語彙の論文目録」同志社女子大学日本語日本文学31・令和元年6月（本書所収）
27吉海直人「『源氏物語』の「時奏」を読む」國學院雑誌121―5・令和2年5月（本書所収）

初出一覧

序章　「時間表現の落とし穴」　書き下ろし
第一章　『源氏物語』の「時奏」を読む」　國學院雑誌121―5・令和2年5月
第二章　「後朝を告げる「鶏の声」―『源氏物語』の「鶏鳴」―」　古代文学研究第二次29・令和2年10月
第三章　「時間表現としての「鐘の音」」　書き下ろし
第四章　「『枕草子』二九三段「大納言殿まゐりたまひて」の時間表現」　書き下ろし
第五章　「書評　小林賢章著『「暁」の謎を解く』」
同志社女子大学日本語日本文学28・平成28年6月（掲載に際して改訂増補した）
第六章　「平安文学における時間表現考―暁・朝ぼらけ・あけぼの・しののめ―」　古代文学研究第二次27・平成30年10月
第七章　「「ほのぼのと明く」の再検討―『伊勢物語』第四段を起点にして―」　日本文学論究81・令和4年3月
第八章　「平安時代の「夜更け」―男と女の時間帯―」　書き下ろし

第九章　「時間表現「夜をこめて」の再検討―小林論への疑問を起点にして―」
日本文学論究79・令和２年３月
第十章　『源氏物語』桐壺巻野分章段の時間表現」
書き下ろし
第十一章　『源氏物語』賢木巻における六条御息所との「暁の別れ」」
同志社女子大学大学院文学研究科紀要21・令和３年３月
第十二章　『源氏物語』賢木巻における朧月夜との「暁の別れ」」
書き下ろし
第十三章　『源氏物語』「あさけの姿」考」
国語と国文学97―６・令和２年６月
付録　「時間表現に関する語彙の論文目録」
同志社女子大学日本語日本文学31・令和元年６月（掲載に際して論文を増補した）

あとがき

この数年、平安時代の時間表現について集中的に考え、論じてきた。これは『源氏物語』「後朝の別れ」を読む』を刊行した時からの宿題でもあった。前著では「後朝の別れ」にウエイトを置いたことで、「暁」の時間帯の内包する聴覚・嗅覚の重要性を説くことに力を込めて書いた。それはそれでうまく問題提起できたと自負している。しかし後朝の時間帯に関する時間表現の研究が不足していることで、きちんと解釈できていないことに気付いた。

そこでもっと時間表現について押さえておく方がいいと思い立ち、『源氏物語』を中心に広く平安時代の時間表現を調べてみることにした。すると時間表現についての研究は意外にルーズであり、平安時代に定時法が行われていることさえ、あまり認知されていないことがわかってきた。要するに時間表現という視点からの研究は、これまでほとんど行われていなかったし、研究者の関心事にもなっていなかったのである。ここまできて、時間表現の先駆者・小林賢章氏の苛立ちもようやく納得することができるようになった。というより、私自身が苛立ちはじめた。それが時間表現研究の原動力にもなっている。

仮に平安時代の定時法が、今日までそのまま続いていれば、たいして問題にはならなかったのであるが、江戸時代に不定時法に変更されたことで、現代人は気が付かないまま、江戸の不定時法というフィルターを通して、平安時代を見ている恐れがある。もちろん江戸時代の注釈の水準は高いので、現代の研究者にとって江戸の注釈書は、非常に有難い研究成果・指針ではある。そのためついつい安易に信頼し、無条件に依拠してしまってはいないだろうか。江戸時代の基準・見方（色メガネ）で、平安時代を判断することに慣れてしまってはいないだろうか。

たとえば格子など、江戸時代のものはほぼ二枚格子なので、ついつい平安時代も二枚格子と思いがちだが、寝殿造りの基本は一枚格子である。その違いに気付かなければ、解釈を誤ってしまう。また江戸時代の「源氏絵」を見ると、たいてい室内に畳が敷きつめられている。では平安時代の寝殿造りの室内にも畳が敷かれていたのであろうか。おそらくそれを肯定する人は一人もいないだろう。そのことは時間表現にもあてはまる。定時法だと四季の移り変わりによって時間がずれることはない。それに対して不定時法だと、四季によって時間が異なってくる。特に昼と夜の境目は大きくずれてくる（サマータイムに近い）。

だから江戸時代の時間認識で平安時代の文学を考えたとしたら、無意識のうちに大きな誤り（時間のずれ）を犯すことになりかねない。その点は慎重に考えてみる必要がある。あるいはそういった季節によるずれが、時間表現を混沌とさせている原因だとも考えられる。時間表現についてては、江戸の色メガネをはずして、きちんと平安時代の時間として考えてみなければならない。これが本書執筆の意図である。

とりあえず、現在までの研究史をまとめることから始めた（論文目録も作成してみた）。その成果の上に第一部の平安時代の時計がある。もっとも基本となる時計の存在、それを用いて行われている「時奏」に踏み込んでみた。これはあくまで宮廷内だけで共有される時間であるが、それを知識として知っておくことは重要であろう。それに続いて、宮廷外で時計代わりに用いられている「鶏鳴」「鐘の音」（まさしく聴覚表現）に挑戦してみた。

第二部では時間表現論を展開している。指標とした小林賢章氏の研究を徹底的に分析・批判し、あらためて自分なりに時間表現の基礎的研究を行ってみた。そこから「明く」と「ほのぼのと」が融合した「ほのぼのと明く」について再検討してみた。さらには暁へと進行する「夜更け」について論じ、「夜をこめて」の再検討を行ってみた。第三部では桐壺巻の野分章段の時間、賢木巻の暁の別れ二題、そして「あさけの姿」について論じてみた。最後に、付録として時間表現に関する語彙の論文目録を付した。

私はこれまで『源氏物語の乳母学』（世界思想社）、『「垣間見」る源氏物語』（笠間書院）、『源氏物語』「後朝の別れ」を読む』（笠間選書）と、テーマを絞った本をまとめてきたが、本書はその四番目ということになる。今回は定年が迫っていることもあり、ほぼ五年（短期間）でまとめあげた。それでも本書は私の自信作である。ただし時間表現は、ささやかな選書に収まるほど小さなテーマではない。それは『源氏物語』という作品を超え、平安朝文学全般（物語・日記・和歌・随筆）にも通用する幅広いテーマだからである。本書はその基礎作業を行って、研究者に注意を喚起したにすぎない。解釈が複数あることを提起し、その吟味を行うべきだと提唱したにすぎない。当然、聴覚論・嗅覚論には積み残しも少なくないのだが、もはや私の研究者としての時間は尽きてきた。ここから先は若い人の研究に委ねたい。是非、私の時間表現論を批判的に継承発展させてほしい。それに挑戦すべき価値は十分あると断言する。

末尾ながら、私が時間表現に注目するきっかけを与えて下さった小林賢章氏と、本書の出版を快く引き受けてくださった新典社に心から御礼申し上げる。新典社からは本書を含めて七冊もの単著を出していただいた。感謝しても感謝しきれない。

独りごと

私が最初に研究書『源氏物語研究而立篇』（私家版）を出したのは三十歳の時だった。それから四十年間、途切れることなく論文や単行本を出し続けてきた。もともと大した才能（頭脳）もないのだから、質の高い論文を書くことなど無理な相談である。そこで質より量と割り切って、論文を大量生産し続けてきた。いつ論文が書けなくなるかという恐怖とも戦ってきた。気が付けば七十歳定年目前、数えてみたら私が出した本は既に四十冊を超えていた。その半分近くは『源氏物語』だが、もう半分は『百人一首』の本である。この二つが間違いなく私の研究の両輪である。

ここで自分の『源氏物語』研究を振り返ると、拙いながらも代表作と呼べるものは、やはり四十代にまとめた乳母の研究であろう。これを学位論文にできなかったことが、今でも悔やまれる。その後の「垣間見」・「後朝の別れ」そして「時間表現」(本書)は、私の後期三部作と位置づけたい。寄せ集めの論文集ではなく、統一的なテーマで本を出したいと願ってきたことが、ようやくここに完結したことになる。ひょっとしたらこれが私の隠れた能力といえるかもしれない。

年齢的に考えても、今後同じような選書を出せる余力はもはや残っていそうもない。まして次の統一テーマも念頭にはない(強いていえば「嗅覚の『源氏物語』か)。ということで、本書は私にとって記念すべき選書になりそうだ。たとえ質の高い論文は無理だとしても、統一的なテーマの論文が十本以上集まって選書になれば、それで質の高い論文の一本分くらいにはなるだろう。それが質より量を貫いた私の切なる願いであった。

さてこれからは研究というより、今まで蓄積してきたものを一般の人に還元するような仕事、古典文学の面白さをわかりやすく伝える仕事をしてみたいと思っているが、そんなに都合よく変身・転換できるかどうかはわからない。これまで私のことを見守り、応援してくださった多くの方々に、そして人生の半分を心地よく過ごさせてもらった同志社女子大学に心からお礼申し上げたい。

令和四年四月十一日　今出川の研究室にて

吉海直人

吉海　直人（よしかい　なおと）

昭和28年7月、長崎県長崎市生まれ。

國學院大學文学部、同大学院博士課程後期修了。

博士（文学）。

国文学研究資料館文献資料部助手を経て、現在、同志社女子大学表象文化学部日本語日本文学科特任教授。

主な著書に『源氏物語の新考察―人物と表現の虚実―』（おうふう）平15、『源氏物語の乳母学―乳母のいる風景を読む―』（世界思想社）平20、『「垣間見」る源氏物語―紫式部の手法を解析する―』（笠間書院）平20、『『源氏物語』「後朝の別れ」を読む―音と香りにみちびかれて―』（笠間選書）平28、『『源氏物語』の特殊表現』（新典社選書）平29、『源氏物語入門〈桐壺巻〉を読む』（角川ソフィア文庫）令3、『源氏物語桐壺巻論』（武蔵野書院）令3などがある。


『源氏物語《げんじものがたり》』の時間表現《じかんひょうげん》　新典社選書 112

2022年7月13日　初刷発行

著　者　吉 海　直 人
発行者　岡 元　学 実

発行所　株式会社　新 典 社

〒111-0041　東京都台東区元浅草2-10-11　吉延ビル4F
ＴＥＬ　03-5246-4244　ＦＡＸ　03-5246-4245
振　替　00170-0-26932

印刷所　惠友印刷㈱　製本所　牧製本印刷㈱

ISBN 978-4-7879-6862-3 C1395
https://shintensha.co.jp/　E-Mail:info@shintensha.co.jp